WERNER KOPACKA

REICHSGOLD

WERNER KOPACKA

REICHSGOLD

Roman

nymphenburger

Ich danke meinen Freunden im Ausseerland für die herzliche jahrelange Gastfreundschaft und auch dafür, daß ich durch sie Zugang zu vielen Legenden, aber auch zu einigen historischen Wahrheiten gefunden habe, ohne die ich dieses Buch wahrscheinlich nicht hätte schreiben können. Ich danke meinem Freund Peter Siegmund dafür, daß er sich mit dem Manuskript so geduldig und kritisch auseinandergesetzt hat, ganz besonders danke ich meiner lieben Kollegin, der Grazer Autorin Elfriede Werthan, dafür, daß sie drei wunderbare, feinsinnige Werke über Mystik und Heilkraft der Alpenkräuter verfaßt hat. Ich gestehe, daß ich einen Großteil des Kräuterwissens, das in meiner Geschichte eine bedeutende Rolle spielt, schamlos von ihr gestohlen habe.

Besuchen Sie uns im Internet unter http://www.herbig.net

Schutzumschlag: Wolfgang Heinzel
Satz: Schaber Satz- und Datentechnik, Wels
Gesetzt aus 11,9/14,9 Punkt Palatino in Quark XPress
Druck und Bindung: Graphischer Großbetrieb Pößneck
Printed in Germany
ISBN 3-485-00836-2

»Der Zweite Weltkrieg war hoffnungslos verloren, trotzdem unternahmen die Nazis einen letzten verzweifelten Versuch, ihre enormen zusammengeraubten Gold- und Silberschätze sowie gewaltige Summen in allen möglichen Währungen vor den Alliierten, die gegen Berlin vorrückten, in Sicherheit zu bringen. Hitler befahl persönlich, diese Reichtümer in den Süden zu schaffen und in den Alpen zu verstecken. Dort hoffte er, mit dem harten Kern seiner Gefolgsleute, eine allerletzte, wagnerianische Bastion errichten zu können.«

Auszug aus einer Reportage
der Londoner »Sunday Times«
vom 26. Februar 1984

Vorwort

»Der Schatz vom Toplitzsee« oder so ähnlich hatte der Film geheißen, der irgendwann, in den fünfziger oder frühen sechziger Jahren in unseren Kinos lief. Es ging um Liebe, um Gute und um Böse und um versunkenes Nazigold.

Ich war sicher nicht älter als zehn, als ich ihn damals sah. Und ich war total fasziniert.

Ich lebte ja nicht viel mehr als hundert Kilometer südlich des geheimnisvollen Sees, den ich in meiner kindlichen Vorstellung als düsteres Gewässer sah, auf dessen Grund unermeßliche Schätze lagen, die nur darauf warteten, von mir gehoben zu werden.

Trotzdem dauerte es viele Jahre, bis ich den See zum ersten Mal mit eigenen Augen erblicken sollte. Der renommierte deutsche Forscher Professor Hans Fricke kurvte als erster mit einem Mini-U-Boot durch die geheimnisumwitterten Fluten, ich war Journalist und wurde vor Ort berufen, um dem Professor genau auf die Finger zu schauen. Wer weiß, vielleicht war's doch nicht nur – wie er behauptete – ein geheimnisvoller weißer Wurm, der in den Toplitzseetiefen ohne Sauerstoff existieren konnte, der sein Interesse geweckt hatte?

Damals sammelte ich alle verfügbaren Informationen über den See, schrieb zahlreiche Reportagen, sogar Serien – und erhielt immer wieder Anrufe von scheinbar Wissenden, die mir noch geheimnisvollere Geschichten erzählen wollten. Einmal flog ich aufgrund eines solchen Anrufs sogar heimlich nach England und traf dort mit einem Exilösterreicher zusammen, der mir schwor, daß er und einige Spießgesellen knapp nach Kriegsende zahlreiche Kisten mit Nazigold im See versenkt hatten, um sie so vor den anrückenden Alliierten zu verbergen. Deshalb und aus vielen anderen Gründen haben sich immer wieder Taucher in die Tiefe begeben, zwei haben dabei sogar ihr Leben gelassen.
Ich selbst hatte sogar die Gelegenheit, an Bord eines Mini-U-Bootes bis zum Seegrund vorzudringen. Gefunden haben wir nichts.
Während dieser Zeit rief mich ein alter Mann an, dessen Name mir heute noch bekannt ist. Ich weiß auch, daß er längst nicht mehr lebt. Er erzählte mir, daß er sich kurz vor Kriegsende mit anderen Dorfbewohnern in einem Gasthaus irgendwo im Norden der Steiermark befunden habe. »Draußen war's schon dunkel, da sind plötzlich deutsche Soldaten aufgetaucht, haben das Haus umstellt, uns angeherrscht, die Vorhänge zuzuziehen und keinen Blick nach draußen zu werfen. Natürlich haben wir's getan. Die waren ja bewaffnet – und hatten zu dieser Zeit wohl nichts mehr zu verlieren. Wir haben gehört, wie schwere Lastwagen vorbeigerollt sind.

Der Weg führte in ein Tal, an dessen Ende sich ein aufgelassenes Talk-Bergwerk befand. Der Stolleneingang war schon Jahrzehnte zuvor mit Brettern vernagelt worden. Am nächsten Morgen war der Spuk vorbei. Soldaten und Fahrzeuge waren verschwunden. Bald darauf entdeckte einer von uns, daß der Eingang des Bergwerks in dieser Nacht zugesprengt worden war.«

In den Archiven bin ich später auf Informationen gestoßen, die besagten, daß gegen Kriegsende Tonnen von Beutegold in den Alpen versteckt worden sind. Als »eiserne Reserve«, als Notgroschen für verfolgte Nazis, vielleicht sogar als Kapital für den Start des Vierten Reiches.

Ich überzeugte mich persönlich davon, daß das, was mir der Alte erzählt hatte, auch stimmte. Der Eingang des Stollens war tatsächlich zugesprengt worden. Ich informierte mich bei Experten, was es kosten würde, den Berg anzubohren, um auf irgendeine Weise herausfinden zu können, ob sich dort drinnen tatsächlich kostbares Metall befinden könnte. Die Summen, die genannt wurden, machten alle weiteren Gedanken in diese Richtung sinnlos.

So wurde das damals Gehörte in meinem Kopf immer mehr zum Thema eines Romans – dieses Romans. Das meiste davon ist frei erfunden. Einen Berg namens Silberspitze gibt es im Norden der Steiermark ebensowenig wie den Ort Silberberg, keine der handelnden Personen hat je gelebt. Bei meinen Ausflügen in die Geschichte dieser Region habe ich es allerdings wesentlich genauer genommen. Ich habe gewissenhaft recherchiert und viele historische Fakten in diesen Roman eingebaut.

Selbstverständlich kommt auch der Toplitzsee in meiner Geschichte vor. Als ich sie zu schreiben begann, wußte ich allerdings noch nicht, daß er ausgerechnet jetzt wieder aus einem jahrelangen Dornröschenschlaf geweckt werden sollte.

Ein hochkarätiges amerikanisches Bergeteam, dasselbe, das auch zur »Titanic« und anderen berühmten Wracks getaucht war, hat es sich zur Aufgabe gemacht, dem trüben Gewässer mit modernster Technik zu Leibe zu rücken, um ihm – diesmal ganz gewiß – die allerletzten Geheimnisse zu entlocken. Der TV-Gigant CBS will die Bilder davon um die Welt schicken.

Dadurch vermischen sich dort wieder einmal Vergangenheit und Gegenwart, wie es auch in meiner Geschichte der Fall ist.

Es wird jedoch nicht das Ende der Legenden sein. Legenden wird es immer geben.

Ziemann hatte sich noch nie Gedanken über die Beschaffenheit einer Anklagebank gemacht. Bis heute hatte sie für ihn nur als Begriff existiert. Die Anklagebank war bisher nichts weiter als der Ort, der dem Angeklagten während der Verhandlung zugewiesen wurde.
Kein Journalist machte sich die Mühe, die Beschaffenheit der Anklagebank zu beschreiben. Kein Gericht stürzte sich bei der Beschaffung der Anklagebank in Unkosten. Anklagebänke sind keine Kunstwerke. Sie sind nicht einmal bemerkenswerte Möbelstücke. Anklagebänke sind Sitzgelegenheiten. Einfache, stabile, schnörkellose Sitzgelegenheiten.
Noch dazu sind sie unbequem.
Das ist schon in Ordnung so, dachte Ziemann, Bequemlichkeit ist wohl das letzte, was man sich wünscht, wenn man hier gelandet ist.
Die junge Krankenschwester, die vor ihm im Zeugenstand saß, redete nicht, sie stammelte. Er wunderte sich, daß sie nicht anfing zu weinen.
Dem Staatsanwalt bereitete es sichtlich Freude, das arme Ding von einer Ecke in die andere zu treiben.
»Nein«, schrie sie irgendwann, »nein, ich habe nichts Unrechtes getan, nur meine Arbeit, und das kann doch kein Verbrechen sein!«

»Haben Sie die Bauchtücher gezählt, die sie dem Operateur gereicht haben?«
»Ja, ja, das habe ich doch schon hundertmal gesagt!«
»Haben Sie auch die Bauchtücher gezählt, die vor dem Schließen der Bauchdecke entfernt wurden?«
»Ja!«
»Hat eines gefehlt?«
Schluchzen, Hände vors Gesicht.
»Beruhigen Sie sich«, sagte der Richter und ließ sie heulen.
Der Journalist mit der dicken Brille, der hinter der Anklagebank in der ersten Reihe der Publikumsbänke saß, hüstelte erfreut und begann zu kritzeln.
Er schaute die Menschen im Saal an. Sie wichen seinem Blick aus. Besonders die Frauen. Dabei hätte ihm noch vor kurzem jede einzelne die Füße geküßt, wenn sie ihn als Operateur gebraucht hätte.
Er dachte an den Gynäkologenkongreß in Barcelona. Der lag nur vier Monate zurück. Er hatte dabei das Hauptreferat gehalten. Was die Schulterklopfer von damals jetzt wohl sagen würden?
Oberarzt Dr. Wolf Ziemann – angeklagt wegen fahrlässiger schwerer Körperverletzung. Anklagebank statt Rednerpult.
Es war ein Kaiserschnitt gewesen. Ein ganz gewöhnlicher Kaiserschnitt. Hundertmal gemacht. Alles war normal verlaufen. Kind gesund, Patientin okay.
Er hatte am Ende die sogenannte Bauchtoilette gemacht, den Bauchraum sorgfältig gesäubert, die Schwester hatte gemeldet, daß alle Bauchtücher entfernt seien. Er hatte ihre Stimme noch im Ohr. Wie,

zum Teufel, hätte er wissen können, daß das dumme Ding nicht zählen konnte? Oder einfach vergessen hatte, wie viele blutsaugende Tücher es ihm während der Operation gereicht hatte?
Eines war jedenfalls dringeblieben, die Patientin wäre deshalb beinahe gestorben.
Daß es ein Kollege war, der vier Tage später im letzten Moment die lebensrettende Operation gemacht hatte, machte die Sache für ihn nicht besser.
Ziemann saß auf der Anklagebank.
Mit dem Zeitraum der verhängnisvollen Operation hatte er sich seither im Kopf so oft und so intensiv beschäftigt, daß er jetzt jede Sekunde davon abrufen konnte.
Er war nicht müde gewesen, am Vorabend sogar früher als sonst zu Bett gegangen. Es gab nichts, was er sich vorwerfen konnte. Klarer Kopf, ruhige Hände. Die Tücher hatte er nicht selbst gezählt, weil er sie nie selbst gezählt hatte. Der Kopf des Operateurs mußte für wichtigere Dinge frei bleiben. Tücherzählen war Schwesternjob. Immer gewesen.
»Klare Sache«, hatte sein Anwalt gesagt. »Ihr internationaler guter Ruf, die vielen erfolgreichen Operationen, da wird nichts hängenbleiben!«
Die Schwester richtete sich auf, schneuzte sich.
»Noch Fragen?« fragte der Richter. »Herr Staatsanwalt?«
Ziemann kannte den Mann, man war einander mehrmals bei diversen gesellschaftlichen Ereignissen begegnet. Ein eitler Glatzkopf mit einer jungen, bemerkenswert hübschen Frau. Wahrscheinlich ehe-

malige Gerichtsschreiberin. Oder angehende Juristin.

Der Glatzkopf räusperte sich.

»Eine letzte Frage. Bitte konzentrieren Sie sich, denken Sie ganz genau nach, bevor Sie antworten.«

Die Schwester fuhr sich nervös mit dem Handrücken über die Wange.

»Stimmt es, daß Sie Doktor Ziemann etwa eine Stunde nach der Operation auf dem Personalparkplatz getroffen haben?«

Die Schwester nickte.

»Stimmt es auch, daß Sie vor dem Nachhausefahren noch mit ihm geredet haben?«

Ziemann suchte nach einem Grund für die Fragen. Gute Nacht hatte sie gesagt, sonst nichts!

Die Schwester nickte.

Der Staatsanwalt stemmte sich aus seinem Sitz.

»Sagen Sie uns doch bitte, was Sie zu diesem Mann in jener Nacht gesagt haben!«

Der Zeigefinger des Glatzkopfes wies auf Ziemann.

Die Schwester schluchzte auf, räusperte sich, schluckte, einmal, zweimal.

»Ich habe so ein Gefühl gehabt.«

»Wir reden hier nicht über Gefühle, sondern über Tatsachen. Was haben Sie Doktor Ziemann damals tatsächlich gesagt?«

»Ich habe ihm gesagt, daß ich nicht hundertprozentig sicher sei, daß auch wirklich alle Bauchtücher entfernt wurden.«

Ziemann war fassungslos. Lüge. Verdammte Lüge. Sie hatte nur gute Nacht gesagt, kein Wort über ein Bauchtuch.
Er schaute nach rechts, suchte den Blick seines Anwalts. Fand ihn. Dr. Langmann, alter Freund der Familie. Hätte nie gedacht, daß er einmal in einer Strafsache aktiv werden müßte.
Der Anwalt hob die Augenbrauen und zuckte die Schultern. Beruhigendes Lächeln. Vertrau mir, ich bin besser als die anderen, wir schaffen das schon. Scheiße. Und was ist, wenn wir es nicht schaffen?
»Und was«, donnerte der Staatsanwalt, »hat Herr Doktor Ziemann damals geantwortet?«
Schweigen, Stille, Warten.
Spannung.
»Nichts«, sagte sie.
»Richtig«, sagte Ziemann halblaut, »ich habe nichts gesagt, weil es diese Frage nie gegeben hat!«
»Angeklagter, schweigen Sie, Sie sind nicht gefragt«, rief der Richter.
Ziemann holte tief Luft.
Der Anwalt legte den Zeigefinger an die Lippen und schüttelte den Kopf.
»Er hat nichts gesagt?« fragte der Staatsanwalt scheinheilig. »Ja warum hat er denn in jener Nacht nichts gesagt?«
Die Schwester errötete, räusperte sich.
»Weil er versucht hat, mich zu küssen!«
Raunen in den Zuschauerreihen, ein kurzes, hämisches Lachen.

»Ruhe«, rief der Richter. »Sonst laß ich den Saal räumen!«
Ziemann kam sich nackt vor und hilflos. Die Anklagebank war unerträglich hart.
»Angeklagter, stehen Sie auf, und treten Sie in den Zeugenstand«, forderte ihn der Richter plötzlich auf.
Ziemann erhob sich, ließ die Arme seitlich herabbaumeln. Was tut man in einem solchen Augenblick mit den Armen? Sie sind im Weg. Nutzlos, wenn man sie nicht für große Gesten einsetzen kann.
»Was sagen Sie dazu?«
»Es war eine Zufallsbegegnung«, sagte er, viel zu leise, nicht sehr überzeugend. »Ich habe nur gute Nacht gesagt, wir haben einander nicht einmal die Hände geschüttelt.«
Ziemann war müde, hatte das Theater mit einemmal satt.
Ich hab doch nichts getan, verdammt noch mal. Ich habe einer Frau geholfen, ein Kind in die Welt zu setzen. Ich bin Gynäkologe. Ein verdammt guter sogar. Warum sagt das niemand? Warum sagt niemand, daß ich hundertmal fehlerlos operiert habe? Warum behandelt man mich wie einen Verbrecher? Weil ich gut verdiene, international anerkannt bin? Ist das der Grund? Neid? Hat die Meute der Neider nur auf eine Gelegenheit gewartet, mich endlich köpfen zu können?
»Sie haben also nicht versucht, diese Frau zu küssen?« fragte der Staatsanwalt mit unüberhörbarem Sarkasmus.

»Nein«, schrie Ziemann, »ich kenne diese Frau kaum, sie interessiert mich nicht!«
»Sie waren nie verheiratet und hatten damals auch keine feste Bindung, stimmt das?«
»Einspruch«, sagte der Anwalt. Endlich.
Gut so. Sollte doch er diese Posse weiterführen.
»Die privaten Verhältnisse meines Mandanten haben nichts mit der Problematik dieses Falles zu tun!«
»Stattgegeben«, sagte der Richter.
Der Glatzkopf zuckte die Schultern. Ziemann erinnerte sich plötzlich.
War nicht allzu lange her, bei irgendeinem Fest. Da war der Glatzkopf sternhagelvoll gewesen. Eine lächerliche, lallende Figur. Gekotzt hat er. Hinter dem Busch am Rande des Swimmingpools.
»Dann frage ich anders«, sagte der Staatsanwalt.
Seine junge, blonde Frau hatte ihm damals das verdreckte Hemd ausgezogen. Er war mit nacktem Oberkörper ins Auto gestiegen. Sie hatte ihn gefahren.
»Gibt es Krankenschwestern in Ihrer Abteilung, mit denen Sie intim verkehren oder verkehrt haben?«
Verdammt noch mal, was soll das!
»Antworten Sie«, sagte der Richter.
Ziemann stand wieder einmal auf, sein Anwalt zuckte hilflos die Schultern.
»Ja«, sagte er, »ich habe mit mehreren Schwestern geschlafen!«
Der Staatsanwalt grinste zufrieden.
»Keine weiteren Fragen!«

Das Bauchtuch, dachte Ziemann, was hat das alles mit dem Bauchtuch zu tun?

Das Mädchen war etwa sechs Jahre alt. Vielleicht auch jünger. Oder älter. Der alte Einsiedler hatte nie viel mit Kindern zu tun gehabt. Er mochte sie. Lieber als die Erwachsenen, die sie zu ihm auf den Berg schleppten.
Neugierige, große, dunkle Augen starrten ihn an. Das Mädchen war ein paar Schritte von ihm entfernt stehengeblieben. Er suchte im kleinen Gesicht nach Furcht. Fand jedoch nur Neugierde.
Er streckte eine Hand nach dem Mädchen aus.
»Komm her«, sagte er.
Das Kind schüttelte den Kopf. Brauner, lockiger Wuschelkopf.
Der Alte trat vorsichtig einen Schritt näher.
Das Kind blieb stehen. Dann sah es seine Hand. Die dicken, gelblichen, rissigen Fingernägel mit den breiten schwarzen Dreckrändern, die furchige Haut mit den tausend Falten und Rissen und mitten am Handrücken die Narbe.
Er zog die Hand zurück und versuchte, sie hinter dem Rücken zu verstecken.
»Nein«, sagte das Mädchen und schüttelte den Kopf, »laß die Hand da, ich will sie mir ansehen.«
Er schaute sich rasch um, um zu sehen, ob irgendein Erwachsener die Szene beobachtete. Der Vater vielleicht oder die Mutter. Doch da war niemand.

Die hockten wahrscheinlich vor der Hütte und machten sich über die Schnapsflasche her, die sie mühevoll hochgeschleppt haben, dachte der Alte.
Er nahm die Hand ganz langsam von seinem Rücken und streckte sie dem Kind zögernd, als würde er damit etwas Verbotenes tun, entgegen.
Das Mädchen trat nahe an die Hand heran und musterte sie furchtlos.
»Ist das wirklich deine Hand?«
»Ja«, sagte er und grinste. »Warum fragst du?«
Das Kind berührte mit einem Zeigefinger ganz zart den obersten Teil der Narbe.
»Weil sie nicht wie eine Menschenhand aussieht!«
»Wie sieht sie denn dann aus?«
»Wie die eines Monsters. Ich weiß das, weil mein Bruder ein Buch über Monster zu Hause hat, und im Fernsehen habe ich auch schon Monster gesehen. Manche von ihnen haben solche Hände.«
Das Mädchen hatte rasch geredet, weil es möglichst viel sagen wollte und weil es Angst hatte, die Mutter würde auftauchen und es ihm verbieten. Es wußte, daß man einem Erwachsenen so etwas eigentlich nicht sagen durfte. Bei diesem Erwachsenen war es aber anders. Weil er ganz anders war als jeder andere Erwachsene, dem es bisher begegnet war.
Er schüttelte den Kopf und lächelte.
»Ich bin zwar anders als die anderen«, sagte er, »aber ich verspreche dir, daß ich kein Monster bin!«
Das Kind trat einen Schritt zurück, stemmte beide Arme in die Seiten und runzelte die Stirn.

»Das weiß ich«, sagte es bestimmt, »deshalb hab ich dich ja gefragt, ob diese Hand echt ist. Es könnte ja auch so eine aus Gummi sein, die man kaufen kann und anzieht, wenn man sich verkleidet.«
Der Alte hob die Hand mit der Narbe und klopfte mit dem Zeigefinger der anderen dagegen.
»Hier oben«, sagte er, »gibt es keine Gummihände. Hier gibt es nur Dinge, die echt sind, hier wohnt die Wahrheit!«
Das Kind hörte zu und nickte, als ob es genau verstehen würde, was der alte Mann mit der Monsterhand zu sagen versuchte.
»Die Lügen«, fuhr der Alte fort, »bleiben unten, im Tal. Wie die Monster und die Gummihände, die Verbrecher und die Politiker.«
Eine Ziege bimmelte gemächlich an ihnen vorbei. Ein Bündel Sonnenstrahlen stach durch ein Loch in der Wolkenwand und brachte alles, was naß war, zum Glitzern.
Das Kind staunte und verstand plötzlich.
»Du bist der liebe Gott«, sagte es.
Jetzt lachte der Alte. Eine riesige Narbe auf seiner Stirn trat rötlich hervor, begann zu glühen. Er lachte so laut und so heftig, bis Tränen aus den Augen über die furchigen Wangen in den wirren weißen Bart rollten.
»Der liebe Gott«, stöhnte er, »das Kind hat gesagt, ich sei der liebe Gott!«
Das Mädchen war verwirrt.
»Wer bist du dann?« fragte es.

Der Alte gab ihm keine Antwort, er lachte noch immer.

»Ein routinierter Mann«, sagte der Staatsanwalt, »Doktor Wolf Ziemann ist ohne Zweifel ein routinierter Mann, der in der Vergangenheit in seinem Beruf auch unbestritten erfolgreich war. Ich gebe das auch gerne zu. Mehr noch: Ich behaupte sogar, daß gerade das der Grund dafür ist, warum er heute als Angeklagter vor Ihnen steht. Doktor Wolf Ziemann war sich seiner Fähigkeiten so sicher, hat so sehr auf seine Routine und sein großes Können vertraut, daß er dabei auf eines vergessen hat: die Sorgfalt!«
Keine theatralischen Gesten, die Pausen genau dort gesetzt, wo sie am wirksamsten sind.
Der Mann ist gut, dachte Ziemann. Und das mit der Sorgfalt ist gut, weil es richtig ist. Natürlich hatte er schuld. Als Oberarzt und Operateur trug er die Verantwortung für alles, was während einer Operation geschah. Auch für die Fehler anderer. Selbst wenn hundertmal nichts passiert ist, wenn hundertmal alles bestens funktioniert hat, hätte er beim hundertunderstenmal genauso sorgfältig sein müssen wie bei seiner allerersten Operation. Damals hatte er niemandem vertraut, nur sich selbst. Damals hatte er die gereichten Bauchtücher noch selbst gezählt, bevor er die Bauchhöhle vernäht hatte.
»Routine«, fuhr der Staatsanwalt fort, »ist nur dann nützlich, wenn sie einen Partner hat – die Sorgfalt.

Ohne diesen Partner kann sie in Extremfällen sogar tödlich enden. Und das, meine Damen und Herren, wäre hier beinahe eingetroffen!«
Der Staatsanwalt erhob sich und zeigte auf den Angeklagten.
»Dieser Mann hier«, sagte er und erhob seine Stimme, »hat nicht nur die Pflicht zur Sorgfalt schändlich vernachlässigt, er hat etwas zweites, viel Verwerflicheres getan: Er hat in vollem Wissen um seinen Fehler – denn darauf hat ihn ja die Operationsschwester noch in derselben Nacht aufmerksam gemacht – nichts getan, um diesen zu korrigieren. Im Gegenteil: Er hat, um seinen Fehler zu vertuschen, ganz bewußt das Leben der Patientin riskiert. Was er und andere Kollegen für Blähungen und die übertriebene Reaktion einer extrem schmerzempfindlichen Frau gehalten haben, ging von einem vierzig mal vierzig Zentimeter großen Tuch aus, das dieser Mann in der Bauchhöhle vergessen hatte.«
Richtig, dachte Ziemann, du bist zwar ein großer Kotzbrocken, aber du hast recht!
»Die Patientin lebt, das stimmt«, fuhr der Staatsanwalt fort, »dafür ist jedoch nicht dieser Mann verantwortlich, sondern ein anderer Arzt, der jenes Maß an Verantwortung besitzt, das wir beim Angeklagten nicht finden.«
Ich war nach dieser Operation bei einem Kongreß in Kopenhagen. Drei Tage lang. Das weiß er, und das könnte er auch erwähnen, dachte Ziemann. Im Grunde genommen war es ihm aber egal. Er, Wolf Ziemann, war schuldig.

Sein Anwalt hatte keine Chance.
Er sang pflichtgemäß das hohe Lied von der Integrität seines Mandanten, strich dessen Leistungen hervor und bezeichnete die Parkplatzgeschichte der Schwester als Märchen, das diese nur erfunden hätte, um sich selbst von jeder Schuld reinzuwaschen. Der Verteidiger redete auch über den Kongreß in Kopenhagen und versuchte, damit zu erklären, daß er die Patientin während dieses Zeitraumes nicht betreuen und deshalb ihren Zustand auch nicht einschätzen hatte können – es brachte nicht viel.
Ziemann empfand weder Panik noch Ärger, auch keine Wut und keine Angst. Er fragte sich nur, welche Strafe das Gesetz für einen wie ihn vorgesehen hatte.
Das Gericht kam bereits nach halbstündiger Beratung zurück. Der Anwalt nickte ihm ermutigend zu.
»Schuldig«, sagte der Richter, ein massiger, rotgesichtiger Mann. »Schuldig der fahrlässigen schweren Körperverletzung!«
Fahrlässig – ein anderes Wort für mangelnde Sorgfalt, menschliche Fehlbarkeit.
Der Richter redete von Ziemanns bisheriger Unbescholtenheit und nannte diese einen wesentlichen Milderungsgrund, noch milder wäre das Urteil ausgefallen, wenn er von Beginn an ein reumütiges umfassendes Geständnis abgelegt hätte.
Die Geldstrafe, zu der er verurteilt wurde, machte etwa drei Monatsgehälter aus, dazu gab es eine sechsmonatige Haftstrafe, die drei Jahre auf Bewährung ausgesprochen wurde.

»Wir müssen dagegen Berufung einlegen«, sagte sein Anwalt, doch Ziemann winkte ab. Er wollte nie mehr in einem Gerichtssaal sitzen, nie mehr. Nicht einmal als Zuschauer.
»Ich nehme die Strafe an«, sagte er.

Der Alte saß auf der Bank vor dem Haus und schaute zu, wie die Sonne den Himmel verließ. Das Farbenspiel, die Wanderung der Wolken, die Bewegung der Luft.
Die Stimmen der Natur sagten ihm jeden Abend, wie das Wetter am nächsten Tag sein würde. Ein wolkenloser Himmel bedeutet noch lange nicht, daß ein klarer, sonniger Tag folgt. Da war noch so vieles, das auf irgendeine Art bedeutsam sein konnte. Ob die Luft stillstand, ob sie sich bewegte, wie sie sich bewegte, Hauch, Böe, Brise oder ganz anders. Nicht jeder Hauch war gleich, auch nicht jede Brise. Der Wind hatte eine Stimme, und der Alte hörte und verstand sie. Konnte sie lesen. Es war nicht leicht gewesen. Zuerst war sie nur ein Geräusch gewesen, leise oder laut, ein Hauch, ein Säuseln, ein Flüstern, ein Brüllen. Während eines Sturmes hatte er zum ersten Mal mehr als nur die Lautstärke des Windes lesen können. Er hatte im Stall bemerkt, daß eine junge Ziege fehlte, und sich auf die Suche nach ihr begeben. Der Himmel war beinahe schwarz, obwohl es erst Nachmittag war. Die gewaltigen Regenmassen, die sich bald über seine Alm ergießen würden,

klammerten sich noch an den Wolken fest. Der Himmel hatte zunächst den Wind geschickt, der wie ein losgelassener Kettenhund über das Land fegte und sich mit ungeheurer Wut gegen alles warf, das ihm im Wege stand.

An diesem Tag hatte der Alte zum ersten Mal erkannt, daß der Wind mehr war als nur laut oder leise. Damals hatte der Wind gebrüllt, getobt, aus Wut oder weil er seine Macht beweisen wollte. Der Wind hatte ihm seine Gefühle mitgeteilt.

Später hatte ihn der Alte flüstern hören und wimmern, der Wind hatte gesäuselt, geklagt, ihn sanft umschmeichelt.

Alles, was Poeten in allen Ecken der Erde seit langer, langer Zeit über den Wind niedergeschrieben hatten und bis in die Ewigkeit über ihn niederschreiben würden, hatte der Wind mit dem Alten geteilt. Kaum jemand war mit dem Wind so lange allein gewesen wie er. Selbst wenn der Wind stumm war, spürte er ihn, weil der Wind die Luft auch lautlos bewegen konnte.

Es hatte lange gedauert, bis er das Logische darin klar erkannte. Die einzige Aufgabe des Windes bestand darin, die Luft zu bewegen. Kalte oder warme Luft herbeizuschaffen, kalte oder warme Luft wegzutreiben, kalte und warme Luft miteinander zu vermischen.

Manchmal erledigte der Wind diese Aufgabe zögernd, mit weniger Freude, manchmal mit grimmiger Wut, manchmal eilig, manchmal ließ er die Luft einfach stehen und trollte sich, manchmal schaffte er

jede verfügbare Regenwolke heran, manchmal riß er ein Loch in die graue Decke und ließ die Sonnenstrahlen herein.
Der Alte wußte, daß er dem Geheimnis des Windes und des Wetters auf der Spur war. Er verstand vieles, wußte einiges zu deuten, lernte ständig dazu und wußte, daß es noch viel mehr gab.
Er hatte beobachtet, daß es Kreaturen gab, die den Wind noch besser lesen konnten als er. Diese Kreaturen waren die Vögel.
Es hatte viele Jahre gedauert, bis der Alte die Lebensgewohnheiten der Vögel so weit ergründet hatte, daß er fähig gewesen war, Änderungen ihrer Verhaltensweise zu erkennen. Vögel waren für ihn einfach dagewesen, zwitscherten, pickten Krumen auf, einige waren frech, näherten sich ohne Scheu, andere blieben auf den höheren Ästen hocken.
Erst als der Alte wußte, wie das Normalleben der Vögel verlief, konnte er erkennen, wie sie sich verhielten, wenn es etwas gab, was sie in Alarmzustand versetzte. Eine drastische Wetteränderung etwa. Das Heranziehen einer fernen, von seinem Standpunkt aus noch nicht erkennbaren Sturmfront.
Der Wind sagte es den Vögeln zuerst. Und die Vögel sagten es ihm weiter. Der Alte hockte jeden Abend vor der Hütte und studierte die Signale, die die Natur zeigte. Sie waren für jeden da, der die Natur ernst nahm.
Der Alte nahm sie ernst und war bis jetzt recht gut mit der Natur ausgekommen. Der Blitz hatte eine Ziege erschlagen, das war jedoch schon elf Jahre her.

Wenn er das Tier rechtzeitig in den Stall getrieben hätte, wäre auch das nicht passiert.
Der Alte dachte an das Erlebnis mit dem Kind. Menschen waren nichts für ihn, auch kleine Menschen nicht. Es war ihm gar nicht recht, daß sich manchmal Menschen zu ihm verirrten. Im Sommer kamen jetzt schon beinahe jede Woche welche. Sie ließen zwar Geld da, doch war er bis vor einigen Sommern auch ohne dieses Geld ganz gut ausgekommen.
Der Alte brauchte sie nicht. Es reichte, wenn er die Menschen mehrmals im Jahr beim Einkaufen im Dorf sah.
Es gab kein Vogelgezwitscher mehr und auch keinen Wind. Der Himmel war orangefarben und violett, von oben schob sich eine grauschwarze Decke gegen den Horizont.
»Wird ein heißer Tag«, murmelte er.

»Du hättest das Urteil nicht annehmen sollen«, sagte Wladkowsky.
Es war schwül im Büro, Ziemann schwitzte.
Wladkowsky war der Leiter der gynäkologischen Abteilung, und selbst für ihn hatte es nie für eine Klimaanlage gereicht. Klimaanlagen gab es nur drüben, im neuen Verwaltungstrakt.
»Dann wäre die Sache weitergegangen, immer weiter, und am Ende, nach der allerletzten Berufung, wäre dasselbe herausgekommen«, sagte Ziemann.
»Was?«

»Sie verdonnern den Arzt, nicht die Schwester. Hast du ihre Gesichter gesehen?«
Wladkowsky nickte.
»Die haben sich voll auf mich eingeschossen. Gott in Weiß, endlich einer, den sie an der Gurgel packen können. Passiert ja nicht allzuoft, daß einer von uns verurteilt wird.«
»Hätte jedem passieren können«, sagte Wladkowsky.
Ziemann lachte gequält.
»Ja, ist wohl auch schon einigen passiert. Fällt unter Berufsrisiko. Man darf sich nur nicht erwischen lassen.«
Er zuckte die Schultern.
»Die Grenze ist dünn. Eben noch der gefeierte Arzt, jetzt verurteilter Verbrecher!«
Wladkowsky schaute ihn über seinen Schreibtisch hinweg an und sagte nichts.
»Laut Drehbuch kommt jetzt die Stelle, an der du mich feuern mußt«, sagte Ziemann.
Wladkowsky stand langsam auf.
»Mensch, Wolf«, sagte er, »du weißt doch genau, daß ich dich nicht feuern kann. Dafür kennen wir uns doch schon viel zu lange, dafür ist meine Hochachtung für deine Fähigkeiten als Arzt viel zu groß.«
»Ich hab Mist gemacht«, sagte Ziemann, »es ist ganz einfach. Ich hab riesengroßen Mist gemacht, und du bist mein Chef. Tu was!«
Wladkowsky stellte sich neben Ziemann und legte eine Hand auf seine Schulter.
»Was würdest du an meiner Stelle tun?«
Ziemann schüttelte den Kopf.

»Zu einfach, Walter, viel zu einfach. Diese Entscheidung kann ich dir nicht abnehmen. Das ist Chefsache!«
Wladkowsky zog die Hand zurück und runzelte die Stirn.
»Ich habe fast den Eindruck, du willst, daß ich dich rausschmeiße!«
Ziemann trat drei Schritte zurück und setzte sich auf den Stuhl, der vor dem Schreibtisch stand.
»Ich habe keine Ahnung, was ich will«, sagte er leise, »überhaupt keine Ahnung. Ich weiß nur eines. Ich brauche Distanz, Zeit zum Überlegen.«
Wladkowsky beugte sich über ihn und lächelte.
»Dann ist es ja ganz einfach«, sagte er, »du nimmst deinen Resturlaub, ich gebe dir ein paar Wochen unbezahlten Urlaub dazu. Für wissenschaftliche Studien, das ist ja nicht weit hergeholt. Du widmest dich ganz der Forschung, keine Operationen mehr. Wie klingt das? In zwei, drei Monaten publizierst du etwas, wir schicken dich zu einem großen Kongreß ...«
Wladkowsky atmete tief durch.
»So ähnlich habe ich es mir auch vorgestellt«, sagte Ziemann. »Wir müssen einfach Gras über die Sache wachsen lassen.«
Wladkowsky lachte befreit auf.
»Laß das Gras wachsen, alter Freund, laß es wachsen, solange du willst!«
Ziemann stand auf und ließ das rituelle Händeschütteln, das joviale Verabschieden über sich ergehen. Wladkowsky war immer so etwas wie ein

Freund gewesen. Sein Mitgefühl und die Ratlosigkeit waren nicht gespielt.
Trotzdem hatte Ziemann ihn angelogen. Er hatte ihm zumindest nicht die ganze Wahrheit gesagt.
Im Gerichtssaal auf der Anklagebank hatte er sich geschworen, nie mehr einen Operationssaal zu betreten. Es war ein Gefühl gewesen, das während der Verhandlung aufgetaucht und dann immer stärker geworden war. Es hatte sehr viel damit zu tun, daß ihm zunehmend ins Bewußtsein drang, daß er beinahe einen Menschen umgebracht hätte. Die Schwester hatte nichts damit zu tun, er, der Operateur, trug die alleinige Verantwortung. Er hatte immer die alleinige Verantwortung getragen. Bei jeder seiner hundert Operationen. Das Zählen der Bauchtücher war dabei stets eine von vielen Nebensächlichkeiten gewesen, eine, die er für so unwichtig gehalten hatte, daß er sie zur Gänze der jeweiligen Schwester übertragen hatte.
Er hatte lange Riesenglück gehabt. Viele Patienten hatten Riesenglück gehabt. In seinem Job durfte es keine Nebensächlichkeiten geben, jeder Handgriff entschied über Leben und Tod, jede Sekunde im Operationssaal war die wichtigste.
Heilen und Töten lagen ganz nah beieinander.
Ziemann war froh, daß es den Prozeß gegeben hatte. Er hatte ihm die Augen geöffnet. Vielleicht war er nie Arzt genug gewesen, um so etwas unbeschadet durchstehen zu können. Vielleicht hatte er, mit Hilfe von Freunden wie Wladkowsky, immer nur die Karriere vorangetrieben und seine Eitelkeit befriedigt.

Er mußte sein Leben neu ordnen.
Wie ordnet man ein Leben, das so geordnet verlaufen war wie seines?
Ziemann hatte keine Ahnung.

In der Hütte wurde es schneller dunkel als draußen. Das Licht, das durch die kleinen Fenster kam, wurde immer dünner und starb am Ende ganz. Dann gehörte die Welt für eine genau gemessene Zahl von Stunden der Finsternis.
Der Alte liebte diese Zeit. Das Wegdämmern des Tages und das Aufkommen der Nacht.
Manchmal, meistens dann, wenn das Wetter tagsüber schön gewesen war, hockte er draußen vor der Hütte auf der Bank und blieb dort, bis ihn die Finsternis eingehüllt hatte. Dann tastete er nach der Petroleumlampe, die hinter ihm auf der Fensterbank stand, schuf eine kleine Insel warmen Lichts, die ihn in die Hütte begleitete, wo er das Herdfeuer anzündete und sein Abendmahl zubereitete.
Er hockte auf der Ofenbank, neben ihm schnurrte die alte Katze. Sie hatte von ihm nie einen Menschennamen bekommen, weil sie eine Katze war und einen Katzennamen tragen sollte. Da er die Katzensprache nicht beherrschte, wußte er nicht, ob sie überhaupt einen besaß. Deshalb hatte er sie immer mit »Katze« angesprochen, in letzter Zeit manchmal mit »alte Katze«. Er redete mit ihr wie mit einem Menschen, und die Katze schaute ihn dabei an, als

ob sie seine Worte verstehen könnte. Jetzt grub er seine harten Hände in ihr weiches Fell, und sie schnurrte noch lauter.
Die kleinen Fenster ließen gerade noch so viel Tageslicht durch, daß er das Innere des Raumes erkennen konnte. Den schweren Holztisch, die beiden Stühle, das Regal, das die seltsam geformten Steine trug, die er im Laufe der Jahre gesammelt und hier abgelegt hatte: Menschenköpfe, Tiergestalten oder solche, die einfach nur schön waren, irgendwie seltsam oder geheimnisvoll.
Der Alte genoß die Zeit der Übergabe des Lichts an die Dunkelheit. Tag und Nacht flossen ineinander, hellgrau, wenn der Tag noch stärker war als die Nacht, dann dunkler bis zum Schwarz.
Wenn Neumond war oder schlechtes Wetter, dann verschwanden am Ende auch die Fensterhöhlen, jetzt sah er sie noch als hellschwarze Vierecke, weil das Dunkel der Nacht draußen nicht so dicht war wie hier in der Hütte. Später, wenn der Mond aufging, würden die Fensterhöhlen noch heller werden. Der Mond war zunehmend und halb voll. Den Raum, der ihn umgab, sah er nicht mehr.
Die Katze schnurrte noch immer.

Das Bild vom Vater in der Diele. Immer noch so wie immer. Derselbe lackierte Holzrahmen, dasselbe Glas, derselbe Platz. Es war ein großes Bild und das

einzige. Die Diele hatte immer dem Vater gehört. Sein Bild hatte immer hier gehangen. Seit er denken konnte.
Ziemann kannte nur das Bild. Das Original war gestorben, bevor er die Erinnerung daran besessen hatte.
Das Bild war immer Teil der Diele gewesen, und er hatte es immer an sich vorbeistreichen lassen, wenn er eingetreten war.
Jetzt blieb er stehen. Er wußte nicht, warum. Er blieb stehen und betrachtete das Bild. Erstmals seit vielen Jahren. Hatte er es überhaupt jemals wirklich betrachtet?
Der Vater trug einen dicken Wollpullover und ein gewinnendes Lächeln. Hohe Stirn, kurzgeschnittenes blondes Haar, altmodische Knickerbocker, weiße Kniestrümpfe, schwere, klobige Lederschuhe. Bergschuhe. Das rechte Bein war angewinkelt, der Fuß stand auf einem beinahe kniehohen Steinbrocken, im Hintergrund sah man eine Felswand. Es war ein Schwarzweißbild. Aufgenommen an einem sonnigen Tag, wahrscheinlich um die Mittagszeit, weil es fast zu hell war und fast ohne Schatten.
Der Mann, den er sah, war jünger als er selbst. Er wirkte sportlich und fit und optimistisch. Es war das Bild eines Bergsteigers, der keine Angst vor großen Herausforderungen hatte.
Sein Vater.
Er betrachtete das Bild lange, empfand jedoch nichts dabei.
»Vater«, sagte er halblaut, »hey, Vater, sag was! Ich

bin dein einziges Kind, und ich stecke ganz tief in der Scheiße!«
»Wolf, bist du's?«
Die Mutter, aus der Küche.
»Ja, Mutter!«
Tür auf, zwei Küsse auf die Wangen. Das Übliche. Small talk, Pflichtbesuch. Sie war ja so stolz darauf, daß ihr einziger Sohn ein Arzt war. Für ihre Generation noch immer der Prestigejob Nummer eins.
Wie sollte er es ihr sagen? Jetzt gleich, denn morgen würde sie es in der Zeitung lesen.
Er setzte sich.
»Magst du Kuchen?«
Sie hatte immer Kuchen, frischen Kuchen, den besten Kuchen der Welt.
»Ja, Mutter, danke.«
»Kaffee?«
»Gerne, du weißt ja.«
»Dauert nur ein paar Minuten.«
Sie drehte ihm den Rücken zu und redete weiter. Wie immer.
Ich sollte es ihr gleich sagen, dachte er, dann begann sie zu erzählen. Wie immer. Banale, langweilige Geschichten. Helle Momente in der eintönigen Einsamkeit. Das Leben einer alleinstehenden Achtzigjährigen. Das Leben seiner Mutter. Er ließ sie reden. Wie immer. Weil sie außer ihm kaum einen Zuhörer hatte. Weil sie außer ihm niemanden hatte, der sich wirklich um sie sorgte.
Seine Mutter.
Er hatte sie erst vor kurzem untersucht. Da war

nichts wirklich Ernstes. Nur das Alter, die Abnutzung, die üblichen Wehwehchen. Sie hatte noch einige gute Jahre vor sich. Wenn die Seele mitmachte, das Ausleben des Körpers von einem Sinn getragen wurde.

Das war's. Der Sinn ihres Lebens war er. Der Sohn, der Arzt, der Stolz.

Wenn er ihr die Wahrheit erzählte, würde er den Sinn zerbrechen.

»Nur noch ein Minütchen«, sagte sie, »der Kaffee ist bald fertig.«

Mein Gott, er konnte es ihr nicht sagen. Nicht jetzt. Morgen würde es in den Zeitungen stehen.

Lügen? Sagen, daß er das Opfer von Intrigen war, der Unschuldige, das Genie, das an der Ignoranz seiner Umgebung zerbrechen mußte?

Sie hatte ihn anders erzogen.

Ziemann stand auf und ging langsam zu ihr. Er streckte seine Arme aus und legte sie von hinten um ihre Mitte. Er drückte sie sanft an sich.

»Wolf«, sagte sie vorwurfsvoll, und er sah ihr Lächeln, obwohl er ihr Gesicht nicht sehen konnte, »siehst du nicht, daß ich arbeite?«

»Du arbeitest immer, Mutter«, sagte er.

Sie drehte sich rasch um und drückte ihm einen flüchtigen Kuß auf die Wange.

Ziemann zog sie langsam vom Herd weg.

»Laß das, Mutter. Nur für einen Augenblick. Ich muß dir etwas Wichtiges sagen.«

Sie trat einen Schritt zurück, löste sich sanft aus seiner Umarmung.

»Kann es was Wichtigeres geben als eine Tasse frischen Kaffees?«
Mein Gott, dachte er, sie ist so glücklich, wahrscheinlich glaubt sie, ich werde ihr jetzt mitteilen, daß ich endlich eine Frau gefunden habe, heiraten werde, daß sie doch noch Großmutter sein würde.
»Es ist nichts Erfreuliches«, sagte er und spürte die Hilflosigkeit, die er jetzt nicht brauchte, weil sie nur das, was er ihr irgendwann, bald, sagen mußte, verzögern würde.
Sie drehte sich zu ihm und legte die knochigen Finger an seine Wange.
»Sag's mir«, sagte sie, »sag doch, was dich bedrückt.«
Am liebsten hätte er geheult. Wie damals, als er noch ein Kind war. Wann hatte er zuletzt in ihrer Gegenwart geheult? Er dachte nach und erinnerte sich an einen kapitalen Sturz mit dem Fahrrad, dann kehrte er zu ihr zurück.
»Ist es etwas ganz Schlimmes?« fragte sie.
Er nickte und erzählte ihr alles.

Der Alte wußte, daß er in den Augen der anderen häßlich war, doch es kümmerte ihn nicht. Früher, sehr viel früher, als er noch unter den Menschen gelebt hatte, da hätte es ihn ganz sicher gekümmert. Damals hatte er allerdings auch die Narbe noch nicht, die sich vom Haaransatz über das rechte Jochbein bis hinunter zum Hals zog. Wo die Narbe war,

wuchs kein Haar, deshalb konnte sie jeder sehen. Nur der Alte nicht.
Er hatte nie einen Spiegel in seiner Hütte gehabt. Unten, im Dorf, hätte er sich einen besorgen können, doch von den vielen nutzlosen Dingen, die anderen so wichtig waren, erschien ein Spiegel ihm als eines der nutzlosesten. Für ihn war ein Spiegel ein Instrument der Eitelkeit. Eitelkeit hatte, wenn überhaupt, nur dann einen Sinn, wenn sie bei anderen Reaktionen auslöste. Bewunderung etwa. Bei einem, der, wie er, die menschliche Gesellschaft verachtete, wäre Eitelkeit Dummheit gewesen. Wie der Besitz eines Spiegels.
Natürlich hatte er die Narbe oft betastet. Wenn er in den Brunnentrog blickte, konnte er so viel von seinem Gesicht sehen, daß er auch die Narbe und ihren Verlauf erkennen konnte.
Wie er auf andere wirkte, wußte er nur von den Menschen, die in letzter Zeit immer häufiger in seiner Welt auftauchten. Von den Heuchlern, die Höflichkeiten säuselten, in ihren Augen jedoch den Ekel trugen, und von den anderen, die bei seinem Anblick erschraken, und jenen, die gleich zum Thema kamen.
»Um Gottes willen, so eine große Narbe habe ich ja noch nie gesehen, woher haben Sie denn die?«
Es waren meistens Frauen, die so fragten.
Einmal hatte er etwas von einem Unfall gemurmelt, da hatte sie weitergebohrt, nicht lockergelassen und alles ganz genau wissen wollen.
»Geht Sie einen feuchten Dreck an«, hatte er damals gesagt und dafür bösartige Beschimpfungen geern-

tet. Die Leute waren so verärgert gewesen, daß sie nicht einmal für Milch und Käse bezahlt hatten.

Jetzt sagte er nur noch »Krieg«, und sie nickten mitleids- und verständnisvoll. Krieg war schrecklich, die Narbe war schrecklich – das paßte zusammen. Keine Fragen mehr, weil keiner Kriegsgeschichten hören wollte. In diesem Land hatten alle schon viel zu viele gehört.

Er schabte mit dem Löffel die Reste des Eintopfs aus dem Blechteller. Es gab immer Eintopf, weil er immer alles Eßbare in einen Topf warf. Er war stets der Meinung gewesen, daß Essen eine Notwendigkeit und kein Vergnügen sein sollte. Die feinen Leute und ihre sündteuren, exzentrischen und perversen Eßgewohnheiten hatte er schon in seinem früheren Leben verachtet.

Beim Ziegenkäse war es anders. Der gelang ihm einmal besser, einmal schlechter, manchmal war er ausgezeichnet. Die Qualität des Ziegenkäses hing zum Teil von der Qualität der Milch ab und diese wiederum von der Qualität des Futters. Letztendlich waren es jedoch auch seine Fähigkeiten. Sein Wissen um das, was mit der Milch geschah, und das Ausschöpfen der Möglichkeiten, die den Reifeprozeß der Ziegenmilch zum Positiven beeinflussen konnten.

Wenn er von seinem Ziegenkäse aß, dann hatte es nichts mit Nahrungsaufnahme zu tun. Dann empfand er ähnlich wie ein Maler, der sein fertiges Werk betrachtet.

Nie warf er ein Stück davon in den abendlichen Eintopf.

Für den Ziegenkäse hatte er einen eigenen Raum gebaut. Ein winziges Steinkämmerchen, das vom Wohnraum aus durch eine grobgezimmerte, schwere Holztüre erreichbar war.
Der Alte stand auf. Das Herdfeuer war beinahe heruntergebrannt. Er bückte sich und legte ein paar Scheite nach.
»Bleib noch eine Weile da«, sagte er zum Feuer.
Die dünnen Flammen beugten sich zum neuen Holz und begannen, vorsichtig daran zu lecken.
Dann nahm er die Petroleumlampe, ging in die winzige Kammer und redete mit seinem Ziegenkäse. Die handgeformten Laibe lagen auf drei verschiedenen Regalen. Unten die jüngsten, oben die ältesten. Bis zur absoluten Reife dauerte es Monate. Der Alte drehte die Laibe um, einige hob er behutsam hoch und rieb sie mit Salz ein, das er aus einem kleinen Holzfäßchen nahm. Dabei drückte er sie vorsichtig und roch daran.
Bei einigen der oben gelagerten nickte er wissend.
»Du hast es bald geschafft«, sagte er zum größten und tätschelte ihn fast zärtlich, bevor er ihn wieder auf das Regal zurücklegte.
Als er wieder in den Wohnraum zurückgekehrt war, brannte das Herdfeuer hell.
Der Alte schöpfte Wasser aus dem Kübel neben der Tür und füllte die alte zerbeulte Teekanne. Er stellte sie aufs Feuer und blickte zu den Fenstern.
Die Nacht war noch immer dunkelgrau.

Ziemann hatte plötzlich Zeit, enorm viel Zeit, die nur ihm gehörte. Früher hatte er so wenig davon besessen, daß es nicht einmal für eine feste Beziehung gereicht hatte. Klinik, Reisen, Vorträge, die Arbeit am Computer, Artikel für medizinische Fachzeitschriften, fünf Kilometer Joggen am Morgen, ein paar gesellschaftliche Verpflichtungen und Jakob, der Freund, der einzige, der ihm geblieben war. Selbst für die unregelmäßigen Treffen mit ihm und die wohltuend kindischen Blödeleien, zu denen das gemeinsame Trinken am Ende meistens führte, hatte er sich die Zeit stehlen, Termine absagen oder umschichten müssen.

Jetzt hatte er so viel Zeit, daß er in ihr zu ertrinken drohte. Und ausgerechnet jetzt war Jakob nicht verfügbar. Seine Firma hatte ihn, wie Ziemann von einer weichen, gleichzeitig unpersönlich sterilen Frauenstimme am Telefon erfuhr, überraschend für drei Monate nach Abu Dhabi schicken müssen. Nein, die Telefonnummer dürfe sie nicht weitergeben, sorry, das sei so üblich. Firmenvorschrift.

Ziemann hatte sie dann doch erfahren, von Jakobs Mutter, und er hatte mit Abu Dhabi telefoniert. Kristallklare Sprachqualität, als ob das Telefon im Nebenraum stünde. Das Bier und das Betrinken und die kindischen Blödeleien hatte das Ferngespräch nicht ersetzen können. Ziemann hatte sich bei Jakob scherzhaft über die Geheimniskrämerei beschwert und hatte erwartet, daß ihm der Freund recht geben würde. Statt dessen wechselte Jakob das Thema und begann, von einem Wüstentrip zu erzählen, schwärmte von der Schönheit der Sandeinöde, vor allem von den Nächten, »einen so gewaltigen Sternenhimmel hast du noch nie gesehen, Mensch!«

»Scheiße, Jakob, was tust du dort wirklich? Geheime Mission? Spionageauftrag? Waffenverkäufe an Rebellen? Mafia?«

Er würde ihm alles erzählen, später, bei einem gemütlichen Bier. Jetzt könne er nur sagen, und selbst das dürfte er nicht, daß auf einer Baustelle irgend etwas total schiefgelaufen war und daß man ihn als Troubleshooter dorthingeschickt hätte.

»Darf nie aufkommen, verstehst du? Könnte das Schicksal der Firma entscheidend beeinflussen.«

Ziemann hatte von sich erzählen wollen, daß sich alles verändert hätte. Daß es irgendwo einen neuen Anfang geben müsse, er jedoch keine Ahnung hatte, wo. Daß er nun endlich Zeit besäße und ihn vielleicht in Abu Dhabi besuchen könnte. Um zu reden.

»Bist ein wichtiger Mann, Jakob«, sagte er jedoch am Ende und legte auf.

Er hatte den Freund nicht verloren, wollte er auch nicht. Er wußte nur, daß er ihn noch nie so sehr gebraucht hatte und daß er gerade jetzt nicht da war. Deshalb war Ziemann zutiefst enttäuscht. Die Zeit, die er im Übermaß hatte, sorgte dafür, daß diese Enttäuschung wuchs und etwas nährte, was er bis jetzt nur von anderen gekannt hatte. Selbstmitleid. Mit dem konnte er ebensowenig umgehen wie mit dem Druck der leeren Zeit.

Er wußte, daß er eine Aufgabe brauchte.

Ziemann war mitten im Grübeln, als der Journalist anrief.
»Keine Sorge, Herr Ziemann«, sagte der Mann rasch, »ich bin keiner, der von Skandalen lebt, es geht mir nicht um den Prozeß, ich bin Historiker, Spezialgebiet Drittes Reich.«
»Kein Interesse«, sagte Ziemann und legte auf.
Als es gleich darauf erneut klingelte, hob er nicht ab. Als das Klingeln endlich aufhörte, nahm er den Hörer von der Gabel und legte ihn neben das Telefon.
Außer Jakob gab es niemanden, mit dem er jetzt reden wollte, am allerwenigsten mit einem Journalisten.
Er schlief spät und mühsam ein und wachte früh und zerschlagen auf. Nicht einmal der Schlaf half ihm, die Zeit totzuschlagen. Das Joggen gehörte zu seinem früheren Leben, und er hatte beschlossen, es mit diesem sterben zu lassen.
Um sechs Uhr trank er Kaffee und versuchte dabei erfolglos, seine Gedanken zu ordnen. Dann zappte er sich durch das Fernsehprogramm und blieb bei einem Cartoon hängen. Bugs Bunny. Um acht Uhr rief er seine Mutter an und lud sie ein, mit ihm im »Corso« zu Mittag zu essen.
»Mein Gott, wie geht's dir, Junge«, sagte sie.
»Mach dir keine Sorgen, Mutter«, sagte er, »der Junge hat alles im Griff!«
Hatte er nicht.
Um acht Uhr dreißig klingelte es. Zu früh für den Postboten.

Ziemann schaute durch den Spion in der Türe und sah das optisch verzerrte Bild eines dicklichen Gesichts. Der Mann war klein und hatte eine mächtige Glatze. Er trug eine dicke, häßliche, schwarzumrandete Brille und sah aus wie einer, den nur das Finanzamt oder eine andere unangenehme Institution auf die Menschheit loslassen konnte.
Ziemann hatte keine Steuerschulden und damit auch kein schlechtes Gewissen. Vielleicht war der Mann vom Elektrizitätswerk und wollte nur den Zähler ablesen.
Als er die Türe öffnete, sah er, daß der Besucher einen abgetragenen dunkelblauen Anzug und eine abgegriffene, dickbäuchige lederne Aktentasche trug. Das Hemd war weiß und zerknittert, die Krawatte zu bunt. Der Mann schwitzte, und das Lächeln wirkte gequält.
Der Fremde tat einen kurzen, zappelnden Schritt und blieb im Türrahmen stehen.
»Darf ich eintreten?«
Ziemann schluckte die Ungeduld, die der kleine, schwitzende Glatzkopf in ihm aufwallen ließ, hinunter und zwang sich zur Höflichkeit.
»Natürlich«, sagte er und deutete dem Fremden mit einer einladenden Handbewegung an, daß dieser endlich weitergehen sollte.
Der Besucher zappelte in den Vorraum und ließ die offensichtlich schwere Tasche mit erlöstem Seufzen auf den Boden fallen.
Ziemann wartete.
Der kleine Mann ließ sich Zeit. Er griff mit entschul-

digendem Schulterzucken in die Außentasche des zerknitterten Sakkos, zog umständlich ein Stofftaschentuch heraus und wischte sich den Schweiß von der Stirn.

»Drittes Stockwerk, kein Lift«, stöhnte er.

Ziemann nickte. Ungeduldig. Es mußte der Mann vom Elektrizitätswerk sein.

»Was wollen Sie?« fragte er schroff.

»Ach ja«, sagte der andere, als würde er sich erst jetzt an den Zweck seines Hierseins erinnern und streckte Ziemann die kleinen, dicken Finger seiner Rechten entgegen. »Ich bin derjenige, mit dem sie gestern kurz am Telefon geredet haben, dann war's plötzlich aus. Nur Klingeln und später permanent besetzt. Irgendein Wurm in der Leitung, kommt ja öfter vor. Dann muß man eben auf die Technik verzichten und die guten alten Beine in die Hand nehmen.«

»Sie sind der Journalist«, sagte Ziemann und fühlte sich plötzlich von dem kleinen, schwitzenden Glatzkopf übertölpelt.

»Natürlich«, antwortete der andere rasch und ließ die ausgestreckte Rechte in der Luft stehen. »Gestatten, daß ich mich vorstelle. Frank Bermann.«

»Nie gehört«, sagte Ziemann. Und fügte hinzu: »Was immer Sie von mir wollen, ich habe kein Interesse. Verstehen Sie? Deshalb muß ich Sie auch jetzt bitten, wieder zu gehen.«

Bermann zog die Hand zögernd zurück und nickte. »Ich verstehe, daß Sie kein Interesse haben, mit einem Journalisten zu reden. Deshalb gestehe ich

auch, daß es ein Fehler war, mich am Telefon als Journalist zu bezeichnen.«
Er ballte die dicken Finger der Rechten zur Faust und klopfte mit den Fingerknöcheln dreimal gegen die Stirn. Dabei grinste er.
»Dummheit, verstehen Sie«, sagte er, »Instinktlosigkeit! Ich hätte Ihnen gleich sagen sollen, daß es mir nicht um Ihre Person geht, sondern um einen ganz anderen.«
Sie standen noch immer im Vorraum.
»Sie sind ein hartnäckiger Mann«, sagte Ziemann und trat ins Wohnzimmer, »kommen Sie verdammt noch mal endlich zur Sache.«
Hier wohnte er, es war seine Höhle, eine Behausung, mehr nicht. Wie sie aussah, ging nur ihn etwas an.
Der Dicke durchmaß das Zimmer mit ein paar Schritten und ließ sich ächzend auf das Sofa fallen.
»Sitzen tut wohl«, sagte er und ließ ein kurzes, dankbares Lächeln aufblitzen.
Ziemann setzte sich auf den einzigen freien Stuhl und verschränkte die Hände.
»Ich kann mir nicht vorstellen, daß ich irgend etwas weiß, was einen Historiker interessieren könnte«, sagte er.
Sein Besucher hob den Zeigefinger und beide Brauen. Es war ein Versuch, die Augen größer und den Gesichtsausdruck bedeutsamer zu machen, aber er schlug fehl und endete in einer Grimasse.
»Warten Sie ab, Doktor«, sagte er, »und erlauben Sie mir zunächst, Ihnen einige Fragen zu stellen.«

Ziemann zuckte die Schultern. Der dicke Mann räusperte sich.
»Ihr Vater hieß Rolf Ziemann, geboren in Hamburg, stimmt das?«
Ziemann runzelte die Stirn, sein Gegenüber hob abwehrend eine Hand.
»Bitte beantworten Sie meine Frage, Doktor, es ist sehr wichtig.«
Ziemann zögerte einen Augenblick lang, dann nickte er.
»Ihr Vater«, fuhr der andere fort, »ist am 20. August 1953 in den österreichischen Alpen bei einem Bergunfall ums Leben gekommen. Sie waren damals, wenn ich mich nicht irre, zwei oder drei Jahre alt?«
»Ich war zweieinhalb«, sagte Ziemann.
Der Besucher richtete sich auf und lehnte sich zurück.
»Wissen Sie, wer Ihr Vater wirklich war?«
Ziemann schüttelte den Kopf, verärgert, ungeduldig.
»Wie meinen Sie das?«
Der dicke Mann verharrte in seiner Position. Zurückgelehnt, rotes Gesicht über dem gewölbtem Bauch, lächelnd, fast grinsend.
»Ich nehme an, Sie wissen, daß Ihr Vater im Krieg Offizier war. Oberstleutnant bei der Wehrmacht.«
»Wenn Sie alten Kriegsscheiß aufwärmen wollen«, sagte Ziemann laut, aber noch nicht heftig, »dann können Sie das Gespräch als beendet betrachten, Herr Historiker. Kein Interesse, verstehen Sie, hat mich nie interessiert.«

Der kleine Mann ließ sich nicht beirren.
»Skandinavien, Rußland, immer an der Front. Zweimal verwundet, mehrere Auszeichnungen. Ein untadeliger Kriegsheld, wie er im Buche steht. Sagen Sie bloß, das haben Sie nicht gewußt, Doktor.«
»Na und«, sagte Ziemann, »was hat's ihm gebracht? Kriegshelden waren nicht gefragt nach dem Krieg. Das hat er wohl gewußt, und das hat auch meine Mutter gewußt. Sie hat nie vom Krieg geredet, von ihrem eigenen nicht und auch von dem meines Vaters nicht. War besser so. Für mich war er immer ein Bergsteiger, groß und mutig und edel. Verstehen Sie? Alles, was Sie mir über meinen Vater erzählen, zählt für mich nicht mehr. Ich war zweieinhalb, hab ihn nie gehabt, sie hat mir kaum von ihm erzählt, und ich habe nie nach ihm gefragt, weil mir das, was ich wußte, genügt hat. Mein Vater war ein Bergsteiger. Punkt. Aus. Belassen wir es dabei.«
Ziemann stand auf und deutete zur Tür.
»Danke für den Besuch, auf Wiedersehen.«
Bermann blieb sitzen.
»Sie wissen also gar nichts«, sagte er langsam.
Ziemann bewegte sich, ging zum Sofa, starrte von oben auf die Glatze.
»Es reicht«, knurrte er, »genug, verstehen Sie. Ende des Gesprächs. Abmarsch.«
Die massige Gestalt blieb, wo sie war.
Die Glatze war mit unzähligen, winzigen Schweißperlen bedeckt.
Widerlich, dachte Ziemann.
Der Kopf unter ihm bewegte sich langsam, die

Augenbrauen tauchten auf, die Nase, das ganze Gesicht. Es blickte zu ihm hoch.
»Ihr Vater«, sagte der Mund, »hat zwölf Tonnen Gold verschwinden lassen!«

Das Herdfeuer war längst erloschen. Nur noch der Geruch war da. Der Rauch, dazu das Harz des Holzes, das neben der Türe aufgestapelt war, Käse, Ziegen, Katze, der Alte selbst. Die Hütte hatte einen Geruch, den es sonst nirgends gab. Sie roch immer gleich. Für den Alten war es der Geruch der Geborgenheit. Es war sein Geruch, und er empfand ihn als angenehm. Fremde, die sich in die Hütte verirrten, hatten die Nasen gerümpft, waren nie lange geblieben.
Der Alte maß den Tag nicht nach Stunden, sondern nach dem, was zu bestimmten Zeiten getan werden mußte. Die Zeit des Aufstehens orientierte sich am Sonnenaufgang und hätte sich, wenn er eine Uhr besessen hätte, im Laufe des Jahres ständig verändert. Für ihn war sie immer gleich. Der Tag begann, wenn ihm die Sonne das Licht gab, das er für seine Arbeit brauchte.
Dasselbe galt für die Nachtruhe. Die Zeitspanne vom Sonnenuntergang bis zu dem Augenblick, in dem er die Augen schloß, war immer die gleiche. Daß er im Winter viel länger schlief als im Sommer, war ihm nicht bewußt. Körper und Geist hatten sich längst angepaßt. Tageslicht Arbeit, Dunkelheit

Schlaf. So war's fast immer. Natürlich hatte es Nächte gegeben, in denen es anders gewesen war. Peitschende Stürme, verirrte Ziegen, einmal war der Bach über die Ufer getreten, und er hatte einen Damm bauen müssen.
Diesmal geschah nichts. Nur die Nacht.
Der Alte nahm die Petroleumlampe und trat ins Freie, um noch einmal nach den Ziegen zu sehen. Er ging einmal um die Hütte und verriegelte dann die Türe.
Stille. Nur seine Schritte und der Atem, der mit zunehmendem Alter immer fauchender wurde.
Er ging durch den Raum zum Bett, das nur ein grobgezimmertes Holzgestell war, auf dem ein mit Heu gefüllter Sack lag. Die beiden Wolldecken hatten Löcher und rochen genauso wie die Hütte selbst.
Der Alte ging zum Kopfende des Bettgestells und schob es zur Seite. Dann bückte er sich mühsam und zog keuchend an einem kleinen Eisenring, bis sich eine Falltüre auftat. Er stellte die Lampe neben die Öffnung. Im darunterliegenden Hohlraum wurde eine hölzerne Truhe sichtbar.
Der Alte kniete sich neben das Loch und hob den Deckel der Truhe hoch. Alles war noch da, alles war so, wie es sein sollte. Niemand war in seiner Abwesenheit, als er sich um die Ziegen gekümmert hatte, hiergewesen und hatte etwas weggenommen.
Es war immer so, es hätte jedoch auch anders sein können.

»Wollen Sie damit sagen, daß mein Vater ein Dieb war?« fragte Ziemann und empfand dabei weniger jene Empörung, die er mit dem Ton der Stimme ausdrücken wollte, als die Neugierde, die der letzte Satz des dicken Mannes in ihm geweckt hatte.
»Dieb?« fragte dieser, »nein, Ihr Vater war kein Dieb, er war nur ein treuer Diener seines Herrn. Das Gold, um das es geht, war ein Teil von Hitlers Reichsschatz. Ihr Vater hat es kurz vor dem endgültigen Zusammenbruch des Reichs aus Berlin weggebracht und an einem sicheren Ort deponiert.«
Ziemann lächelte hilflos. »Sie scherzen«, murmelte er.
Bermann schüttelte den Kopf und klopfte mit der Rechten auf den Aktenkoffer, den er neben dem Sofa abgestellt hatte. »Alles hier drin«, sagte er.
Ziemann setzte sich wieder. »Warum gerade er?« fragte er.
Der dicke Mann hatte gewonnen, er wußte es und ließ sich einige Sekunden lang Zeit, dieses Gefühl auszukosten.
»Wenn Sie wollen«, sagte er endlich, »dann erzähle ich Ihnen eine Geschichte.«
Ziemann antwortete nicht, rührte sich nicht. Er sah den Bergsteiger, den er immer für seinen Vater gehalten hatte, das Bild an der Wand bei der Mutter.
Er schaute den dicken Mann an. Der saß da und wartete. Der dicke Mann kannte einen anderen Vater. Wenn er ihn kannte, dann kannten ihn wohl auch andere. Dann gab es eine andere Wahrheit, die ihn irgendwann einmal einholen würde.

Ziemann nickte.
»Erzählen Sie mir Ihre Geschichte.«
Bermann lehnte sich zurück, räusperte sich, redete.
»Nachdem er von seiner zweiten Verwundung genesen war, hat man Ihren Vater nicht mehr an die Front zurückgeschickt. Er blieb in Berlin und gehörte dort, als eigentlich schon alles vorbei war, zum letzten Aufgebot, das der Führer um sich geschart hatte. Der Krieg war verloren, das wußten alle, obwohl sie es nicht wahrhaben wollten. Die Alliierten rückten unaufhaltsam in Richtung Berlin vor.
Nur wenige Eingeweihte wußten von den unermeßlichen Schätzen, die man, als man noch siegreich war, in halb Europa erbeutet, man könnte auch sagen geraubt und in Berlin zusammengetragen hatte. Es könnten sechzig Tonnen Gold gewesen sein. Wahrscheinlich waren es mehr.
Hitlers Wirtschaftsminister und Reichsbankpräsident Walther Funk und der Staatssekretär Hans-Heinrich Lammers, jener Mann, der im Führerbüro der Reichskanzlei für die Finanzfragen zuständig war, schmiedeten schließlich einen Plan, der einerseits verhindern sollte, daß der Schatz dem Feind in die Hände fallen, andererseits, was damals schon utopisch war, das wirtschaftliche und militärische Überleben des harten Kerns um den Führer ermöglichen sollte. Es gab ein Gebiet im österreichischen Salzkammergut, das sie Alpenfestung nannten und das dafür vorbereitet war. Dorthin wollte man sich zurückziehen, hier sollte die Keimzelle für ein Viertes Reich sein. Und hier brauchte man das Gold.«

Bermann lächelte. »Können Sie mir folgen?«
Ziemann nickte.
»Den meisten Herren, die von dieser Aktion wußten, war klar, daß es zukünftig weder die Alpenfestung noch ein Viertes Reich geben würde. Ihr Interesse am Schatz war ein durchweg eigennütziges. Für sie war er die Kasse, aus der sie sich bedienen konnten, wenn endgültig alles zu Ende war. Die Garantie für einen neuen Anfang, weit weg vom kriegsgeschädigten Deutschen Reich. Bei einigen hat es funktioniert. Ich kann es nicht beweisen, aber ich bin überzeugt davon, daß es einige wohlhabende deutschstämmige Geschäftsleute in Südamerika gibt, die bei ihrer Ankunft einiges vom Reichsschatz-Gold in den Koffern hatten.«
Ziemann hörte zu, räusperte sich ungeduldig, holte zum Reden aus.
Der Dicke winkte ab.
»Warten Sie doch noch. Das alles hat noch überhaupt nichts mit Ihrem Vater zu tun. Das Gold, das er beiseite geschafft hat, ist nie mehr aufgetaucht. Kein Brösel davon, bis heute nicht. Bis vor kurzem hat man sogar noch geglaubt, daß nur ein einziger Trupp mit Reichsgold und einer Riesensumme Bargeld im Gepäck in den Süden geschickt worden war. Über diesen Transport weiß man heute aus Aufzeichnungen und durch die Aussagen einiger Beteiligter beinahe alles. Achthundertachtundzwanzig Goldbarren, zwanzig Kisten Gold. Das meiste davon hat man um den 26. April 1945 in der Nähe des bayerischen Walchensees vergraben. Einen Teil auf einem Berg na-

mens Steinriegl, einen anderen auf dem sogenannten Klausenkopf. Auch in der nahen Ortschaft Einsiedl hat man später Gold ausgegraben. Die Amerikaner haben nach Kriegsende einen guten Teil dieses Transportes sicherstellen können. Der noch immer recht wertvolle Rest liegt zum Teil noch unentdeckt unter der Erde oder wurde, wie ich schon gesagt habe, in Südamerika oder anderswo von scheinbar harmlosen Geschäftsleuten investiert.«

Bermann griff nach seinem Koffer und legte ihn auf die Knie. Er öffnete ihn, die Zettel, die er suchte, lagen obenauf.

»Eine abenteuerliche Geschichte«, sagte Ziemann, »wenn sie stimmt, dann müßte es doch gerade in dieser Gegend heute noch von Schatzsuchern wimmeln.«

Der dicke Mann nickte rasch. »Dort hat es auch gewimmelt. Kurz nach dem Krieg und etwas später. Einige haben sogar etwas gefunden. Hier ein Säckchen mit Juwelen, dort ein paar Goldbarren. Natürlich nicht offiziell. Die Finder haben sich gehütet, irgend jemandem davon zu erzählen. Für die Unterschlagung solcher Fundgegenstände gab es damals drakonische Strafen.«

Ziemann runzelte die Stirn. »Ein Fehler, mein Freund. Das paßt nicht zusammen. Wenn keiner geredet hat, dann kann heute auch keiner davon wissen.«

Bermann grinste zurück. »Kein Fehler. Die meisten haben geredet, irgendwann, einige erst auf dem Sterbebett. Es gibt Geheimnisse, die kann man eben nicht ein Leben lang für sich behalten.«

Er hob die Zettel, die er aus dem Koffer genommen und bis jetzt in der Hand gehalten hatte, in die Höhe. »Der Mann, der das geschrieben hat, war einer davon. Hat geschwiegen, bis ihm der Arzt mitgeteilt hat, daß er nur noch einige Monate zu leben hätte. Krebs oder sonst was. Leutnant Heinrich Hacker, damals blutjung.«

Der Dicke zuckte die Schultern und hielt Ziemann das Papier entgegen. »Da, lesen Sie doch selbst.«

Ziemann griff danach.

Es war die Kopie eines Briefes, mehrere Seiten, auf einer alten, mechanischen Schreibmaschine geschrieben.

»Sehr geehrter Herr Frank Bermann! Ich habe im Laufe der Zeit zahlreiche Ihrer Artikel gelesen und dabei stets festgestellt, daß Sie über ein profundes Geschichtswissen verfügen und es darüber hinaus verstehen, Geschichte, vor allem jene des Dritten Reichs, darzustellen und zu interpretieren, ohne dabei Haß oder andere heute so gefragte Emotionen, die einfach dabeisein müssen, wenn es um dieses Thema geht, zu schüren. Mit anderen Worten: Sie sind für mich der einzige Fachjournalist im Lande, der sich objektiv mit Fragen aus dieser Zeit auseinandersetzen kann. Kein rechter Hetzer, kein linker Schürer. Deshalb, und nur deshalb, erhalten ausgerechnet Sie dieses Schreiben. Sie haben es verdient! Jetzt denken Sie vielleicht, was faselt dieser alte Narr daher, warum belästigt er mich? Lesen Sie weiter, Sie werden staunen.

Ich war einundzwanzig und Leutnant und hatte ein

Jahr Rußland hinter mir, als man mich in Berlin einem gewissen Oberstleutnant Rolf Ziemann unterstellte. Das war Anfang April 1945, also kurz vor dem Zusammenbruch. Ich gestehe heute, daß ich damals nicht an das Ende geglaubt hatte. Trotz allem. Ich war noch immer bereit, dem Führer zu dienen. Bis zum letzten Atemzug, wie man mir immer eingehämmert hatte. Ziemann befehligte einen Konvoi von fünf Lastwagen. Wir verließen Berlin am 7. April und hatten den Auftrag, die Ladung an einen geheimen Ort im Süden des Reichs zu bringen. Außer dem Kommandanten und mir gab es nur noch vier Fahrer. Ihre Namen habe ich vergessen. Auch ich fuhr einen Laster. Von der Ladung wußte ich anfangs nur, daß es sich um immens schwere Eisenkisten handelte. Es war irgendwo in den bayerischen Alpen, auf einer engen, schlechten Straße, als bei meinem Fahrzeug während einer Bergabfahrt die Bremsen versagten. Ich konnte ein schwereres Unglück gerade noch verhindern, indem ich den Lastwagen gegen den Hang auf der rechten Straßenseite lenkte. Links war ein steiler Abgrund. Wäre der Wagen abgestürzt, hätte es für mich wohl keine Rettung gegeben. Der Wagen war stark beschädigt, durch die unsanfte Begegnung mit dem Berghang waren mehrere Kisten von der Ladefläche geschleudert worden. Bei einer war der Deckel aufgesprungen, und ich sah, daß der Inhalt aus Goldbarren bestand. Als der Kommandant am Unfallort eintraf, brüllte er zunächst hysterisch und schimpfte mich einen nutzlosen Trottel. Er zog sogar seine Pistole, und es schien, als wollte er mich auf der Stelle erschießen. Er tat es dann doch nicht, beruhigte sich und hörte später sogar einigermaßen ruhig zu, als ich ihm die Ursache für den Unfall erklärte und den genauen Hergang schilderte. Damals hatte ich zwar höllische Schmerzen in meinem linken Bein, wußte jedoch noch nicht, daß es gebrochen war. Ich half mit, den Lastwagen zu entladen und dessen Fracht gleichmäßig auf die anderen vier Fahrzeuge zu verteilen. Diese waren dadurch bis an die, wenn nicht sogar über ihre Leistungsgrenze beladen. Da der Kommandant wußte, daß wir nun den Inhalt der Kisten kannten, blieb ihm keine andere Wahl, als uns über den Zweck der Fahrt aufzuklären. Er erklärte uns, daß es sich um Goldreserven der Reichsbank handle, die, da Berlin durch die aktuelle Kriegsentwicklung kein sicherer Ort mehr dafür wäre, in eine geheime Kommandozentrale gebracht würden, die der Führer nach einem möglichen Verlust Berlins beziehen und von welcher aus er den Kampf weiterführen würde. Er sagte auch, daß es sich bei unserem Auftrag um die zur Zeit geheimste und bedeutendste Mission handle und er seine Befehle vom Führer persönlich erhalten habe. Es gehe um die Zukunft des Reichs, und er hätte uns auserwählt, weil wir die besten seien. Das hat uns mit großem Stolz erfüllt, verstehen Sie, Herr Bermann? Wenn ja, dann werden Sie auch verstehen, daß ich zutiefst enttäuscht war, als ich später, in einem Dorf, auch dessen Namen habe ich vergessen, erkennen mußte, daß meine Beinverletzung so schlimm war, daß ich nicht mehr weiterfahren konnte. Glauben Sie mir, ich habe in den vielen Jahren, die seither vergangen sind, unzählige Landkarten studiert und mehrmals auch die Gegend bereist, es war mir jedoch unmöglich, das Dorf zu finden, in dem ich damals den Konvoi verlassen hatte. Bevor der Kommandant weiterfuhr, nahm er mich zur Seite und befahl mir absolutes Stillschweigen über alles zu bewahren, das mit dem Konvoi zusammenhing. Ich erinnere mich, daß ich sogar die Finger zum Schwure hob. Um nichts in der Welt hätte ich damals diesen Schwur gebrochen. Ich war unendlich stolz darauf, zu den Auserwählten gehört zu haben, die einen so wichtigen Beitrag zur Rettung des Reichs leisten durften. Und ich war unendlich traurig darüber, daß ich meinen Auftrag nicht bis zum Ende erfüllen konnte. Von Ziemann, dem Gold und den vier Fahrern habe ich nie mehr gehört. Ihren Namen, Herr Bermann, kenne ich deshalb, weil ich jeden verfügbaren Zeitungsartikel gelesen habe, der sich mit Geschehnissen im Dritten Reich befaßte, ich habe kaum eine diesbezügliche Fernsehsendung ausgelassen und ziemlich sicher in allen einschlägigen Büchern gestöbert, um irgendeinen Hinweis auf Ziemann und unseren Auftrag zu finden. Nichts! Verstehen Sie? Da war absolut nichts. Der Konvoi ist vom Erdboden verschluckt worden. Weder die Menschen noch das Gold sind jemals wieder aufgetaucht. Doch der Gedanke daran hat mich nie mehr losgelassen, und, Sie werden es nicht glauben, Herr Bermann, ich habe meinen Schwur von damals bis zum heutigen Tag nicht gebrochen. Niemand, nicht einmal meine engsten Familienangehörigen, wurden von mir jemals eingeweiht. Vor einigen Tagen wurde ich von meinem Arzt informiert, daß ich nur noch wenige Wochen zu leben hätte. Ich habe sehr viel nachgedacht und bin nun zu folgendem Schluß gekommen: Ich will das Wissen nicht mit ins Grab nehmen, daß sich irgendwo in den Alpen, vielleicht in Bayern, wahrscheinlich in Österreich, zwölf Tonnen Gold in einem Versteck befinden, die ein verbrecherisches Regime mit viel sinnlosem Blutvergießen in halb Europa zusammengeraubt hat (da staunen Sie, nicht wahr, aber ich war in Wahrheit nie ein Nazi, nur ein begeisterungsfähiger junger Mann, den vielleicht die Sehnsucht nach Heldentum verblendet hat). Unvorstellbar, was geschehen könnte, wenn das Gold in die Hände der falschen Leute geraten würde. Ich habe keine Ahnung, wieviel es wert ist, nehme aber an, daß man damit eine kleine Armee ausreichend bewaffnen könnte. Ich wende mich deshalb an Sie, weil ich hoffe, daß Sie die Tatsache – und eine solche ist es, das schwöre ich, und es ist mein allerletzter Schwur, glauben Sie mir –, daß irgendwo in den Alpen zwölf Tonnen blutiges Gold und damit viel Unheil im verborgenen schlummern, publik machen. Wenn es jeder weiß, ist es kein Geheimnis mehr, vielleicht gibt es sogar staatliche Stellen, die sich höchst offiziell darum kümmern können. Vielleicht gibt es auch noch Menschen, Zeitzeugen, die sich, wenn sie davon lesen, an Ziemann und seine Lastautos erinnern. Es waren schließlich große Dinger, die man nicht so leicht vergißt. Vielleicht sind sogar Ziemann selbst oder die Fahrer noch am Leben, vielleicht gibt es Angehörige, denen sie sich anvertraut haben. Jetzt, wo ich mein schreckliches Geheimnis endlich losgeworden und an Sie weitergegeben habe, liegt alles weitere an Ihnen. Wenn Sie ein Glücksritter sind (was ich nicht annehme), dann werden Sie sich allein auf die Suche nach dem Gold begeben, wenn Sie jedoch das sind, wofür ich Sie, ohne Sie persönlich zu kennen, halte, nämlich ein ehrgeiziger, trotzdem aber gewissenhafter und seriöser Journalist, dann könnte es die Story Ihres Lebens werden. Ich hoffe, ich lebe noch lange genug, um sie lesen zu können. Mit vorzüglicher Hochachtung Ihr Heinrich Hacker.«

Den letzten Satz und die Unterschrift hatte der Verfasser des Briefes mit der Hand geschrieben. Man konnte erkennen, daß seine Finger gezittert hatten.

Ziemann stand da und hielt die Zettel in der Hand, der Journalist beobachtete ihn.

Keiner wollte zu reden beginnen. Jetzt kannten beide den Inhalt des Briefs, und das machte sie auf eine seltsame Art zu Verbündeten. Mit Sympathie hatte es nichts zu tun.

Bermann war der erste, der das Schweigen brach.

»Er schreibt von Familienangehörigen, die Mitwisser sein könnten«, sagte er trocken. »Nicht Sie, ich weiß, Sie waren zu jung, aber Ihre Mutter. Familiengeheimnisse werden weitergereicht, das ist so, am Ende landen sie beim jüngsten Sproß.«

Ziemann wußte nicht, was wirklich in ihm vorging.

Schock, vielleicht, Verblüffung, Ratlosigkeit. Auch Hilflosigkeit. Er brauchte Zeit, um den Brocken, der ihn so unvermutet und so schwer getroffen hatte, zu verdauen.
Der unerschrockene Bergsteiger war in Wahrheit nur einer gewesen, der seinem Führer treu und hirnlos gedient hatte, bis zuletzt. Der Held als schweifwedelnder Hund, der gedrillt worden war, sinnlose Befehle auszuführen. Dorian Gray, Jeckyll und Hyde. Warum hatte sie ihm nie etwas gesagt? Wut, es war nur die Wut, die ihm jetzt helfen konnte. Er war wütend auf die Mutter. Und den Vater und auf sich selbst.
Bermann hockte plump auf dem Sofa. Wenn er gegrinst hätte, wäre ihm Ziemann an die Gurgel gesprungen. Er grinste nicht.
Ziemann knüllte die Zettel zusammen.
»Warum?« fragte er ganz langsam, als er vor dem Journalisten stand und auf ihn herabsah. »Warum sind Sie wirklich hier?«
Bermann legte den Kopf in den Nacken, um Ziemann besser sehen zu können.
»Das wissen Sie doch, Doktor«, murmelte er unsicher, »Sie wissen doch, daß ich hier bin, weil ich die Wahrheit suche.«
Ziemann trat einen Schritt zur Seite und setzte sich neben Bermann auf die Couch.
»Die Wahrheit«, sagte er und hob die Hand, in der immer noch die zerknüllten Zettel waren, »die steht wahrscheinlich hier drin. Sie haben davon gewußt, ich hatte keine Ahnung. Warum haben Sie mir das

alles gezeigt? Weil Sie ein Sadist sind, der sich daran weidet, mit ansehen zu können, wie durch sein Zutun in einem anderen die Welt zusammenbricht?«

Der Dicke hob die Augenbrauen.

»Mein lieber Doktor«, seufzte er, »die Historie ist voller Rätsel. Wenn Schliemann nicht Troja ausgegraben hätte, wäre es heute noch eine Legende, ein Hirngespinst. Verstehen Sie? Auf der Suche nach der historischen Wahrheit muß man hartnäckig bleiben, jede Spur verfolgen. Da bin ich, wenn Sie so wollen, ein Besessener.«

Er deutete auf Ziemanns Hand, die zerknüllten Zettel.

»Was da drin steht, ist die Aussage eines Sterbenden. Könnte ein Hirngespinst sein, reine Phantasie. Der Rolf Ziemann, der da erwähnt wird, existiert nicht mehr. Tot, abgestürzt, gestorben, verschwunden. Ich habe vieles versucht, bin einigen Spuren nachgegangen, die sich immer nur als Sackgassen entpuppten. Dann habe ich in einer Zeitung von Ihrem Prozeß gelesen. Bei Ihrem Namen bin ich hellhörig geworden. Vielleicht gibt's eine Verbindung, habe ich mir gedacht, versuchst es eben einmal, geh doch hin, alter Knabe.«

Der Dicke legte eine Hand vorsichtig auf Ziemanns Schulter, jederzeit bereit, sie zurückzuziehen. Ziemann ließ es geschehen.

Bermann ließ die Hand liegen und wartete. Als nichts geschah, drückte er sanft zu.

»Ich habe einfach Glück gehabt, Riesenschwein! Wenn

die Gerichtsgeschichte nicht gewesen wäre, hätte ich Sie nie gefunden. Den Sohn Rolf Ziemanns, ich kann es noch immer nicht ganz fassen.«

Ziemann hob seine Hand und drückte die Finger des Dicken weg.

»Ich verstehe noch immer nichts«, sagte er schroff, »es ist Ihr Wissen, ich selbst habe keines!«

Wieder das überlegene Grinsen, das Zucken der Augenbrauen.

»Wenn ein Mensch stirbt«, lächelte der Dicke, »dann läßt er meistens etwas zurück. Ich meine jetzt nicht die bedauernswerte Familie, ich meine Dinge: Briefe, Aufzeichnungen, Dokumente, ein Tagebuch vielleicht. Sachen, die einfach da sind, die man nie mehr in die Hand genommen, nie gelesen hat, die scheinbar nutzlos sind, die man jedoch nie wegwirft, weil man es nicht übers Herz bringt, weil es dann so wäre, als würde man die Asche aus der Urne in den Mistkübel leeren, verstehen Sie?«

Ziemann verstand.

»Sie wollen also, daß ich mich auf die Socken mache, um Sachen auszugraben, die meinem Vater gehörten, und alles, was ich finde, bei Ihnen abliefere. Ist es so?«

Bermann legte die Hände in den Schoß und ließ den massigen Körper mit einem resignierenden Seufzer zusammensacken.

»Ich will Sie doch nicht übervorteilen, Doktor«, hauchte er mit fast weinerlicher Stimme, »wenn ich irgendwann durch irgend etwas diesen Eindruck in Ihnen erweckt habe, dann tut es mir leid.«

Er zuckte die Schultern. Hilflos.
»Um alle Mißverständnisse zu vermeiden: Wir sind Partner, gleichwertige Partner! Wenn Sie in der Lage sind, Material zu beschaffen, das mir bei meiner Story weiterhilft, dann gibt es natürlich auch Geld. Informationshonorar.«
Bermann rückte ein Stück zur Seite, um Ziemann voll im Blickfeld zu haben.
Listig, geheimnisvoll, flüsternd: »Und wenn Sie etwas finden sollten, das uns direkt zu zwölf Tonnen Gold führt, dann gibt es selbstverständlich keine Story, nur halbe-halbe.«
Er lehnte sich zurück und wartete auf Ziemanns Reaktion.
Ziemann spürte nur noch Ekel.
Vielleicht hätte er den kleinen, dicken Mann an einem anderen Tag genüßlich zappeln lassen, hätte mit ihm gespielt, ihn am Ende mit seinem Zynismus lächerlich gemacht, bloßgestellt. Heute hatte er keine Lust dazu, sein Kopf war nicht frei. Er wollte den Besucher nur noch loswerden, allein sein, nachdenken können.
Ziemann stand auf.
»Herr, wie war doch Ihr Name?«
»Bermann«, sagte der andere erstaunt.
»Ich danke Ihnen, Herr Bermann. Sie werden verstehen, daß ich Zeit brauche, um das, was ich von Ihnen erfahren habe, zu verarbeiten. Dann werden wir weitersehen. Wo und wie kann ich Sie erreichen?«
Der Dicke griff eilig in die Hosentasche und zog ein

protziges Silberetui hervor, dem er eine Visitenkarte entnahm.
»Hier steht alles. Jederzeit, rund um die Uhr. Sie brauchen nur die Mobiltelefonnummer zu wählen. Wir verstehen uns?«
»Wir verstehen uns«, sagte Ziemann.

Früher hatte ihn der Hund geweckt, jetzt gab es ihn schon lange nicht mehr, doch er vermißte ihn noch immer. Der Hund war achtzehn Jahre lang sein Gefährte gewesen, der einzige Freund. Der Alte hatte jede Geste verstanden, jeden Laut, die Art, wie er mit dem Schwanz gewedelt hatte, die Blicke, das Zucken der Ohren. Der Alte hatte die Sprache des Hundes beherrscht. Und der Hund hatte jede Botschaft, die ihm der Alte durch Laute oder durch Gesten vermittelt hatte, im Laufe der Jahre perfekt verstehen gelernt. Sie waren ein gutes Team gewesen, der Alte und sein Hund.
Als der Hund nach einem langen, zuletzt völlig zahnlosen Leidensweg gestorben war, hatte es beim Alten keine Trauer gegeben. Es war der Gang der Natur. Menschen leben länger als Hunde.
Der Alte hätte sich unten im Dorf einen neuen Hund besorgen können, er hatte bei den Bauern auch einige Welpen besichtigt, doch es war kein Tier dabeigewesen, bei dem er gespürt hatte, daß er es in sein Leben mitnehmen wollte.
Als der Hund gestorben war, hatte er einige Male

länger geschlafen als sonst. Inzwischen war es längst wieder so, wie es sein sollte.
Der Schlaf, der in seinen jüngeren Jahren da war, um seine Glieder nachts für die Arbeiten des nächsten Tages zu stärken, fror sie nun mit zunehmendem Alter ein. Beim Erwachen waren sie steif wie Eiszapfen, und er mußte sie morgens mit immer größerem Zeitaufwand wieder beweglich machen. Es waren nicht die Schmerzen, die ihm Sorgen bereiteten, sondern der Gedanke, es eines Tages nicht mehr schaffen zu können und starr und steif im Bett liegen bleiben zu müssen, bis der Hungertod kam.
Als sich die ersten Sonnenstrahlen durch die engen Fensternischen drängten, schlug der Alte die Augen auf. Sie sahen das, was sie immer sahen. Das rußgeschwärzte Holz der Hüttendecke, den feinen Staub, der schwerelos im Raum schwebte und die Luft sichtbar machte.
Er begann, sich zu regen, die Beine zuerst, dann die Arme. Dabei weckte er die Katze auf, die sich, wie immer, am Fußende der Schlafstätte zusammengerollt hatte.
Katzen waren keine Hunde. Der Hund hatte genau gewußt, wann die Zeit zum Aufstehen und damit die Erfüllung seiner Pflicht gekommen war. Die Pflicht hatte darin bestanden, den menschlichen Freund durch leises Winseln wach zu bekommen. Die Katze reagierte auf die Regungen des menschlichen Körpers höchstens mit schläfrigem Knurren und dem mürrischen, beleidigten Rückzug in einen Winkel der Hütte, wo sie sich erneut zusammenrollte und weiterschlief.

Der Alte hatte keine Angst vor dem Sterben. Hier oben kam alles so, wie es kommen mußte. Er hatte nur Angst davor, die Aufgaben, die ihm vom Leben aufgetragen worden waren, nicht mehr erfüllen zu können. Wenn es ihn nicht mehr gab, dann würde es auch schlecht um die Tiere bestellt sein. Unten im Tal gab es keinen, der sich Sorgen um ihn machte. Das war auch recht so, das hatte er immer gewollt. Es war seine Welt, und niemand hatte das Recht, sich in seine Angelegenheiten einzumischen. Die dort unten hatten gelernt, das zu akzeptieren.

Es war das rechte Bein, das ihm an diesem Morgen mehr Schwierigkeiten bereitete als sonst. Der Schmerz begann an der Hüfte und zog sich bis zum Knie hinunter.

Es dauerten eine Weile, bis er es geschafft hatte, zum Herd zu humpeln.

Er stellte den Tee auf. Die Kräuter, die er dafür gesammelt hatte, waren gut und halfen, seine Lebensgeister zu wecken.

Alles blitzblank wie immer, es roch schon wieder oder noch immer nach Kuchen und Putzmittel. Die Vorhänge waren halb zugezogen, es war nicht düster, aber auch nicht hell.

»Mein Gott, Mutter«, sagte er und ging zum Wohnzimmerfenster, »laß doch die Sonne rein.«

Ziemann zog die Vorhänge zur Seite, die Mutter protestierte leise.

»Laß das, Wolf, ich brauche nicht soviel Licht, wenn es zu grell ist, schmerzt es in meinen alten Augen.«
Er trat einen Schritt zurück. »Sieh doch, es ist nicht zu hell, nur viel freundlicher. Hebt doch sofort die Stimmung, nicht wahr?«
Sie stand in der Tür, die zur Küche führte, und wischte sich die Hände in der Schürze trocken, verwaschenes Blau mit Blümchenmuster, wahrscheinlich hatte sie diese Schürze schon getragen, als er noch ein Kind gewesen war.
»Vorhänge auf oder zu«, sie lachte kurz und bitter auf, »das ist es doch nicht, was mich trübsinnig macht. Du bist es, Wolf, du und das, was du mit deinem Leben geschehen hast lassen. So schön hast du es gehabt, alle haben dich um deine Karriere beneidet. So etwas wirft man nicht einfach weg. Klippen sind doch dazu da, umschifft zu werden, das hab ich dir doch beigebracht!«
Er nahm die Mutter sanft an der Hand und führte sie zum Sofa.
»Ich bringe schon alles wieder in Ordnung«, sagte er und küßte sie auf die Wange. »Mach dir bitte um mich keine Sorgen!«
Sie legte den Kopf auf seine Schulter. »Wenn's nur wahr wäre«, flüsterte sie.
Er griff wieder nach ihrer Hand, sie war kalt und hart. Er nahm sie in beide Hände und versuchte, sie zu wärmen.
»Es ist wahr«, sagte er, »ich brauche nur etwas Zeit für mich selbst. Ich habe doch nie Zeit für mich selbst gehabt.«

Sie saßen eine Weile da und spürten einander. Er hatte sie schon lange nicht mehr so gespürt.
»Wir haben nie viel über Vater geredet«, sagte er schließlich.
»Du warst ja beinahe noch ein Baby, als er starb«, antwortete sie.
Und dann etwas lauter, fast beleidigt: »Ich hab dir doch immer wieder von ihm erzählt. Von dem Tag, an dem er weggegangen ist, die Bergausrüstung im Rucksack. Ich sehe noch heute ganz genau vor mir, wie er sich verabschiedet hat. Dich hat er hochgehoben und geküßt. Er hat dich geliebt, du warst sein Sohn, sein ganzer Stolz. Er hatte sich immer einen Sohn gewünscht. Dann hat er mich umarmt. ›Es ist doch nur für ein paar Tage‹, hat er gesagt, ›du weißt, wie sehr ich die Berge brauche, sie geben mir Kraft und Stärke!‹«
Ziemann nickte. »Ja«, sagte er, »das weiß ich, das hast du mir erzählt, und ich habe es auch nie vergessen.«
»Er hat damals viel Kraft gebraucht«, fuhr sie fort, »nach seiner Rückkehr wollte er um die Firma kämpfen. Auch das weißt du!«
Wieder nickte Ziemann. »Export-Import, Ziemann & Schleich. Hoch verschuldet, knapp vor dem Ruin.«
»Es war nicht die Schuld deines Vaters«, unterbrach sie ihn, »er hatte nur den falschen Partner gewählt. Wie hätte er zuvor auch wissen können, daß Benny Schleich ein Spieler war. Ein netter Kerl, alter Kriegskamerad, alle haben ihn gemocht. Den Benny hat man einfach mögen müssen. Und dann hat er alles

verspielt, das ganze Firmenkapital, und dazu noch einen Berg Schulden gemacht. Die Unterschrift deines Vaters hat er gefälscht, immer wieder. Deshalb ist dein Vater dann in die Berge gefahren. ›Wenn ich zurückkomme, wird alles anders‹, hat er mir versprochen, aber er ist nie mehr zurückgekommen.«

»Wie hast du es damals erfahren?«

Es schmerzte sie nicht, darüber zu reden, es lag zu lange zurück. Sie schien sogar froh darüber zu sein, die Erinnerung daran, die lange Jahre geschlummert hatte, wieder wecken zu können.

»Es war ein Polizist, ein Nachbar, einen tschechischen oder polnischen Namen hat er gehabt, ich hab ihn vergessen. Er hat an die Tür geklopft, du warst gerade in der Badewanne, von oben bis unten eingeseift, es war Abend oder später Nachmittag. Du warst zuvor im Hof, hast mit den anderen Kindern vom Haus gespielt, warst völlig verdreckt mit Sand in den Haaren. ›Es ist wichtig, Frau Ziemann‹, hat er gerufen. ›Moment, Moment‹, habe ich zurückgeschrien, ›mein Kind ist gerade in der Badewanne!‹ Ich habe dich noch rasch geduscht, abgetrocknet, in dein Zimmer getragen. ›Wer ist's?‹ habe ich dabei gerufen, ›Watzlawick‹, ja, ich glaube er hat Watzlawick geheißen, er hat also ›Watzlawick‹ zurückgeschrien, ›der Watzlawick von der Polizei!‹ In diesem Augenblick habe ich gewußt, daß irgend etwas Schreckliches passiert war. Man hat solche Ahnungen, man spürt etwas, was scharf wie ein Messer in die Eingeweide sticht. Ohne Grund, nur so. Der Watzlawick war ein Nachbar, er hätte klopfen kön-

nen, um etwas auszuleihen, Zucker, Kartoffel, Kaffee. Ich bin dann zur Tür gegangen und habe sie aufgeschlossen. Wenn ich mit dir allein zu Hause war, habe ich sie immer abgesperrt. Man hat damals nie wissen können, so knapp nach dem Krieg. Da hat es Hunger gegeben und Not und Elend. Wir haben ja doch immer etwas gehabt, dafür hat dein Vater trotz allem gesorgt. Der Watzlawick ist nur so dagestanden, hat zuerst kein Wort mehr herausgebracht.
Da habe ich es ihm gesagt. ›Rolf, es geht um Rolf!‹ Er hat genickt, sich geräuspert. Er war ein kleiner Mann, immer freundlich, und er hat fast geweint dabei. ›Wir haben vor einer halben Stunde die Meldung bekommen‹, hat er gesagt, ›Herr Ziemann ist in den österreichischen Alpen abgestürzt. Beim Klettern. Auf einem Berg namens Silberspitze. Es ist schon vor drei Tagen geschehen. Gefunden hat man ihn erst heute. Ein Jäger. Muß eine gottverlassene Gegend sein.‹«
Die Mutter lächelte.
»Ich kann mich heute noch so genau daran erinnern, als sei es erst gestern gewesen.«
Ziemann kannte die Geschichte, es war allerdings eine Ewigkeit her, seit er sie von ihr gehört hatte.
»Wenn du willst«, sagte sie, »können wir morgen sein Grab besuchen.«
Wieder eine Ewigkeit, er konnte sich nicht erinnern, wann er zuletzt dort gewesen war. Er wußte nicht einmal, ob er es allein finden würde. Sie war oft dort, kümmerte sich um die Blumen, zündete Lichter an. Zu Allerheiligen, zu Weihnachten.
Er schüttelte den Kopf. »Es ist dein Grab, und es

sind deine Erinnerungen, Mutter. Er wird in deinem Kopf lebendig, wenn du dort bist. Ich habe ihn nie gekannt. Da ist nichts, das ihn mir lebendig machen könnte. Nur ein Stein mit seinem Namen drauf und deine Blumen.«

Sie zuckte die Schultern. »Ich hab mir nur gedacht, es wäre eine gute Idee, jetzt, wo du dich plötzlich so interessierst für ihn.«

Er lächelte. »Ich habe jetzt Zeit, allein, da denkt man über vieles nach. Da ist mir auch bewußt geworden, daß ich nur wenig über ihn weiß. Ich weiß nicht einmal, was er im Krieg getan hat, nur, daß er Soldat war. Alle waren Soldaten, viele sind gefallen, er hat überlebt. Ich kann mich nicht erinnern, jemals ein Foto gesehen zu haben, das ihn in Uniform zeigt.«

»Es gibt auch keines«, sagte sie, »er hat alles vernichtet, Fotos, Dokumente, alles, was mit dem Krieg zu tun hatte. Auch die Briefe, die er mir aus Finnland und aus Rußland geschrieben hat. Ich hätte sie gern behalten, aber eines Tages waren sie verschwunden. Die Blechbüchse, die unten in meinem Kleiderschrank stand, war leer. ›Ich habe den alten Kriegsscheiß vernichtet‹, hat er zu mir gesagt, ›es waren schreckliche Zeiten, und ich will nichts im Haus haben, das mich daran erinnert.‹ So war er, dein Vater, ein Sturschädel eben.«

»Du hast ihn trotz allem geliebt!«

Sie streichelte mit dem Handrücken sanft über seine Wange.

»Natürlich habe ich ihn geliebt, er hat mir doch dich gegeben.«

»Den Versager.«
»Meinen Sohn«, lächelte sie, »den einzigen, alles, was ich habe.«
Er legte den Arm um ihre Schulter, drückte sie an sich. Wärme. Er brauchte sie, und sie brauchte ihn. Es war das einzige, das sie einander geben konnten.
»Er ist aus Rußland heil zurückgekommen, und er war nie in Gefangenschaft«, überlegte er halblaut, »das bedeutet, daß er am Ende nicht unter den Verlierern war, von den Siegern nie zur Verantwortung gezogen wurde.«
»Dein Vater war kein Kriegsverbrecher«, sagte sie scharf.
»Aber er war ein hoher Offizier.«
»Bei der Wehrmacht, nicht bei der SS!«
»Ich kenne den Unterschied, Mutter.«
»Dein Vater war Soldat, an der Front, er hat gekämpft, nicht gemordet!«
»Er war Offizier, einer von den höheren.«
»Oberstleutnant«, sagte sie, »du hättest ihn sehen sollen wie er zurückgekommen ist. Ausgemergelt, abgerissen, verdreckt. Er ist tagelang zu Fuß unterwegs gewesen, hat sich durchgeschlagen. Von Berlin bis hierher. Immer auf der Flucht vor den Engländern und den Amerikanern.«
»Berlin?«
»Zuletzt war er dort, hat die Stadt gerade noch verlassen können, bevor die Alliierten einmarschiert sind. Wer diese Zeiten nicht selbst erlebt hat, kann sich nicht vorstellen, wie es damals war.«
Ziemann nickte. Sie wußte nichts von seinem letzten

Auftrag, er hatte ihr nie davon erzählt. Er hatte niemandem davon erzählt, hatte das Geheimnis vom Schatz bewahrt.
»Ist schon gut, Mutter«, sagte er, »lassen wir die alten Zeiten ruhen.«
»Dein Vater war kein schlechter Mensch.«
»Ich weiß«, antwortete er, »sonst hättest du ihn nicht geheiratet!«
Es gab Kaffee und Kuchen, alles war wie immer.
»Warum ziehst du nicht für eine Weile zu mir, in dein altes Zimmer?« fragte sie plötzlich. »Das Alleinsein und Grübeln kann nicht gut sein. Ich kann für dich kochen, wir könnten ins Kino gehen, ich war schon so lange nicht mehr im Kino, allein will ich dort nicht hingehen, früher habe ich's mit der Tante Hermine gemacht, aber die lebt ja auch nicht mehr.«
Ziemann liebte sie, aber gleichzeitig graute ihm vor einer Überdosis Mutter.
»Das wäre wunderschön«, lächelte er, »geht aber leider nicht. Ich werde wegfahren, wegfliegen, irgendwohin. Die Zeit nutzen, die mir diese blöde Sache gegeben hat. Weg, weit weg. Vielleicht besuche ich Jakob in den Emiraten. Vielleicht mache ich auch etwas ganz anderes.«
Sie war enttäuscht. »Das heißt, daß ich dich für längere Zeit nicht sehe?«
»Nur zwei Wochen, Mutter. Vielleicht drei. Ich rufe dich an, ich schreibe dir!«
»Tust du nicht», sagte sie, »ich kenne dich doch.«
»Diesmal schon.«

Von Österreich und der Silberspitze sagte er nichts. Sie hätte sich Riesensorgen gemacht.
Weil sie dort schon einen Mann verloren hatte.

Selbst nach so vielen Jahren, die er mit der Einsamkeit geteilt hatte, war es für ihn Tag für Tag noch immer ein besonderer Augenblick, wenn er die Hüttentüre aufmachte und in den blutjungen Morgen hinaustrat.
Das Licht war klar und sauber, so, als wäre es während der Nacht gereinigt worden. Auch die Luft roch und schmeckte anders als später am Tag. Die meisten Tiere schliefen noch, nur ein paar Vögel pfiffen und trillerten irgendwo.
Der Alte streckte sich und ging die paar Schritte bis zum Brunnen. Ein ausgehöhlter, etwa zwei Meter langer Baumstamm, der über eine Holzrinne stetig mit Wasser aus dem nahen Bächlein gespeist wurde. Der Alte bückte sich und warf ein paar Handvoll klirrkaltes Wasser in sein Gesicht, dann stützte er sich mit den nassen Händen am Rand des Troges ab und tauchte zuerst das Gesicht, dann den ganzen Kopf ins Wasser. Er hielt den Atem an und ließ die Kälte durch die Haut und das Fleisch bis zu den Knochen vordringen. Es war ein Ritual, das er während der wärmeren Monate immer schon gepflegt hatte, und zu diesem Ritual gehörte es auch, daß er kurz die Augen öffnete und die Kälte in die Augäpfel beißen ließ. Er sah dabei grünliches

Braun, verschwommen und doch klar, und wenn er die Augen wieder schloß, nahm er die Farbe und manchmal auch Bilder mit, die sich im Moment des Schauens in sein Gehirn gebrannt hatten. Es waren seltsame Bilder von seltsamen Wesen. Er hatte schon gütig lächelnde Feen gesehen, manchmal auch zähnefletschende Dämonen und riesige Spinnen, einmal waren es nur kalte grüne Augen gewesen, die ihn angestarrt hatten.
Der Alte war überzeugt davon, daß der Blick in den Brunnentrog der Blick in eine andere Welt war. Wahrscheinlich war es die Welt, die auf ihn wartete, wenn er einmal gestorben war.
Heute sah er nichts, nur das grünliche Braun. Meistens sah er nur das grünliche Braun. Er schüttelte den Kopf und warf dabei einen Teil des Wassers aus seinem Haar in die Luft. Der Alte hatte nie ein Handtuch besessen. Er wischte sich mit den Händen über das Gesicht, fuhr mit den Fingern durchs Haar und überließ der Morgenluft den Rest des Trocknens.
Er hatte es immer so getan, auch in den noch kalten Frühlings- und den schon feuchtkühlen Herbsttagen. Er war nie krank gewesen, hatte nie Fieber gehabt, auch keinen bösen Husten, nur die Gliederschmerzen, doch die hatten nichts mit dem morgendlichen Kopfbad zu tun.
Er öffnete die Türe des Ziegenstalls, die Ziegen hatten jedoch noch keine Lust herauszukommen. Der Bereich vor dem Stall war umzäunt, die Tiere konnten auch im Freien nicht davonlaufen. Gras und

andere Futterpflanzen gab es in diesem Bereich nicht mehr. Deshalb bestand für den Alten die erste Tätigkeit des Tages darin, Futter für die Tiere zu holen.
Er schulterte den selbstgeflochtenen Tragkorb, nahm die Sichel in die Hand und stapfte los.
Als er hinter dem Wäldchen auf die Almwiese kam, auf der das saftigste Ziegenfutter wuchs, hatte sich der dünne Morgennebel, der zuvor die Ferne noch verschleiert hatte, verzogen.
Der Alte blieb stehen und nahm den Korb vom Rücken. Er hatte den Berg, der sich in unmittelbarer Nähe erhob, daß man das Gefühl hatte, man könnte ihn mit ausgestreckten Armen greifen, schon hunderttausendmal gesehen. Er türmte sich hinter seiner Hütte wie ein schützender Wächter in den Himmel. Früher, als er noch jünger war, hatte der Alte jede Wand erklettert, jeden Stein in den Händen gehabt, alle Edelweißplätze gekannt.
Die Sonne stand noch tief und warf nur schwaches Licht in die Westwand. Es war jedoch schon stark genug, um das ewige Schneefeld unter dem Gipfel zu erreichen und es zum Glitzern zu bringen.
»Silberspitze«, murmelte der Alte, »du heißt eben nicht nur zufällig Silberspitze!«

Ziemann hatte Zeit. Nur ein Rucksack und mit der Eisenbahn.
So war auch sein Vater damals gereist.

Für die langen Stunden im Abteil hatte er ein Buch mitgebracht. »Die Blechtrommel« von Günther Grass. Er hatte es schon einmal gelesen, damals, während seiner Studentenzeit. Er erinnerte sich daran, daß er elendlange gebraucht hatte, um zum Ende zu kommen, und daß er am Ende tief beeindruckt gewesen war. Jahrzehntelang hatte er es in keiner Buchhandlung mehr gesehen und nie mehr daran gedacht. Jetzt, wo der Mann den Nobelpreis erhalten hatte, war es plötzlich wieder da. Überall, in allen Schaufenstern. Er hatte gewußt, daß es irgendwo in einem seiner Bücherregale stehen mußte, und es nach einigem Suchen auch gefunden. Es war ein dickes Taschenbuch.

Das Lesen war nicht mehr so wie damals. Es war eine andere Zeit, und er war wohl ein anderer Mensch gewesen. Beim Lesen kam nur das Wissen um das Gefühl zurück, das er damals gehabt hatte, das Gefühl selbst war weg. Vielleicht war es die extrem kleine Schrift, die ihn störte, keiner druckt heute mehr Bücher in einer Schrift, die so klein ist, daß das Lesen dadurch zur Tortur wird. Vielleicht waren damals auch seine Augen besser gewesen.

Auch der Inhalt fesselte ihn nicht mehr so wie damals. Da er sich aber nun einmal vorgenommen hatte, das Buch zu lesen, und das Lesen nur eine von zwei Möglichkeiten war, die Zeit totzuschlagen, las er, bis er müde war. Dann schlief er eine Weile und las weiter, bis er wieder müde war und wieder schlief.

Manchmal war es nur ein Dämmerzustand, der Halbschlaf, der das Gehirn so lange arbeiten läßt, bis der Schlaf kommt. Dabei wurde ihm zum ersten Mal wirklich bewußt, daß er in der Zeit, die zwischen dem ersten und dem zweiten Lesen der »Blechtrommel« lag, zu einem anderen Menschen geworden war.

Der Ziemann von damals hätte den Ziemann von heute nicht verstanden, vielleicht hätte er ihn sogar verachtet. Keine Ideale mehr, nur noch Karriere. Idealistische Weltverbesserer waren heute nicht mehr gefragt.

Er versuchte, in seinem Kopf ein Treffen zwischen dem jungen und dem jetzigen Ziemann zustande zu bringen, es scheiterte jedoch daran, daß er sich nicht mehr daran erinnern konnte, wie der junge Ziemann ausgesehen hatte. Dann schlief er wieder einmal ein.

Er hatte das Ende der Seite 167 erreicht. »Es war einmal ein Musiker, der hieß Meyn, und wenn er nicht gestorben ist, lebt er heute noch und bläst wieder wunderschön Trompete.«

Der Zug bremste mit quietschenden Stahlrädern ein. Ziemann legte das Buch weg. Die Lautsprecherstimme knarrte ihm die Information ins Ohr, daß der nächste Bahnhof seiner war.

Die Menschen in seinem Abteil hatten ihn nicht interessiert. Er hatte es, nach einigen einschlägigen Erfahrungen, stets vermieden, Zugbekanntschaften zu schließen. Gelangweilte Menschen, die in derselben langweiligen Situation stecken und sich die Zeit vertreiben, indem sie ihre langweiligen Lebensgeschichten austauschen.

Vor seiner Abreise hatte er den Atlas studiert. Die

Silberspitze, 2598 Meter hoch, hatte er bald gefunden. Auch das nächstliegende Dorf. Es hieß bezeichnenderweise Silberberg. Am Bahnhof hatte er dann erfahren, daß es keine direkte Eisenbahnverbindung nach Silberberg gab.

Als er sich nun an einem Schalter in der Bahnhofshalle nach der Busverbindung nach Silberberg erkundigte, sagte ein relativ freundlicher Beamter: »Morgens, mittags und abends.« Der Abendbus würde in zwei Stunden losfahren. Die Haltestelle befände sich direkt vor dem Haupteingang.

»Kennen Sie Silberberg?« fragte Ziemann.

Der Mann nickte und lächelte. Es wirkte freundlich, hätte jedoch auch spöttisch sein können.

»Nur ein Dorf«, sagte er, »es gibt viele Dörfer in unserer Umgebung. Die Silberberger liegen ziemlich abgelegen.«

Er blinzelte Ziemann kumpelhaft zu.

»Wir sagen, es liegt am Arsch der Welt, verstehen Sie?«

Ziemann blinzelte zurück.

»Verstehe!«

»Warum«, fragte der Mann am Schalter, »wollen Sie ausgerechnet nach Silberberg? Deutscher? Urlauber, nehme ich an, stimmt's?«

»Deutscher stimmt, Urlauber stimmt, Silberberg stimmt«, antwortete Ziemann.

Der Schaltermann nickte zufrieden.

»Warum gerade Silberberg?« wiederholte er.

Ziemann blickte sich kurz um. Keiner stand hinter ihm, trotzdem beugte er sich vor bis seine Lippen

das Sprechloch in der Glaswand beinahe berührten.
»Kennen Sie Oxnard oder Hambantota oder Andamooka?«
Der Eisenbahner schüttelte verwirrt den Kopf.
»Sehen Sie«, sagte Ziemann sanft, »das sind Orte, in denen ich Urlaub gemacht habe. Keiner kennt sie, die Touristenmeute meidet sie.«
Er richtete sich wieder auf.
»Ist halt so eine Macke von mir. Urlaube dort, wo keine Urlauber sind. Verstehen Sie?«
Der Schalterbeamte hatte verstanden.
»Für einen, wie Sie es sind, ist Silberberg ganz sicher ein lohnendes Ziel. Ich glaube nicht, daß schon viele ihrer Landsleute in Silberberg Urlaub gemacht haben!«
»Wäre ja ganz nett, wenn ich der erste Deutsche in Silberberg wäre!«
Der Mann hinter der Glaswand lachte. Etwas zu laut. Ziemann blickte über die Schulter, er war noch immer allein am Schalter, und er hatte zwei Stunden lang Zeit, bis sein Bus abfuhr. Nach Silberberg.
»Muß ja wirklich ein komisches Nest sein«, schmunzelte er. »Gibt es dort überhaupt ein Hotel, in dem ich mir ein Zimmer nehmen kann?«
Von der anderen Seite der Glaswand schlug ihm jetzt röhrendes Gelächter entgegen.
»Hotel?« schnaufte sein Gegenüber, »nein, Hotel gibt es keines in Silberberg. Nur das Gasthaus ›Zum alten Hauer‹, dort gibt's zwei Fremdenzimmer. Klosett und Dusche am Gang, verstehen Sie?«

»Ich danke Ihnen«, sagte Ziemann und wandte sich zum Gehen.
»Wir haben noch nicht über Fußball geredet«, schrie ihm der andere nach.
Ziemann blieb stehen und drehte sich um.
»Ich weiß«, sagte er, »Cordoba, die Weltmeisterschaft in Argentinien. Euer Hans Krankl hat uns totgeschossen. Großartig. Ich habe damals zu Österreich gehalten, weil mir unsere Kicker zu großkotzig waren! Sie wissen ja: Ich liebe das Kleine, das Unbekannte, das Exklusive!«
Aus dem Schalter blieb es stumm.
Ziemann drehte sich nicht mehr um.
Er ging zum Hauptausgang und trat ins Freie. Der kleine Platz vor dem Bahnhof war mit Autos zugeparkt. Auf der gegenüberliegenden Seite sah er den Garten eines Gasthauses. Das Gasthaus selbst konnte man nicht sehen, weil riesige Kastanienbäume die Fassade verdeckten. Um die Bäume waren kleine, grüne, runde Tische gruppiert, daneben standen gleichfarbige Klappstühle. Die Tischtücher hatten ein rotweißes Karomuster. Einige der Tische waren besetzt.
Ziemann setzte sich an einen der leeren Tische und lehnte den Rucksack gegen einen Kastanienbaum.
Die blonde Frau war nicht älter als zwanzig und hatte große Brüste, die aus dem gewagten Ausschnitt des Dirndlkleides hervorquollen.
Zuerst redete sie ihn in einem Dialekt an, der so fremd war, daß er die Bedeutung ihrer Worte kaum erraten konnte, als sie dann hörte, daß Ziemann

Hochdeutsch sprach, paßte sie sich sprachlich sofort an.
Ziemann bestellte Bier. Die Kellnerin riet ihm, ein »Krügel« vom »Gösser« zu nehmen. »Das beste regionale Bier, Kenner sagen sogar, es gehöre zu den besten Bieren der Welt.« Ziemann fragte, ob es an den Umsätzen der Brauerei beteiligt sei. Die Frau im Dirndl lächelte und antwortete mit einem charmanten Nein.

Als der Alte mit gefülltem Korb zurückkam, standen die Ziegen innerhalb des Gatters herum und glotzten ihn an. Die Sonne hatte sich hinter dem Bergkamm hervorgeschoben und die Luft milder und wärmer gemacht. Der Himmel war wolkenlos.
Der Alte hob den hölzernen Riegel hoch und drückte das Tor auf. Es knarrte wie immer, und wie immer trotteten die Ziegen auf ihn zu, als er es wieder geschlossen hatte und den Korb auf den Boden stellte. Nichts war anders als an den anderen Tagen. Der Alte wußte genau, wann welche Ziege als erste zu meckern beginnen würde, und so geschah es auch. Keines der Tiere drängte zum Futterplatz, weil jedes wußte, daß genügend für alle da war. Sie fraßen langsam und ohne Hast. Der Alte beobachtete sie eine Weile dabei und empfand die tiefe Zufriedenheit, die er immer spürte, wenn in seiner Welt alles so in Ordnung war wie jetzt.

Von dem Brot, das er vor einer Woche gebacken hatte, war noch genügend da, das halbe Dutzend Hühner, das er in einem kleinen, wackeligen Stall an der Rückseite der Hütte hielt, versorgte ihn ausreichend mit Eiern. Mehl, Zucker und alle anderen Dinge, die er aus dem Tal besorgen mußte, reichten noch für mehrere Wochen. Milch und Käse lieferten die Ziegen, die Kräuter und Gewürze, die er für die verschiedenen Teegebräue und das Würzen der gekochten Speisen benötigte, wuchsen in der näheren Umgebung. Auch Pilze gab es im Überfluß. Er sammelte sie während der kurzen Saison in großen Mengen, genoß sie dann frisch und trocknete so viele davon, daß er für den Rest des Jahres damit versorgt war. Verderbliche Speisen lagerte er in seinem unterirdischen Vorratsraum, dort war es immer kühl, auch im Hochsommer.
Der Alte hatte, seit er sich vor Jahrzehnten hier oben niedergelassen hatte, nie Probleme mit der Zeit gehabt. Sie drängte ihn nicht, sie quälte ihn nicht, sie belastete ihn nicht, er hatte sich nie mehr von der Zeit belästigt gefühlt. Zeit war für einen wie ihn gleichbedeutend mit Einsamkeit, und da er die Einsamkeit liebte, bestens mit ihr zurechtkam, liebte und genoß er auch die Zeit.
Der Alte konnte an schönen Tagen stundenlang auf der Bank vor der Hütte sitzen und sich dabei unendlich wohl fühlen. Er hatte im Laufe der Jahre gelernt, seinen Denkapparat so zu kontrollieren, daß er ihn nach Belieben abschalten konnte. Es war nichts Meditatives, kein tiefes Insichgehen, nur der Genuß eines angenehmen Zustandes.

Er saß auch jetzt da, leicht nach vorn gebeugt, die Hände auf die Knie gestützt.
Sein Gehör war noch immer scharf und nahm auch feine Geräusche auf. Jene, die von den Ziegen kamen, und solche, die von den Hühnern ausgingen. Er hörte die Vögel, den Wind, das Wild, das manchmal am Waldrand auftauchte und sich im Spätherbst und im Winter bis in die Nähe der Hütte wagte. Und dann sah er den jungen Jäger, der Trummler hieß und ein Schwätzer war.
Der sogenannte Aufsichtsjäger war ein hochgewachsener Mann, kein Jüngling mehr, aber auch noch nicht alt. Er hatte vor einigen Jahren den alten Reisinger abgelöst, einen schweigsamen Menschen, der den Alten und seine Welt respektiert, vielleicht sogar gemocht und ihm öfters Sachen aus dem Tal mitgebracht hatte. Einen Kanister Petroleum, Salz, Zucker, Mehl, manchmal sogar Konservendosen oder Suppenpulver, Luxusgegenstände, die der Alte selbst nie gekauft hätte, über die er sich jedoch gefreut hatte.
Von seiner Bank aus konnte der Alte den langen, steilen Hang, der wie ein grüner Teppich vor der Hütte ausgerollt war, bis zu seinem Ende, dem Rand eines dichten Nadelwaldes, überblicken. Jeder, der zu ihm hochkam, mußte den Hang überqueren. Wenn der Alte, wie jetzt, vor der Hütte saß, war es unmöglich, ihn zu überraschen.
Der Jäger war ein geübter Wanderer, der mit gleichmäßigen Schritten hochstapfte und etwa eine Viertelstunde für die Bewältigung des steilen Hanges brauchte.

Unter der schwarzledernen Kniehose leuchteten grüne Kniestrümpfe, über dem weißrot karierten Hemd trug er eine Lodenjacke, der breitkrempige Steirerhut war mit einem buschigen Gamsbart geschmückt. Wolfram Trummler hätte direkt von der Leinwand aus einem Heimatfilm in die Realität steigen können. Oder umgekehrt.

Wenn der alte Reisinger gekommen war, dann war der Rucksack meistens prall gefüllt gewesen. Trummlers Rucksack hing schlaff, wie eine entleerte Blase auf seinem Rücken. Daneben zeigte das Rohr der Flinte in den Himmel.

Der Jäger winkte dem Alten schon von weitem zu, dieser reagierte aber nicht.

Er blieb stumm in derselben Pose sitzen, bis sein Besucher unmittelbar vor ihm haltmachte. Die Anstrengung des Aufstieges hatte ihm die Stimme genommen, er stand schwitzend da und schnaufte, dabei nahm er den Hut ab und wischte sich mit dem Handrücken den Schweiß von der Stirn.

Es kam nicht oft zu derartigen Begegnungen. Der Alte hatte dem anderen von Anfang an zu verstehen gegeben, daß dieser seiner Meinung nach dem Reisinger als Jäger nie das Wasser würde reichen können, und die freundlichen Worte des Neuen, die er für Anbiederungsversuche hielt, mit Stolz und Hochmut ignoriert. Er gab dem Jungen die Schuld, daß der Alte nicht mehr da war. Er haßte ihn nicht, er hatte nur kein Interesse an ihm.

Der Jäger spürte die Abneigung, fand jedoch keine richtige Erklärung dafür. Jedenfalls vermied er es weitgehend, die Hütte des Alten zu besuchen, wenn er im Revier unterwegs war. Dem Alten war's recht.

Jetzt war der Schwätzer trotz allem da, stand vor ihm und fauchte sich die Seele aus dem Leib. Dabei hatte der Tag so angenehm begonnen.

Als der Jäger die Sprache wieder gefunden hatte, grinste er entschuldigend und grüßte höflich.

»Ist ein hundsgemeiner Hügel«, schnaufte er, »sieht von unten so harmlos aus, hat's aber faustdick hinter den Ohren, wird immer steiler und länger.«

Der Alte hockte noch immer so da wie zuvor. Er starrte auf den Boden und sagte nichts.

»Hast was zu trinken?« fragte der andere.

Der Alte hob langsam den Kopf und deutete damit in Richtung Wassertrog.

»Wasser«, sagte er.

Der Jäger nickte.

»Auch gut«, sagte er, nahm den Rucksack ab und lehnte das Gewehr gegen die Hüttenwand. Er ging zum Trog, fing das Wasser mit den hohlen Händen auf und begann, gierig zu schlürfen.

Einige Tropfen hingen noch silbern in seinem Gesicht, als er zurückkam und sich, ohne zu fragen, zwischen dem Alten und dem Lauf der Flinte auf die Bank setzte.

»Warst schon lange nicht mehr unten, im Dorf«, sagte der Jäger nach einer Weile.

Der Alte lächelte spöttisch. »Hast mich vielleicht vermißt?«

Der Jüngere schüttelte den Kopf.

»Jetzt sag's mir einmal ehrlich, Bloch. Was habe ich dir getan, daß du mich so gar nicht magst?«
Es war lange her, daß den Alten jemand mit seinem Familiennamen angeredet hatte.
»Nichts«, sagte er, »gar nichts hast du mir angetan, ich brauch dich nur nicht.«
»Bist schon ein sonderbarer Kauz«, grinste der Jäger. Er beugte sich zur Seite und griff über das Gewehr nach dem Rucksack.
»Ich soll dir vom Reisinger schöne Grüße ausrichten«, sagte er.
Der Alte runzelte die Stirn und schaute den anderen fragend an.
»Der alte Reisinger«, erklärte dieser, »kennst ihn doch, mein Vorgänger, dein alter Kumpel.« Es klang geduldig, wie die Worte des Schulmeisters, der zu einem dummen Kind redet.
»Trottel«, knurrte der Alte.
»Du weißt doch, von wem ich rede?« drängte der andere.
»Schwachsinniger Trottel«, knurrte der Alte.
Der Jäger zuckte die Schultern und begann, in seinem Rucksack herumzukramen.
Da dieser offensichtlich fast leer war, fand er das Gesuchte sofort.
»Hier«, sagte er und hielt dem Alten eine Literflasche entgegen, die mit einer klaren Flüssigkeit gefüllt war. »Vom Reisinger, schickt er dir!«
»Schnaps?«
»Ja, und ein verdammt guter noch dazu. Hat der Moser drüben in St. Jakob gebrannt. Birnen und

Äpfel, ein edler Tropfen, hab ihn schon ausprobiert!«
Es war noch nicht oft vorgekommen, daß der Alte eine Flasche Schnaps besessen hatte. Manchmal hatte ihn ein Bauer unten im Tal beim »Alten Hauer« auf ein Glaserl eingeladen, teures Zeug, schießt direkt ins Hirn, bringt den Körper zum Glühen. Früher, in seinem alten Leben, war er oft besoffen gewesen. Zu oft. Er hatte die Erinnerung daran verdrängt, jetzt war sie wieder da. Teuflisches Zeug. Kannst nicht vorsichtig genug damit umgehen.
»Vom Reisinger?« fragte er.
Der Jäger grinsend: »Hab ich ja schon gesagt. Er schickt's dir, und ich soll dazu Grüße von ihm ausrichten. ›Gehst morgen ins Revier?‹ hat er mich gestern beim Wirt gefragt, ich hab ja gesagt. Da ist er verschwunden, war wohl kurz daheim, hat die Flasche mitgebracht. ›Gib sie dem alten Bloch‹, hat er gesagt, ›und sag ihm, er soll an mich denken, wenn er sie austrinkt!‹«
»Der alte Reisinger«, sagte der Alte leise. Er sah ihn vor sich, das wettergegerbte Gesicht, der weiße Rauschebart, die hellen blauen Augen. Einer der ganz wenigen Menschen, der ihm, seit er hier lebte, etwas bedeutet hatte. Sie waren keine Freunde, dazu hatte es nie gereicht, dazu waren die Welten, in denen sie lebten, viel zu verschieden. Der Reisinger war der einzige gewesen, mit dem er hatte reden können. Nicht viel, gerade genug, um das seltene Zusammensein angenehm zu machen.

Der Jäger hatte die Flasche noch nicht hergegeben. Der Alte hatte noch nicht danach gegriffen.
»Probieren wir einen Schluck?« fragte der Jüngere.
Der Schnaps war etwas, was nur ihm gehörte. Und dem Reisinger. Mit dem hätte er getrunken, aber der war ja nicht da. Der Alte griff überraschend schnell nach der Flasche, umklammerte sie mit seinen knorrigen Fingern, der Jäger wehrte sich nicht dagegen und ließ die Flasche los.
»Nichts wird getrunken«, brummte der Alte. Er drückte die Flasche gegen die Brust und trug sie sorgsam, so wie eine Mutter ihr Baby trägt, in die Hütte. Innen verschloß er die Tür, damit ihm der Jäger nicht folgen konnte. Er stellte die Flasche in den hintersten Winkel des Vorratskellers.
Als er wieder in der Stube war und durchs Fenster schaute, sah er den Jäger, ganz klein, am unteren Ende des Steilhangs.
Und als er im Wald verschwunden war, nickte der Alte zufrieden.
Draußen war es jetzt noch wärmer, und die Bank gehörte wieder ihm allein. Er hockte sich hin und starrte in die Ferne.
Er sah den Reisinger, als er noch viel jünger war. Es war am späten Nachmittag gewesen, als er bei ihm geklopft hatte. Wild, aufgeregt.
Dann sah er sich selbst, hinter dem Reisinger hertrottend, bis zum Fuß der Wand.
Der Bergsteiger war tot gewesen. Das Blut in der klaffenden Wunde auf der Stirn war eingetrocknet und schwarz geworden.

Der Alte hatte schon lange nicht mehr daran gedacht. Er wollte es auch jetzt nicht.
Er schaltete das Gehirn ab und genoß wieder den Tag.

Zwölf Kilometer mit dem Bus auf einer engen, winkeligen Straße. Vom breiten Haupttal in ein engeres Nebental, durch eine Schlucht, rechts und links steil ansteigende Felswände, neben der Straße ein schmaler Wildbach, dessen Wasser weiß war, weil es das steil abfallende Bett und die vielen Felsbrocken in Gischt verwandelte.
Am Anfang von Silberberg stand ein halbverfallener Wehrturm, Mittelalter oder noch früher. Das Tal war hier breiter geworden und bot Platz für mehrere Reihen neben- und hintereinander angeordneter Häuser. Einige der Häuser wirkten zu protzig für die Umgebung, in der sie standen. Sie waren zweistöckig und ähnelten den einst vornehmen Bürgerhäusern mitteleuropäischer Städte. Der Rest des Dorfes war auch alt, aber weniger vornehm. Dicke Mauern, kleine Fenster, rote Ziegeldächer.
Unter den großteils vergitterten Fenstern hingen Holztröge, aus denen eine bunte Blütenpracht wucherte.
Einige der Häuser standen leer, schwarze glaslose Fensterhöhlen, abbröckelndes Mauerwerk, Dächer, die teilweise eingestürzt waren.
Auf einer kleinen Anhöhe protzte eine wuchtige

Wehrkirche. Sie war von einer dicken Mauer umgeben, in der Mauer befanden sich Schießscharten.
Der Bus ratterte an den ersten Häusern vorbei, am Dorfladen, an der Volksschule, an einer Schneiderei, an der Vorderseite eines großen Bauernhofs, und erreichte einen kleinen Platz, der von mächtigen Kastanienbäumen umgeben war.
Der Fahrer hielt neben einer Kapelle an, die um eine große, weibliche Heiligenstatue gebaut worden war. Neben Ziemann befanden sich zwei Frauen und mehrere Schulkinder im Bus. Die Frauen hatten ihn beim Einsteigen mißtrauisch betrachtet, die Kinder hatten gekichert und über ihn getuschelt. Beim Aussteigen beachteten sie ihn nicht mehr.
Ziemann ließ sich Zeit, schulterte seinen Rucksack und nickte dem Fahrer freundlich zu.
»Auf Urlaub?« fragte dieser.
»Auf Urlaub!« antwortete Ziemann. Der Fahrer zuckte die Schultern.
Das Gasthaus »Zum Alten Hauer« befand sich hinter den Kastanienbäumen, kaum fünfzig Meter von der Bushaltestelle entfernt. Neben dem Gasthaus war eine Tischlerwerkstätte, in der eine Säge kreischte.
Zwei der Kinder aus dem Bus waren vor dem Eingang des Gasthauses stehengeblieben und starrten mit unverhohlener Neugierde in seine Richtung.
Als Ziemann näher kam, drehten sie sich um und rannten davon.
Im Halbdunkel des Gasthausflures roch es nach Ge-

kochtem, das Säuerliche kam wohl von verschüttetem Bier. Das Licht reichte gerade aus, um das Wort »Gaststube« auf einer Holztüre auf der rechten Flurseite lesen zu können.
Ziemann klopfte an, erhielt jedoch keine Antwort. Als nach nochmaligem, stärkerem Klopfen noch immer nichts geschah, drückte er die Klinke hinunter und trat ein.
Das Innere der Gaststube war alt und verbraucht. Links neben der Türe befand sich eine hölzerne Theke, dahinter war ein Regal mit leeren Gläsern und einigen Schnapsflaschen. Der Holzboden knarrte unter seinen Schritten.
Der Geruch vom Flur war hier noch stärker.
Im Raum selbst stand ein gutes Dutzend schwerer Holztische, dazu ebenso schwere Holzstühle. Die Tische waren mit rotweiß karierten Tischtüchern bedeckt, die Vorhänge an den kleinen Fenstern waren aus demselben Stoff genäht.
Eigentlich hätte es gemütlich sein können, Ziemann spürte jedoch nur Unbehagen. Vielleicht war es der Geruch. Oder die menschenleere Stille.
Er klopfte mit der Faust auf das Blech, mit dem die Theke oben benagelt war.
»Hallo«, sagte er halblaut, »ist hier jemand?«
Ein paar Fliegen erhoben sich träge, summten einen Meter weiter und ließen sich neben einer anderen Bierpfütze nieder.
Ziemann räusperte sich.
»Hallo«, rief er, »ein Gast ist hier!«
Am Ende der Theke war eine Türe, die halb offen

stand. Dahinter hörte er ein kratzendes Geräusch, dann eine knarrende Männerstimme.
»Was soll denn das? Ich komme ja schon, hab ja auch nur zwei Beine.«
Der Mann paßte genau zur Gaststube, wahrscheinlich war er ebenso alt. Er trug eine zerschlissene Trachtenjacke, grau und grün, mit Hirschhornknöpfen, darunter eine speckige Lederhose. Schütteres weißes Haar, weiße Bartstoppeln.
Als er Ziemann sah, blieb er abrupt stehen und stemmte die Arme in die Hüften.
»Ja, wen haben wir denn da?«
Ziemann ging ein paar Schritte auf ihn zu und hielt ihm die Hand entgegen.
»Ziemann«, sagte er, »Ziemann aus Deutschland!«
Der Alte runzelte die Stirn, Ziemanns Hand blieb in der Luft stehen.
»Das gibt's auch nur bei euch Deutschen«, sagte der Alte ernst und schüttelte verwundert den Kopf, »ich kenne zwar einen Ziehsohn, der Angerbauer im Nachbardorf hat einen, von einem Ziemann habe ich noch nie gehört.«
Ziemann suchte verdutzt nach Worten, dann sah er die listigen Augen des Alten und begann zu lachen. Der Alte grinste zurück und schüttelte endlich seine Hand.
»Nichts für ungut«, kicherte er, »ich bin der Jörgl, Jörg Hansbauer, wenn Sie's genau wissen wollen, aber Jörgl genügt.«
»Wolf«, sagte Ziemann. Er sah, daß sein Gegenüber wieder die Stirn runzelte und wehrte mit gespieltem Schrecken ab.

»Ich bin keiner, ich heiße nur so. Mit Vornamen.«
Der Jörgl ging zu einem der Tische und rückte einen Stuhl zurecht.
»Nehmen 'S doch Platz, Herr Wolf!«
Ziemann nahm den Rucksack ab, lehnte ihn an die Thekenwand und setzte sich.
»Was darf's denn sein?«
»Bier«, sagte Ziemann, »wenn es geht, ein Gösser.«
Der Alte nickte anerkennend.
»Kennt sich schon aus bei uns, der Herr.« Er wandte sich zum Gehen, blieb nach zwei Schritten aber wieder stehen und drehte sich um.
»Ein Krügel oder ein Glas?«
»Was ist größer?«
»Das Krügel!«
»Dann bringen Sie mir bitte ein Krügel«, sagte Ziemann.
Der Alte rumorte lange und umständlich hinter der Theke herum und kam mit zwei gefüllten Gläsern zurück. Das größere stellte er vor Ziemann auf den Tisch, das kleinere auf den Nachbarplatz.
»Sie haben doch nichts dagegen, wenn ich mich zu Ihnen setze?«
»Absolut nicht«, schmunzelte Ziemann, »ist mir eine Ehre, Herr Jörgl!«
Er griff nach dem Glas, betrachtete es und stellte es dann wieder hin.
»Ich dachte, Sie wollten mir ein Krügel bringen?«
»Ist es auch«, antwortete der Alte.
»Krügel haben bei uns Henkel«, sagte Ziemann.
Sein Gegenüber nickte.

»Da haben Sie wohl recht, Herr Wolf, Krügel sollten Henkel haben. Früher hat auch bei uns jedes Krügel einen Henkel gehabt, jetzt sagt man zu allem, was einen halben Liter faßt, Krügel.«
Er hob das kleinere Glas, das nur nullkommadrei Liter faßte und deshalb auch Glas genannt werden durfte, und nickte entschuldigend.
»Darf ich trotzdem auf Ihre Gesundheit trinken, Herr Wolf?«
Sie hatten nur ein paar Sätze miteinander gewechselt, noch kein einziges ernstes Wort gesagt, trotzdem fühlte sich Ziemann zu dem alten Mann hingezogen. Es war noch keine Freundschaft, er spürte aber, daß eine daraus werden konnte.
Die Leichtigkeit des anderen im Umgang mit ihm, das Scherzhafte, das er im ersten Augenblick für grob gehalten hatte, das jedoch nie beleidigend war. Locker, das war wohl das richtige Wort, der Alte war locker, für deutsche Begriffe unkonventionell, unverkrampft, erfrischend natürlich.
Ziemann hob das Krügel. »Auf Silberberg«, sagte er und nahm einen kräftigen Schluck.
Dann fragte er, ob es im Hause Fremdenzimmer gäbe und ob eines für ihn frei sei. Er wisse nicht, wie lange er bleiben würde, er wolle Wanderungen unternehmen, die Natur genießen.
»Die Seele baumeln lassen«, lächelte der Alte.
Es gab ein Zimmer, und es war spottbillig. Mit Frühstück, das gab's allerdings nur bis neun Uhr. »Langschläfer müssen bei uns Hunger leiden!«
Das Gastzimmer füllte sich bald, alle Tische waren

besetzt, auch an Ziemanns Tisch nahmen ein paar Silberberger Platz.
Der alte Jörgl, der eigentlich nur da war, um seinem Sohn und dessen Frau zu helfen, denen er das Gasthaus längst übergeben hatte, fand nur noch wenig Zeit zum Reden. Bier und Schnaps wurden serviert, die meisten Gäste bestellten auch etwas zu essen.
Es gab Gulasch, groß oder klein, Schnitzel mit Reis und Salat und einen sogenannten Bauernschmaus, der aus einer Riesenportion Sauerkraut, einem gewaltigen Semmelknödel, Geselchtem, einem Stück Schweinebraten und einer Wurst bestand. Das Geselchte war, wie Ziemann auf seine Frage hin erfuhr, geräuchertes Schweinefleisch.
Ziemann bestellte eine Portion Bauernschmaus, dazu trank er das fünfte Krügel Bier. Es schmeckte ihm hervorragend.
Nach dem Essen fiel ihm plötzlich auf, daß sein Rucksack noch immer an der Theke lehnte und daß er noch nicht auf seinem Zimmer gewesen war.
Das Aufstehen wurde zu einer mühsamen, wackeligen Angelegenheit. Als er endlich stand, schaffte er es gerade bis zur Theke.
Der Jörgl und sein Sohn, ein bulliger, rotgesichtiger Mann mit kleinen Augen und mächtigem Bauch, den eine fleckige grüne Wirtsschürze umspannte, ignorierten Ziemanns gestammelte Bitte nach dem Zimmerschlüssel. Statt dessen versicherten sie ihm, daß es hier Sitte sei, vor dem Schlafengehen noch einen doppelten doppeltgebrannten Schnaps einzunehmen. Ziemann versuchte zwar, sich dagegen zu

wehren, doch statt der Worte, die er sagen wollte, kam ein kräftiger Rülpser aus seiner Kehle.
Nach dem zweiten doppelten Doppeltgebrannten hing Ziemann hilf- und wehrlos an der Theke, links und rechts von ihm hatten sich Einheimische niedergelassen. Zwei junge Männer, deren Dialekt er kaum verstand. Aus einigen unmißverständlichen Wortfetzen schloß er, daß sie ihn auf weitere doppelte Doppeltgebrannte einladen wollten.
Ziemann spürte ihre Arme auf seinen Schultern, hörte durch einen verzerrenden Geräuschfilter, wie jemand sagte: »Der Kerl ist ja ganz schön weggetreten«, spürte noch, wie ihn seine Beine verließen, erkannte den Boden, der ekelerregend säuerlich roch, und mußte hilflos zusehen, wie sich zuletzt auch noch der Inhalt seines Magens von ihm trennte.
Als er zum ersten Mal erwachte, hatte er keine Ahnung, wo er sich befand. Die Zunge lag wie ein ausgetrockneter Waschlappen in seinem Mund, darüber dröhnte und hämmerte es. Er hätte alles für ein Glas Wasser gegeben, da er aber nicht wußte, wo er war, und Kopf und Körper nur kleine Fenster in einer Wand des Ekels und des Schmerzes öffnen konnten, schloß er wieder die Augen und ließ sich mit dicker, gefühlloser, nutzloser und völlig ausgetrockneter Zunge in den wehrlosen Zustand erlösender und hoffentlich auch heilender Leere zurückfallen.
Beim zweiten Erwachen war das Pochen im Kopf etwas schwächer geworden, dafür lag jetzt die ausgedörrte Zunge noch schwerer im Mund.
Ziemann quälte sich stöhnend bis zur Sitzposition

hoch und hielt den Kopf mit beiden Händen fest, um das Hämmern einzudämmen. Seine Augen sahen einen kleinen Raum, der von hellem Holz umzingelt war. Die Wände waren aus Holz, die Decke war aus demselben Holz, alles war braun, auch die zugezogenen Vorhänge vor dem einzigen Fenster hatten dieselbe Farbe und ließen nur braunes Licht in den Raum. In der rechten Ecke stand ein schmaler Schrank, daneben ein Tisch mit einem Sessel, auf dem Tisch lag ein rotweiß kariertes Tischtuch.

Ziemann zwang sich, den Blick weiterschweifen zu lassen, die Wände entlang, dabei sah er ein weißes Waschbecken, darüber einen weißverfliesten Wandteil, über dem ein rechteckiger Spiegel hing.

Das war's. Mehr gab es nicht in seinem Zimmer. Nur noch das Bett, ein Doppelbett, und die dicke Daunendecke. Auch das Kopfkissen war weich und mit Daunen gefüllt.

Es war nicht sein Zimmer, er befand sich nicht in seiner Wohnung, wo war er?

Hatte man ihn entführt? Warum? Wohin?

Die Zunge schrie nach Wasser. Ziemann quälte sich hoch, taumelte aus dem Bett zum Wasserhahn. Das Wasser war eiskalt und brannte in der Kehle. Er trank, bis er nicht mehr konnte, dann legte er sich wieder in das Bett.

Langsam, ganz langsam, begann das Gehirn wieder zu denken.

Bier, Bauernschmaus, Schnaps. Gesichter. Das weiße Wirrhaar des Alten, das rote Gesicht des dicken

Sohnes, die anderen. Lachen, Schnaps, noch mehr Lachen, noch mehr Schnaps. Kotzen.
Ziemann schämte sich und ließ die Augen geschlossen, weil er das, was ihn draußen, vor den schützenden Lidern erwartete, nicht sehen wollte.
Er schlief noch eine Weile, dann stand er auf, wusch sich mit dem eiskalten Wasser, putzte die Zähne, holte frische Kleidung aus dem Rucksack und zog sich an.
Auf der steilen Holzstiege, die ihn ins Untergeschoß brachte, hatte er noch keine Ahnung, was ihn dort erwarten würde.
Das Gastzimmer erschien ihm diesmal hell und freundlich, die Hälfte der Tische war besetzt, hinter der Theke stand der rotgesichtige Sohn. Es roch nach Gekochtem und nach verschüttetem Bier, zu seiner Überraschung nahm es sein Magen widerspruchslos hin.
Als er eintrat, nickte ihm der Sohn freundlich zu. Sonst nichts. Kein hämisches Grinsen, kein hysterisches Lachen, kein Mitleid.
Ziemann setzte sich an einen leeren Tisch. Die Menschen am Nebentisch bearbeiteten mit großen Löffeln große Suppenteller, in denen große Knödel schwammen. Ziemanns Magen teilte ihm unmißverständlich mit, daß er für solche Aufgaben noch nicht bereit sei.
Plötzlich stand der alte Jörgl neben ihm, legte eine schwere Hand auf seine Schulter. Ziemann zuckte zusammen, schaute hoch und lächelte erleichtert.
»Alles in Ordnung, Herr Wolf?«

Ziemann nickte etwas zu eifrig.
»War eine harte Nacht«, sagte der Alte und hieb ihm mit der schweren Hand dreimal auf den Rücken. Wahrscheinlich nur mit halber Kraft, Ziemann wimmerte leise.
Ich weiß, wollte er sagen, ich habe mich schlecht benommen, den Boden beschmutzt, nicht mehr gehen können, einen lächerlichen Idioten aus mir gemacht, tut mir leid.
Der alte Jörgl kam ihm zuvor.
»Du hast dich gut geschlagen, Kompliment«, sagte er so laut, daß es alle in der Gaststube hören konnten. Er griff nach Ziemanns Hand und hob sie hoch wie ein Ringrichter, der die Hand des siegreichen Boxers in die Höhe reckt.
Ziemann wußte nicht, ob er sich unter dem Tisch verkriechen, ob er gute Miene zu diesem offensichtlich so bösen, beschämenden Spiel machen oder ob er einfach aufstehen und wortlos das Weite suchen sollte.
»Dieser Mann«, sagte der Alte laut, »ist keiner von uns, er hat gestern fünf Krügel Bier getrunken, das ist nichts Außergewöhnliches, werdet ihr sagen, das ist ja gar nichts, aber – und jetzt kommt es – danach waren es acht doppelte Doppeltgebrannte!«
Alle Anwesenden applaudierten, einige steckten ihre Finger in die Münder und pfiffen schrill. Ziemann hatte keine Ahnung, ob sie ihn verarschen, demütigen oder verhöhnen wollten, oder ob das, was er gegen jede Vernunft gestern getan hatte, wirklich etwas war, was diese seltsamen Menschen beeindruckte.

Die beiden jungen Dorfbewohner, die – wie er sich noch dumpf erinnern konnte – am Vorabend neben ihm an der Theke gestanden hatten, waren auch heute wieder da und durchlöcherten ihn, im so schwer verständlichen Dialekt, mit Fragen über Jobmöglichkeiten in Deutschland. Der eine sagte, er sei Tischler, der andere meinte, er hätte nichts Richtiges gelernt, aber zwei kräftige Hände, einen gesunden Körper und sei außerdem zu allem bereit.
Ziemann war bald überzeugt davon, daß ihn die Dorfgemeinschaft nun ehrlich und wahrhaftig in ihre Mitte aufgenommen hatte.

Am frühen Nachmittag zog der Alte seine Runde. Er tat es mindestens einmal pro Woche, manchmal zweimal, und wenn das Wetter besonders schön war, wie um diese Zeit, zog er seine Runde noch öfter.
Er ging immer denselben Weg, im Laufe der Jahrzehnte hatte er dabei einen schmalen Pfad ausgetreten, der ihm allein gehörte.
Der Pfad führte von der Hütte zum Waldrand, dann dauerte es beinahe eine Gehstunde lang, bis er aus der kühlen Düsternis wieder ins Freie gelangte.
Pralles Sonnenlicht überschüttete die Felswand der näher gerückten Silberspitze. Es war so hell, daß es den Alten blendete. Er schirmte die Augen mit der Hand ab und wartete, bis sich diese an den abrupten Wechsel der Lichtverhältnisse gewöhnt hatten.

Der Berg hatte vor Urzeiten weiter oben ein Geröllfeld ausgespuckt, das einige hundert Meter weit in die Tiefe gerollt und ganz in der Nähe seines Standortes zum Stillstand gekommen war. Der Pfad des Alten führte zum unteren Rand des Gesteinsteppichs, bog dort scharf nach rechts ab und steuerte dann geradewegs auf die Felswand zu.
Es war steil und mühsam, und als der Alte die Wand erreicht hatte, mußte er eine kurze Verschnaufpause einlegen. Früher war das nie nötig gewesen, sein Gang war auch jetzt noch stark und sicher, nur langsamer war er geworden, und seine Runden kosteten ihn von Jahr zu Jahr mehr Kraft.
Er blickte hoch, folgte mit den Augen dem Geröllfeld und suchte nach den Gemsen, die er hier schon oft beobachtet hatte und jedesmal erstaunt gewesen war, mit welcher Leichtigkeit die dünnen Beine die schweren Körper über Fels und Geröll tänzeln ließen. Manche Menschen riskierten ihr Leben, um sich in dieser Welt plump und unbeholfen bewegen zu können.
An diesem Tag suchte er die scheuen Tiere vergebens. Er dachte, daß wahrscheinlich der neue Jäger hiergewesen war und sie verscheucht hatte.
Der Alte atmete ein paarmal tief durch und machte sich wieder auf den Weg.
Er folgte der Wand und erreichte nach einer Weile ein kleines Plateau, das von Menschen geschaffen worden war. Mauerreste und vermodernde Holzbalken, ein paar verrostete Eisen- und Blechstücke lagen herum. Auch der Berg selbst war hier von

Menschenhand verstümmelt worden. Sprengungen hatten gewaltige Felsbrocken aus der Wand gerissen und ein Trümmerfeld hinterlassen.
Die Natur hatte die Wunde fast wieder geschlossen, einen Moosteppich darübergelegt und an manchen Stellen kleine, zähe Nadelbäume wachsen lassen.
Der Pfad des Alten überquerte das Plateau und später einen kaum noch erkennbaren Weg, der einst hier verlaufen war.
Er ließ das Trümmerfeld links liegen, ohne einen Blick darauf zu werfen.
Von nun an ging es steil bergab, immer der Wand entlang. Die Vegetation wurde üppiger, mehr Gras und die ersten Büsche. An manchen Stellen war der Wandfuß so dicht davon überwuchert, daß sich der Pfad des Alten meterweit von ihm entfernen mußte.
Etwa zwei Stunden nachdem er von der Hütte losgegangen war, legte der Alte die zweite Verschnaufpause ein. Er setzte sich auf einen moosüberwucherten, kniehohen Stein, den die Natur für ihn als Sitz bereitgestellt hatte.
Der Ort, an dem er sich befand, lohnte die Mühen des Marsches.
Vor ihm stürzte der Berg senkrecht in die Tiefe, tief unten sah man das Tal und das Dorf. Die Häuser waren winzig, viel kleiner als Streichholzschachteln, der Turm der alten Wehrkirche war fast so dünn wie ein Zahnstocher.
Es war die Welt der anderen. Dort unten lag all das, was er nicht mehr wollte. Die Hektik, der Neid, der Haß, die kleinlichen Streitereien, die Raffgier,

der Unfrieden. Keiner von denen dort unten kannte seine Ruhe, seine Art des Friedens.
Für die Talmenschen war seine Einsamkeit etwas, was sie verspotteten, in Wahrheit verstanden sie sie nicht, weil sie sich nicht vorstellen konnten, jemals ohne die Nähe anderer Menschen auskommen zu können.
Hier oben bestimmte er, wann und wo er mit anderen zusammensein wollte. Er war es, der entscheiden konnte, ob ein Wanderer bei ihm einkehren durfte oder nicht und wie lange dieser bleiben durfte.
Sie hatten keinen Einfluß auf ihn. Er, nur er allein hatte die Macht über sein Leben.
Sie waren für ihn noch kleiner und unbedeutender als ihre Häuser, die von hier oben, in seiner Welt, nur blasse Farbtupfen, tief, sehr tief unter ihm waren.
Anders war es, wenn er zu ihnen ging. Da hatten sie die Macht über ihn, da mußte er sich fügen, ihre Regeln befolgen, mit ihnen reden, ihr hämisches Lachen erdulden, den Spott.
Obwohl er wußte, daß es unwichtig war und von dummen, unwissenden Kreaturen kam, tat es weh, wenn sie ihn verhöhnten. Er haßte jede Sekunde, die er im Dorf verbringen mußte. Und er haßte den Zwang, immer wieder dorthingehen zu müssen, dem er unterworfen war, weil es um die Beschaffung lebenswichtiger Dinge ging.
Dafür genoß er jede Sekunde, die er an diesem Platz verbringen konnte. Dabei spürte er, wie die Kraft,

die die Zeit aus seinem Körper gesaugt hatte, für einen Augenblick in ihn zurückströmte.

Das Dorf wollte Ziemann nicht loslassen. Mit vermehrten Rundenzahlungen und geringerem Eigenkonsum, der unbemerkt geschehen mußte, schaffte es Ziemann jedoch, seinen Kopf einigermaßen klarzuhalten. Daß dabei einige doppelte Doppeltgebrannte als Pfützen auf dem alten Holzboden verendeten, strapazierte zwar seine Geldbörse, bremste jedoch nicht länger sein Denken.

Im nüchternen Zustand hätte keiner der mißtrauischen und verschlossenen Bergbewohner einem Fremden wirklich Einblick in ihre Welt gewährt. Schnaps und Bier hatten Ziemann allerdings zu einem Verbündeten gemacht, zu einem Schnapsbruder, der kräftig zahlte, und, was sie mit Respekt vermerkten, sogar fast gleichviel vertrug wie sie.

»Es ist halt schwer, die eigenen Wurzeln abzuhacken und von hier abzuhauen«, sagte der Steinberger, ein rotgesichtiger, glatzköpfiger, dickbäuchiger Bauer mit hörbar schwerer werdender Zunge. »Mein Vater, der Großvater, der Urgroßvater und alle anderen, weit zurück, bis ins Mittelalter, haben hier gelebt. Ich hab den Hof geerbt, gibt nichts mehr her, ich muß täglich dreißig Kilometer weit in die Stadt fahren für einen Job in der Fabrik, aber ich muß es tun, weil sonst meine Familie verreckt, verstehst du das? Nein, du verstehst es nicht. Die Großmäuler in Graz

und Wien wollen uns ja auch immer weismachen, daß es uns gutgeht. Ich, der Ignaz Steinberger aus Silberberg, spür nichts davon, gar nichts, verstehst du?«
Ziemann nickte. Er hatte verstanden. Viele Silberberger waren so wie der Steinberger. Menschen, die in der Tradition einer einst glorreichen Vergangenheit gefangen waren. Zu tief in ihr verwurzelt, um den Ort zu verlassen, zu starrsinnig, um irgendwo anders ein neues Leben zu beginnen.
Drei Silberbergwerke hätte es einst hier gegeben, hatte ihm der alte Jörgl erzählt. Silberberg hatte zu den wohlhabendsten Siedlungen der gesamten Monarchie gehört. Stolze Menschen wären sie gewesen. Vor hundert Jahren sei sogar der Kaiser hier gewesen. Im Gemeindeamt gäbe es noch Fotos davon. Und dann war alles plötzlich aus. Unrentabel, Silberpreis im Keller.
»Keiner in Wien hat sich damals Gedanken gemacht, was mit uns passiert«, hatte der Jörgl gewettert. »Sie haben einfach zugesperrt. Aus, Schluß, basta. Die Bauern haben so recht und schlecht überleben können, auch einige Handwerker und der Besitzer des Dorfladens.
Doch da waren Hunderte Kumpel, die haben mit Kind und Kegel wegziehen, alles zurücklassen müssen, die Häuser siehst du ja jetzt noch, verfallene Ruinen, die kein Schwein gekauft hat, als sie noch bewohnbar waren.«
»Die Minen?«
»Verlassen, verfallen. In die Dreier-Mine, gleich

überm Dorf, könnte man noch hinein, der Eingang ist aber zugenagelt. Zu gefährlich. Einsturzgefahr! Die Zweier ist schon vor sechzig oder siebzig Jahren von selbst zusammengekracht, und die Einser haben die Nazis irgendwann während des Zweiten Weltkriegs zugesprengt. Warum sie's getan haben, weiß keiner, aber die haben so vieles gemacht, das schwer zu verstehen ist.«

Als Ziemann das von der Einser-Mine hörte, hätte er am liebsten in die Hände geklatscht oder mit der Faust auf den Tisch geschlagen. Er hatte sich jedoch gezwungen, ruhig zu bleiben.

»Ja, ja, die Nazis«, hatte er nur gesagt und den Kopf geschüttelt.

Vielleicht hätte er mit der nötigen Vorsicht, ohne allzu großes Interesse zu zeigen, mehr vom alten Jörgl erfahren können, wenn nicht drei Gäste aufgetaucht wären und sich zu ihnen gesetzt hätten.

Jetzt stand er neben dem Steinberger am Tresen und hörte geduldig zu, wie sich der Bauer den Frust von der Seele lallte. Die Roten hätten die Arbeiter verraten und die Schwarzen die Bauern, in Wien säßen nur Ratten, die sich auf Kosten von Leuten wie ihm, dem Steinberger, fettfressen würden. Aber es gäbe da schon einen, der ihnen kräftig auf die Finger klopfen könnte.

Ziemann hörte kaum hin. Er hatte keine Ahnung von der österreichischen Politik, er hatte nicht einmal sonderlich viel Ahnung von der deutschen. Er war immer zu beschäftigt gewesen, um sich tiefe Einblicke verschaffen zu können, meistens hatte er

gar nicht gewählt. Weil er im Ausland bei irgendeinem Kongreß war oder im Krankenhaus gebraucht wurde. Die wenigen Politiker, mit denen sich seine Wege bei den seltenen Ausflügen auf das Gesellschaftsparkett gekreuzt hatte, hatte er großteils als oberflächliche Belanglosplauderer mit spürbar übersteigerten Egos in Erinnerung.
Ziemann schaute sich nach dem alten Jörgl um. Die Stube war nur schwach beleuchtet und durch den Zigarettenqualm vernebelt, deshalb dauerte es eine Weile, bis er ihn entdeckte. Der alte Wirt stand neben einem Tisch im hintersten Eck der Stube und unterhielt sich mit zwei Männern.
»Unser alter und unser neuer Aufsichtsjäger«, sagte der Jörgl, als sich Ziemann zu ihnen gesellte. Die beiden meinten, sie hätten schon von ihm, dem deutschen Urlauber, gehört und baten Ziemann, bei ihnen Platz zu nehmen. Der Jörgl, mit dem sich Ziemann lieber allein unterhalten hätte, nickte ihm ermutigend zu, sagte, daß er sich um ein paar andere Gäste kümmern müßte, daß er später aber sicher zurückkommen würde.
Beide trugen graugrüne Trachtenjacken, der Ältere hatte dichtes weißes Haar, einen Rauschebart und ein freundliches Gesicht. Der Jüngere war hager, sein Haar war strohblond und kurzgeschnitten, die Augen waren auffallend blau.
»Na, was halten Sie von Silberberg?« fragte der Ältere und schmunzelte wissend, als würde er die Antwort bereits kennen.
Ziemann zuckte die Schultern.

»Ich bin noch nicht lange genug hier, um mir eine Meinung gebildet zu haben.«
Der Jüngere grinste.
»Hartes Pflaster, was?«
»Wie meinen Sie das?«
»Die Leute mein ich«, sagte der Jüngere, »harte Burschen. Arbeiten hart und trinken hart. Ist keine feine Gegend. Kein Fremdenverkehrsort, wie man so schön sagt. Das habe ich gemeint. Verstehen Sie jetzt?«
Ziemann nickte.
»Seltsam«, sagte der Ältere, »wir haben gerade mit dem Jörgl über Sie geredet. Weil wir es seltsam finden, daß Sie ausgerechnet hierhergekommen sind, um Urlaub zu machen. Soll ich Ihnen sagen, was der Jörgl geantwortet hat?«
»Sagen Sie's mir.«
»Er hat gesagt, daß Sie ein Spinner sind«, er winkte rasch ab, wieder das wissende Lächeln, »das ist bei uns nichts Negatives, ich würde es als Exzentriker übersetzen. Sie hätten ihm gesagt, daß sie stets auf der Suche nach ausgefallenen Urlaubsorten seien und schon überall auf der Welt gewesen seien. In Kaffs, ähnlich wie diesem. Trotzdem wundert es mich, daß sie hier sind. Warum ausgerechnet Silberberg?«
Ziemann lächelte zurück und überlegte dabei.
»Die Karte«, sagte er, »ich habe mir eine Karte gekauft und nach der einsamsten, abgelegensten Gegend gesucht. Es hat mehrere gegeben, die in Frage gekommen wären. Diese war die erste. Zufall! Sil-

berberg war ein Zufall. Ein Versuch. Wenn es nicht gepaßt hätte, wäre ich am nächsten Tag wieder abgereist. So habe ich's schon öfter gemacht.«

»Was paßt Ihnen denn so an Silberberg?«

Der alte Jäger war auf der Hut. Hatte er Verdacht geschöpft? Hatte Ziemann doch irgendwo eine Frage zuviel gestellt?

»Ich weiß es noch nicht«, antwortete er rasch, »was ich bis jetzt gesehen und erlebt habe, hat mich einfach neugierig gemacht.« Ziemann deutete mit der Hand in den verrauchten, lärmerfüllten Raum. »So was wie das gibt es dort nicht, wo ich herkomme!«

Der junge Jäger lachte laut.

»So etwas gibt es nirgends, Silberberg ist einzigartig, auch in diesem Land!«

Ziemann lachte mit.

»Dann verstehen wir uns ja. Ich suche das Einzigartige, das Ausgefallene, so hat es Ihnen der Jörgl ja gesagt. Er hat recht – ich habe es hier ohne Zweifel gefunden!«

Der alte Jäger ließ sie lachen, er lachte sogar mit.

»Bis jetzt«, sagte er dann, »haben Sie doch nur den ›Alten Hauer‹ und ein paar Ortsbewohner kennengelernt. Das kann es doch nicht gewesen sein?«

Ziemann nickte.

»Sie haben natürlich recht. Ich habe selbstverständlich die Absicht, die Gegend zu durchwandern, vielleicht sogar ein paar leichtere Berge zu besteigen!«

Er richtete sich erfreut auf.

»Ich wollte morgen den Jörgl fragen, welche Routen er mir empfehlen würde. Das erübrigt sich jetzt

wohl. Ich sitze ja zwei Jägern gegenüber – der Kompetenz in Person! Sie kennen wahrscheinlich jeden Handbreit Boden in dieser Gegend. Was würden Sie mir raten?«
Ziemann war froh, endlich das Thema wechseln zu können.
»Besitzen Sie Bergerfahrung?« fragte der ältere Jäger. Ziemann schüttelte den Kopf. »Kaum«, sagte er, »ich bin ein richtiger Flachlandtiroler. Recht gut zu Fuß, aber eben nur in der Ebene.«
»Dann wird es schwierig«, grinste der Jüngere, »bei uns gibt es keine Ebenen, bei uns geht's bergauf, immer wieder bergauf und dann wieder bergab, immer wieder bergab. Ist eben ein Bergland. Das Herz der Alpen!«
»Ich habe gehört, daß es hier früher einige Silberminen gegeben hat«, sagte Ziemann vorsichtig, »da müssen doch noch Wege existieren, auf denen man das Erz abtransportiert hat. Wenn die noch begehbar wären ...«
Der ältere Jäger runzelte die Stirn, nickte bedächtig. »Wäre eine Möglichkeit. Wir benutzen immer den Jägersteig, der ist viel steiler, man kommt rascher voran, auf dem alten Minenweg würden wir doppelt so lange brauchen. Er müßte aber noch halbwegs begehbar sein.« Er wandte sich an den Jüngeren. »Du warst ja gerade in der Gegend, hast den alten Bloch besucht, weißt du, wie es um den Minenweg bestellt ist?«
»Man sieht ja nicht mehr viel davon, ist arg überwuchert, Sträucher, Büsche, vielleicht hat ein Steinschlag

einen Teil weggerissen, man müßte diese Stellen halt umgehen.« Er nickte. »Aber zu schaffen müßte es sein.« Er deutete auf Ziemann. »Auch für ihn!«
Der ältere Jäger hatte sein Lächeln wiedergefunden. »Dann hätten wir sie ja, Ihre erste Tour«, sagte er, »vier bis fünf Stunden Aufstieg, zwei bis drei für den Rückweg. Noch besser wäre, auf die andere Seite nach Kohldorf abzusteigen. Ein herrliches Tal.«
Das gefiel Ziemann. Auf seine Frage hin erklärten ihm die beiden geduldig und ausführlich, wie er den Beginn des Minenweges finden und was ihn während des Marsches erwarten würde.
Am Ende hob der Ältere den Zeigefinger.
»Und lassen Sie den Berg in Ruhe«, sagte er ernst.
Ziemann runzelte die Stirn. »Wie soll ich das verstehen?«
»Bleiben Sie auf dem Weg, schauen Sie sich alles an, Sie werden sehen, es ist eine faszinierende Gegend, wild, romantisch, schön, vielleicht haben Sie sogar Glück und sehen ein paar Gemsen.«
»Es hat dort oben schon einmal einen Toten gegeben«, sagte der Jüngere wichtigtuerisch, »und der Reisinger Sepp hat ihn damals gefunden!«
Der Reisinger Sepp war der Ältere. Er nickte.
Ziemann sagte nichts, er konnte nichts sagen. Er sah das Bild seines Vaters, des Bergsteigers, dann sah er sich selbst, den Buben, der vor dem Sarg stand. Er roch die Friedhofsblumen, die frische Erde.
»Es war ein Landsmann von Ihnen«, teilte ihm die Stimme des älteren Jägers mit, »angeblich sogar ein

erfahrener Bergsteiger, ich glaube es aber nicht. Ein guter Mann wäre an dieser Stelle nicht abgestürzt. Ich habe ihn gefunden. Gebrochener Schädel, nichts mehr zu machen. Muß sofort tot gewesen sein.
Es war ganz in der Nähe der zugesprengten Mine. Der Mann ist auf den Felstrümmern herumgeklettert, wahrscheinlich war das Moos naß, und er ist ausgerutscht, vielleicht war's aber auch ganz anders.«
Der Jäger schüttelte den Kopf.
»Was wirklich passiert ist, wird man nie mehr erfahren. Herumgeklettert ist er jedenfalls, dort, wo er nichts zu suchen hatte. Deshalb hab ich ja auch gesagt, Sie sollten den Berg in Ruhe lassen.«
Ziemanns Gesicht war heiß, die Hände schwitzten. Er hatte während der Schilderung des Unfalls die Luft angehalten, jetzt atmete er tief durch.
»Keine Sorge«, sagte er leise, »ich werde Ihren Berg nicht angreifen!«

Auf dem Heimweg füllte der Alte den Stoffbeutel, den er vor dem Weggehen von der Hütte in die Hosentasche gestopft hatte, mit allerlei Grünzeug und Wurzeln. Den Löwenzahn und die Brennesseln würde er später trocknen, mit Melissenblättern mischen und daraus den Tee zubereiten, der ihm allmorgendlich die Kraft für den Tag gab.
Es gab nur ganz wenige Stellen, an denen der Enzian wuchs, und alle mußte er sich hart erar-

beiten, weil sie abseits seines Weges lagen. Um sie zu erreichen, war er gezwungen, sich in steiles Gelände zu begeben, manchmal sogar auf allen vieren zu kriechen und über kleinere Felsbarrieren zu klettern. Die Enziansuche war im Laufe der Jahre immer mühsamer geworden, und es bedurfte schon eines Tages, an dem er sich ganz besonders wohl fühlte, daß er die Strapazen dafür auf sich nehmen konnte.

Der heutige war ein guter Tag gewesen. Der Alte blieb stehen und schaute den Hang hoch. Ein kurzer Grasteppich mit großen Steinen darauf, die irgendeine Urkraft irgendwann hierhergeschleudert hatte, dann ein paar Bäume und dahinter drei mannshohe Felsbrocken, die wie versteinerte Riesentannenzapfen aus dem Boden ragten.

»Na, dann packen wir's halt«, murmelte er und stapfte los.

Das Blut begann bald in seinen Schläfen zu pochen, der Atem wurde schwerer, die verbrauchten Muskeln mühten sich mit der Bewegung der Beine ab.

»Der Enzian«, schnarrte die Stimme der alten Juli im Kopf des Alten, »ist ein ganz besonderes Kraut, ein Wunderkraut, seine Wurzeln stärken den Körper und geben der Seele neue Kraft.«

Er sah ihr Gesicht, tausend Runzeln, schlohweißes Haar, die braunen Augen, die so gnadenlos streng und gleichzeitig so grenzenlos gütig sein konnten. Die alte Juli war Sennerin gewesen, jahrzehntelang. Drüben auf der Schweiger-Alm hatte sie Sommer für Sommer das Vieh der Talbauern gehütet. Sie starb sogar hier oben. Vor Jahren, vielen Jahren. Viel zu vielen. Sie war die letzte wirkliche Freundin gewesen, die er gehabt hatte.

Die alte Juli hatte ihn in die Geheimnisse der Blüten, Kräuter, Blätter und Wurzeln eingeweiht. Es war das Wissen ihrer Großmutter, die es wiederum von ihrer Großmutter geschenkt bekommen hatte. Eine noch frühere Großmutter hatte man im Mittelalter als Hexe verbrannt. Hatte ihm die alte Juli erzählt.

Es war jedesmal wie bei einer Schatzsuche, er spürte die Spannung, die in ihm hochkroch, als er sich schwitzend und schwer atmend gegen den rechten der drei Felszapfen lehnte. Er war schon so lange nicht mehr hiergewesen. Vielleicht gab es gar keinen Enzian mehr.

Als der Alte den Atem wieder gefunden und das Ziehen in den Beinen nachgelassen hatte, tastete er sich um den Stein herum, vorsichtig, langsam, ganz langsam, so, als hätte er Angst, die seltene Pflanze mit einem lauten Geräusch zu verscheuchen.

Sie war da, genauso, wie er sie in Erinnerung hatte. Er zählte zehn, zwölf, noch mehr, viel mehr Blüten, sie leuchteten aus dem kargen Gras, das aus der dünnen Erdschicht wuchs, die den felsigen Untergrund überzog.

Der Alte kniete nieder und grub ein gutes Dutzend Blumen samt ihren Wurzeln aus.

In seiner Hütte würde er sie später trocknen, zu Pulver verreiben und daraus, wie die alte Juli es ihn gelehrt hatte, eine Brühe zubereiten. »Mein Wundermittel« hatte sie den dunklen Saft, der ekelerregend bitter schmeckte, genannt. Im Laufe der Jahre hatte es der Alte immer wieder eingenommen, und er hatte das Enzian-Elixier schätzengelernt. Die Brühe half bei Verstopfungen und bei Magenverstimmungen, sie linderte auch die Entzündung von Wunden und war, wie die alte Juli prophezeit hatte, auch ein Mittel für die Seele. Logisch. Gemilderte körperliche Pein sorgt fast immer auch für inneres Wohlbefinden.

Der Alte stapfte zufrieden zu seinem Weg zurück. Er wußte, daß der Enzian, den er gesammelt hatte, für längere Zeit reichen würde und ihm die beschwerlichen Klettertouren erspart blieben.

Das Gesicht der alten Juli war immer da. Auf Abruf. Er brauchte nur kurz die Augen zu schließen, dann sah er es klar und deutlich, vor allem die hellen Augen, die nie alt geworden waren.

Er hatte seinen Weg erreicht und ging zügig weiter. Seine Hütte war nur noch eine halbe Gehstunde entfernt, die alte Juli war noch immer seine Begleiterin. Sie hatte sich in seinem Kopf eingenistet, und er versuchte gar nicht, sie loszuwerden und an etwas anderes zu denken.

Er hatte lange um sie getrauert, nicht akzeptieren wollen, daß es sie nicht mehr gab. Bis er erkannt hatte, daß ihr Blick geblieben war. Augen, wie diese, konnten nicht sterben.

Die Schweiger-Alm hatte er seit dem Tod seiner alten Freundin nur einmal besucht. Vor einigen Wochen. Die Hütte hatte ein neues Dach bekommen, und überall roch es nach frischer Farbe. Die Sennerin war jung, fast noch ein Kind. Aus einem Radio oder sonst was hatte ihn grauenhafte Musik angeheult.

Ziemann war nie einer gewesen, der sich die Nacht mit bunten Träumen vertrieben hatte. Wenn es sie wirklich einmal gegeben hatte, dann hatte er am Morgen nie die Zeit gehabt, sich an sie zu erinnern. Weil er seinen Kopf für wichtigere Dinge gebraucht hatte.

Drei Stunden im Gerichtssaal hatten genügt, um die Leichtigkeit, mit der er die Verantwortung seines Berufes bis dahin getragen hatte, mit einem Schlag in schwere Schuld zu verwandeln.

Ziemann konnte nicht einschlafen. Gedankenwirbel schraubten sich immer wieder durch seinen Kopf. War es Zufall, daß der Zusammenbruch seiner beruflichen Karriere zeitgleich mit den Enthüllungen der wahren Identität seines Vaters geschah? Wer war sein Vater? Was hat er wirklich getan?

Er sah ihn vor sich, kein Gesicht, nur das Grau der Uniform, dominierend, das Hakenkreuz, ein zackiger Salut.

Er selbst im Sandkasten, der kleine Junge, große, fragende Augen. »Vater, wohin gehst du?«

»Ich rette das Reich«, sagt die Uniform mit blecherner Stimme.

Ein Berg aus Goldbarren glitzert, es ist dunkel, eine Höhle.

Zoom. Die Goldbarren sind mit Hakenkreuzen versehen.
»Für den Führer«, sagt die Uniform.
»Bleib doch bei mir«, fleht der Junge im Sandkasten.
Die Uniform lacht: »Dummer Junge, hast keine Ahnung. Ein Befehl ist ein Befehl!«
Der Junge hebt flehend die kleinen Hände, Sand klebt darauf.
»Was ist dir wichtiger – der Befehl oder ich?«
Die Uniform lacht dröhnend.
»Der Befehl selbstverständlich!«
Die Uniform dreht sich weg und geht. Eckiger Schritt. Der Junge weint.
Ziemann schlug die Augen auf und spürte, daß seine Wangen feucht waren. Er wußte nicht, ob er sich die Geschichte ausgedacht oder ob er sie doch geträumt hatte. Durch das Fenster sickerte das erste Grau des Morgens ins Zimmer.
Ziemann stand auf, warf eine Handvoll kaltes Wasser ins Gesicht, putzte die Zähne und zog sich an. Dann stopfte er seine Habseligkeiten in den Rucksack. Das Knarren der alten Holztreppe zerstörte die Morgenstille und weckte den alten Jörgl. Ziemann hatte am Vorabend für alles bezahlt und gehofft, sich jetzt unbemerkt aus dem Haus stehlen zu können.
»Ohne Frühstück geht keiner von hier weg«, knurrte der Alte. Er trug einen zerschlissenen weinroten Morgenmantel, die Füße steckten in übergroßen Pantoffeln.
In der Gaststube hing noch der abgestandene Zigarettenrauch in der Luft.

»Es dauert eine Weile, bis die Kaffeemaschine warm ist«, sagte der Alte, »Semmeln, Butter, Marmelade?«
Ziemann stellte den Rucksack ab und setzte sich. Er schaute auf die Uhr. Es war sechs Uhr.
»Ich muß bald los«, sagte er.
Der Kaffee war stark und heiß.
»Ich schau mich mal um, in der Gegend.«
»Richtung Silberspitze?«
Ziemann lächelte.
»Deine Jäger haben mir den alten Minenweg empfohlen. Soll sogar für einen Flachlandtiroler, wie ich einer bin, zu schaffen sein.«
»Kein Problem«, grinste der Wirt, »dann haben sie dir wohl auch gesagt, daß du dann über den Bärensattel nach Kohldorf gehen sollst.«
Ziemann nickte. Er spürte die Ungeduld, wollte endlich losziehen.
Der Jörgl schaute zum Fenster.
»Wird ein schöner Tag«, sagte er, »zu Mittag könntest du beim alten Bloch einkehren, ist nur ein kurzer Umweg.« Er grinste: »Aber er lohnt sich. Einen seltsameren Kauz als diesen Alten hast du sicher noch nie getroffen. Sieht aus wie der Leibhaftige persönlich, macht kaum das Maul auf. Sein Ziegenkäse ist allerdings eine Sensation. Kriegst nichts Besseres, nirgendwo.«
Ziemann stand auf und griff nach dem Rucksack.
»Was bin ich für das Frühstück schuldig?«
Der Jörgl winkte ab. »Geht aufs Haus.«
Sie gingen gemeinsam hinaus. Der Himmel war hell-

blau und ohne Wolken. Die Silberspitze hob sich wie eine gewaltiges dunkles Horn vom Himmel ab.
»Silberberg war ein Nazinest«, sagte der alte Jörgl plötzlich und ohne ersichtlichen Zusammenhang, »gut die Hälfte der Dorfbuschen war damals bei der SS.«
Er kicherte.
»Dann sind alle gelaufen wie die Hasen, haben alles liegen- und stehengelassen, heute will keiner mehr was davon wissen.«
Er deutete in Richtung Berg. »Als die Amis angerückt sind, war einigen selbst der Bärensattel nicht zu hoch. Haben ihre Fahrzeuge einfach stehenlassen und die Beine in die Hand genommen. Vier gewaltige Militärlaster haben wochenlang den Weg blockiert, den du gehen wirst. Waren nicht mehr zu starten, weil sie vorher außer Gefecht gesetzt worden waren. Die Amerikaner haben sie schließlich mit einem Panzer weggeschleppt.«
Es stimmte, alles, was ihm der Journalist gesagt und was Ziemann im Brief des sterbenden Majors gelesen hatte, war richtig. Die Zweifel, mit denen er hierhergekommen war, gab es nicht mehr. Das bißchen Hoffnung, daß sich das Ganze am Ende doch als Märchen, als Phantasiegebilde herausstellen würde und seinem Vater damit die Schuld genommen werden könnte, war spätestens mit den letzten Sätzen des alten Jörgl gestorben.
Sein Vater war kein Bergsteiger um der Berge willen gewesen. Bis zuletzt hatte er dem Führer treu und ergeben gedient. Als einer, der diesem blind vertraut

hatte. Sein Vater war jener Mann gewesen, der den wohl letzten Geheimauftrag des Dritten Reichs treu und gewissenhaft erfüllt und das Gold beiseitegeschafft hatte, das zum Aufbau eines neuen Nazi-Reiches bestimmt war. Wahrscheinlich war sein Vater immer ein Nazi geblieben. Bis zu seinem Tod, irgendwo dort oben, im Schatten dieses mächtigen Bergriesen.

Der alte Jörgl streckte ihm die Hand entgegen. Ein fester, männlicher Händedruck mit der Rechten, mit der Linken klopften sie einander auf die Schultern.

»Kommst wieder einmal vorbei?« rief ihm der Jörgl nach.

Ziemann blickte über die Schulter zurück.

»Du weißt doch – irgendwann, irgendwo, irgendwie sehen wir uns wieder!«

»Würd mich freuen, ehrlich«, rief der andere.

Das Dorf erwachte gerade. Aus einigen Ställen hörte er das Muhen der Kühe, irgendwo plärrte ein Baby, ganz in der Nähe wurde ein Traktor angeworfen.

Die letzten Häuser waren Ruinen, hatten einst wohl Knappen gehört, dann hörte der Asphalt auf, und die Dorfstraße verengte sich zu einem Weg, der den Bach, der vom Berg herunterplätscherte, begleitete.

Das Wasser war so klar, daß man jeden Stein am Grund erkennen konnte. Manchmal sah man sogar Fische, graue schlanke Körper, einige so lang wie Ziemanns Unterarm, die mit dem Kopf gegen die Strömung im Wasser standen und sich nicht einmal dann vom Fleck bewegten, wenn Ziemann versuchte, sie mit kleinen Steinen zu treffen. Sie waren

die Könige des Baches, und es bedurfte mehr als ein paar kleiner Kiesel, um sie vom Thron zu stürzen.
Nach einer guten Gehstunde wurde der Weg noch schmaler. Ziemann schätzte, daß es die Stelle sein mußte, an der sein Vater die Fahrzeuge hatte halten lassen.
Von nun an ging es steil bergauf. Ziemann schnaufte und schwitzte, der Rucksack drückte immer schwerer auf den Rücken, das schmerzhafte Ziehen in Waden und Oberschenkeln wurde zum quälenden Dauerzustand.
Früher als Student hatte er Fußball gespielt in einem kleinen Verein in einer unbedeutenden Liga. Offensives Mittelfeld, da hieß es laufen, was das Zeug hielt. Seit damals hatte er kaum Leistungssport betrieben. Etwas Tennis, sehr gelegentliche Fitneßstudiobesuche, Schwimmen und das Joggen.
Vom allerorts gepriesenen Wandervergnügen spürte Ziemann absolut nichts, für ihn war es Schwerarbeit. Aber er gelangte höher, Schritt für Schritt. Als er sich einmal umdrehte und zurückblickte, sah er, daß das Dorf schon weit unter ihm lag. Die Häuser waren zu Streichholzschachteln geschrumpft, die Autos waren Farbtupfer, die langsam durch den Ort schwebten oder neben einer Streichholzschachtel festgeklebt waren.
Die Pausen, die Körper und Geist gleichermaßen verlangten, wurden immer häufiger und immer länger. Aufgrund der Schilderungen der beiden Jäger hatte sich Ziemann ausgerechnet, daß er sein Ziel um etwa zehn Uhr erreicht haben müßte. Jetzt war

es zehn Uhr, und bis zum Fuß des Felsberges war es noch ein schönes Stück.
Der alte Jörgl hatte ihm schon am Vorabend ein anständiges Vesper eingepackt: zwei dick belegte Speckbrote, zwei Äpfel, Johannisbeersaft, zwei hartgekochte Eier, ein Stück Käse.
Außer einem Apfel hatte Ziemann noch nichts gegessen, die Flasche war aber beinahe leer.
Es dauerte noch eine gute Stunde, bis er die Felswand erreichte. Der Weg war hier kaum noch zu erkennen und von Gras und niederen Büschen überwuchert. An einigen Stellen zwangen ihn große Felsbrocken, die der Berg abgeworfen hatte, zu Umwegen, einmal mußte er sogar eine Gesteinsbarriere überklettern, weil der alte Minenweg rechts von der Felswand und links von einem steilen Abgrund begrenzt war und es keine Ausweichmöglichkeit gab.
Ziemann hatte früher, vor den Streßjahren, einige große Reisen unternommen. Er war in Sri Lanka gewesen, mehrmals in den Staaten, einmal hatte er mit einem Geländewagen Australien durchquert. Das war schon lange her, die Erinnerung daran war jedoch nie verblaßt. Es waren Abenteuer gewesen, zumindest hatte er sie so eingestuft. Etwas Nervenkitzel, ein Hauch von Gefahr. Machte sich gut, wenn man später davon erzählte. Ziemann, der Abenteurer. Hut ab, alter Junge, da gehört schon Mut dazu!
Die Angst, die er jetzt empfand, war nie dabeigewesen. Ziemann hatte Angst davor, auf den Umwegen die Orientierung zu verlieren, den Weg nicht

wiederzufinden und sich hoffnungslos zu verirren. Beim Anblick der Felsbrocken, die den Weiterweg blockierten, bat er inständig, daß der Berg keine neuen abschütteln und in seine Richtung schleudern würde. Vor allem quälte ihn jedoch die Hilflosigkeit des Alleinseins. Die Gewalten, die die Natur um ihn herum auftürmte, hatten ihm längst bewußtgemacht, wie winzig, wie unbedeutend er als verletzbare, machtlose Menschenkreatur war. Wie schutzlos er ihr hier oben in einem Reich, das der Mensch noch nicht gewaltsam an seine Bedürfnisse angepaßt hatte, ausgeliefert war.
Außer dem gelegentlichen Kreischen eines Vogels, dem Geräusch seiner Schritte und seinem Atmen war er von Stille umringt. Ziemann empfand sie als etwas Lauerndes, die Ruhe vor dem Sturm. Er traute der Stille nicht.
Die Angst blieb, bis er sein Ziel erreicht hatte. Das Wegfragment mündete in ein künstlich geschaffenes Plateau, das etwa so groß war wie der Hinterhof seines Wohnhauses. Rostzerfressene Metalltrümmer, verwitterte Holzbalken, Bretter und Mauerreste waren die Bestätigung dafür, daß Menschen hier am Werk gewesen waren.
Ziemann ließ sich ins Gras fallen und schloß die Augen. Er hörte das Fauchen seines Atems, spürte, wie sich die Brust hob und senkte, das Herz schien in den Ohren zu schlagen.
Der Körper beruhigte sich nur langsam. Nach einer Weile setzte sich Ziemann vorsichtig auf und schälte den Rucksack vom Rücken. Das Hemd war schweißnaß und klebte auf der Haut.

Um die Plattform errichten zu können, hatte man eine Bucht aus der Felswand heraussprengen müssen. Gewaltige Kräfte hatten dabei den Berg zerfetzt, eine klaffende Wunde aus der seit Urzeiten glatten Wand gerissen. Dann hatte man den Berg auch noch durchlöchert, um an seine Schätze heranzukommen.

Jetzt war die einstige Mine still und verlassen.

Ziemann saß schweigend da und wurde von der gespenstischen Stimmung des düsteren Ortes eingehüllt. Dort, wo einst der Stolleneingang gewesen sein mußte, türmte sich jetzt ein Geröllhaufen aus größeren und kleineren Felsbrocken auf. Die Natur hatte im Laufe der Jahrzehnte, gleichsam als Zeichen der Versöhnung, Moos darüberwachsen lassen, auch einige kleinere Nadelbäume hatten sich auf dem Felskegel angesiedelt und krallten sich mit ihren Wurzeln am harten Untergrund fest.

Ziemann hatte es zunächst nur gespürt, das Unheimliche, Beklemmende, jetzt formte sich das Gefühl zum Gedanken: Hier war sein Vater gestorben! Dort drüben in der Wand, nur wenige Meter von ihm entfernt, war er zu Tode gestürzt. Vielleicht hatte er nach dem Absturz noch gelebt und stundenlang gelitten.

Woran hatte er damals gedacht? An seine Frau, an seinen Sohn? Oder nur an den Schatz, das dreckige Gold, das irgendwo hinter dem Geröllhaufen liegen mußte?

Am Ende hatte ihn das Reichsgold das Leben gekostet.

Ziemann stand auf, die Knie zitterten, plötzlich mußte er an die Mutter denken. Er hörte die Worte, mit denen sie ihm, vor ein paar Tagen erst, vom letzten Abschied, dem endgültigen, erzählt hatte.
»Dich hat er hochgehoben und geküßt. Er hat dich geliebt, du warst sein Sohn, sein ganzer Stolz. Dann hatte er mich umarmt. ›Es ist doch nur für ein paar Tage‹, hat er gesagt, ›du weißt, wie sehr ich die Berge brauche, sie geben mir Kraft und Stärke!‹«
Lügen, alles Lügen. Was hatte der alte Jäger gesagt?
»Ich glaube nicht, daß er ein erfahrener Bergsteiger war. Ein guter Mann wäre an einer solchen Stelle nicht abgestürzt!«
Welche Stelle war es?
Ziemann musterte den Geröllhaufen. Die Sprengung des Mineneingangs mußte diesen Teil des Berges so erschüttert haben, daß weiter oben eine Felsnase, ein großer Vorsprung oder was auch immer abgebrochen war. Man konnte die Stelle auch jetzt noch gut erkennen. Das Gestein hatte dort ein anderes, helleres Grau. Beim Absturz war der Abbruch systematisch zertrümmert worden. Es mußte sich um ein gewaltiges Stück Fels gehandelt haben, denn der Geröllberg war zwanzig, vielleicht dreißig Meter hoch.
Sein Vater mußte gewußt haben, welche Zerstörung er damals hier angerichtet hatte, er mußte auch gewußt haben, daß er mit seiner Sprengung ganze Arbeit geleistet und den Mineneingang für alle Zeiten verschlossen hatte. Trotzdem hatte er offenbar das von ihm selbst geschaffene Endgültige nicht

als solches akzeptieren können. Ziemann hatte keinen Zweifel über die Beweggründe: Geldnot und die Hoffnung, es könnte vielleicht doch eine Öffnung in das Goldversteck vorhanden sein, hatten seinen Vater zur allerletzten Kletterpartie gedrängt. Das Moos sah von hier aus glatt aus, vielleicht hatten es damals Nebel oder Regen auch feucht und schlüpfrig gemacht.
Der Aufstieg erschien selbst Ziemann, dem Flachländer, kinderleicht. Wie das Besteigen einer ägyptischen Pyramide, dachte er. Mehr Treppensteigen als Klettern. Warum dann das Unglück? Wahrscheinlich hatte der Vater aus irgendeinem Grund den Halt verloren, war unglücklich mit dem Kopf auf einer Felskante gelandet. Es konnte nur so gewesen sein.
Ziemann starrte auf den Geröllberg.
Vielleicht, weil er unachtsam gewesen war, weil er etwas entdeckt hatte. Ja, so mußte es passiert sein. Kein gesunder, kräftiger Mensch konnte hier abstürzen. Schon gar nicht so einer wie sein Vater. Es sei denn, er wird abgelenkt, durch eine Entdeckung, die ihn alles vergessen läßt, die einen Freudentaumel in ihm auslöst.
Mit einem Schlag war Ziemann alles klar. So und nur so war es damals gewesen. Sein Vater hatte dort oben etwas gesehen, das ihn aus der Fassung gebracht hatte. Sein Vater hatte einen anderen Zugang zur Mine entdeckt!
Tonnenweise Gold. In verrosteten Eisenkisten.
Hitlers Reichsschatz.
Er war hier, ganz nahe.

Der seltsame Journalist, der Brief, die Erinnerungen der Mutter, die Geschichte des alten Jägers, die Sache mit den vier verlassenen Lastwagen. Alles paßte exakt zusammen. Ziemann hatte keine Zweifel mehr. Es war nicht nur die Logik, das Aneinanderreihen der Informationen, das ihm die Gewißheit gab, es war vor allem das Gefühl. Er spürte die Nähe des Goldes. Ganz intensiv.
Der Verstand sagte ihm ganz genau, was zu tun war. Er, Ziemann, war verpflichtet, die Behörden zu verständigen und ihnen alles Weitere zu überlassen.
Da war aber das andere. Neugier, Abenteuerlust, Gier?
Ziemann bemühte sich gar nicht, darüber nachzudenken, weil er wußte, daß er ohnehin keine Chance hatte, dem Drang, der ihn gepackt hatte, zu entkommen.
Er stapfte langsam los, stieg vorsichtig über rostiges Blech und verwitterte Holzbalken. Die Müdigkeit, mit der er auf dem Plateau angekommen war, gab es nicht mehr. Er fühlte sich stark, die Angst, die ihm der Berg beim Aufstieg eingeflößt hatte, war verschwunden.
Das Moos fühlte sich rauh und trocken an. Der Himmel war blau, die Sonne stand hinter seinem Rücken, es war windstill.
Ziemann hielt den Atem an, klammerte sich mit beiden Händen in Kopfhöhe an einer Kante fest und tat den ersten Schritt in die Höhe. Er hatte richtig vermutet. Es ging kinderleicht. Selbst für ihn.
Manchmal wackelte ein Stein unter einem Fuß, der

zweite stand dabei jedoch stets auf festem Grund, er brauchte nur das Gewicht auf diesen zu verlagern und mit dem anderen den Standort zu wechseln. Kinderleicht. Außerdem hatte er ja die Hände, die den Beinen beim Höhersteigen halfen, ihnen einen Teil der Körperlast abnahmen.
Natürlich war es anstrengend, und nach einer Weile spürte er, wie es in den Schultern, den Armen und den Beinen zu ziehen begann. Als er einen größeren Vorsprung erreicht hatte, drehte er sich um und setzte sich für eine kurze Rast nieder. Bis jetzt hatte er nur auf den Fels, seine Hände und ein paarmal nach oben geblickt, jetzt sah er zum ersten Mal die Tiefe. Drittes Stockwerk, mindestens, wie der Blick von seinem Wohnzimmerfenster auf die Straße. Das Plateau war zu einem kleinen Plätzchen geschrumpft, die Bäume waren nur noch grüne und braune Flecken und hatten keine Höhe mehr.
Die Sicherheit, mit der er sich zuvor noch bewegt hatte, geriet nach dem Blick in die Tiefe ins Wanken. Nicht die Höhe war die Gefahr, es war die Tiefe!
Ziemann drehte sich wieder um, es ging jedoch nicht so rasch, wie er es sich gewünscht hätte. Er versuchte, noch vorsichtiger zu sein, und wurde dabei immer unsicherer. Er testete jeden Griff zweimal, bevor er zögernd mit den Fingern zupackte, das sanfteste Wackeln unter seinen Füßen ließ sein Herz jedesmal fast stillstehen, dann schnellte der Puls in die Höhe.
Jeder Meter, den er an Höhe gewann, kostete ihn

jetzt, wo Krampf die unbedarfte Lockerheit von früher abgelöst hatte, ungleich mehr Kraft.
Hier gab es nur Geröll und Moos und die paar mickrigen Nadelbäume, die auf wundersame Weise überlebten. Ziemann glaubte nicht mehr daran, daß in diesem Trümmerfeld ein Zugang zur Mine existieren konnte. Und wenn es wirklich einen geben sollte, dann war er für ihn unerreichbar.
Die Kraft, die ihn hochgetrieben hatte, war längst verpufft. Der Schweiß, der das Hemd an den Körper klebte, war ebenso kalt wie die Schweißperlen auf der Stirn. Er fühlte sich wie einer, der bis ans Ende seiner Kräfte ins Meer hinausgeschwommen war und dabei vergessen hatte, daß er wieder an den Strand zurückkehren mußte. Er fühlte sich wie einer, dem man alles weggenommen hat – nur die Angst nicht.
Am liebsten hätte er laut um Hilfe geschrien, doch er wußte, daß es zwecklos sein würde. Die beiden Jäger befanden sich unten im Tal und die Hütte des verrückten Alten, von der sie geredet hatten, war mit Sicherheit zu weit weg. Es hatte auch keinen Sinn, hier auszuharren, bis ihn jemand suchen würde, weil man unten im Dorf ja glaubte, er würde über den Bärensattel auf die andere Seite des Berges absteigen. Er mußte wieder zurück, bevor alles noch schlimmer wurde.
Ziemann hatte Angst. Nackte, kalte Angst.
Wie auf einer ägyptischen Pyramide, dachte er höhnisch, kein Klettern, nur Treppensteigen. Kinderleicht.

»Reiß dich zusammen, Wolf«, sagte er laut. »Keine Panik. Wir schaffen's, du wirst sehen, wir schaffen's!«

Er atmete tief durch, er zitterte noch immer, als er mit einem Bein in die Knie ging und mit dem zweiten weiter unten nach festem Halt suchte.

Jeder Raumgewinn nach unten dauerte qualvoll lange, Ziemann legte immer wieder Pausen ein, in denen er sich laut Mut zusprach. Aber es ging abwärts. Ganz langsam.

Als er überzeugt davon war, daß es nicht mehr weit bis zum Plateau sein konnte, blickte er zum ersten Mal, seit er mit dem Abstieg begonnen hatte, wieder nach unten und mußte dabei zu seiner maßlosen Enttäuschung erkennen, daß er sich getäuscht hatte. Die Tiefe war noch immer da, und sie war noch immer furchterregend.

Bei seinem kurzen Blick hatte er bemerkt, daß sich etwas weiter links unter ihm eines jener mickrigen Nadelbäumchen angesiedelt hatte, die er von unten gesehen hatte. Da er glaubte, dieses würde ihm besseren und sichereren Halt bieten als die in diesem Bereich teils recht wackeligen Felsunterlagen, bewegte er sich langsam darauf zu.

Als er mit beiden Händen den untersten Teil des dünnen Stammes umklammerte, spürte er endlich wieder so etwas wie Sicherheit. Ein Gefühl, das nach dem langen Zittern und Bangen unendlich wohltat.

Unterhalb des Bäumchens fand er auf einem großen Felsbrocken einen nahezu idealen Standort für seine Füße, auf dem er die verkrampften Muskeln

entspannen und die gequälten Beine ausschütteln konnte.
Einen Augenblick später begann das Unheil. Der Stein löste sich aus der Wand und rollte donnernd nach unten, die Wurzeln des Bäumchens, das plötzlich gezwungen war, Ziemanns ganzes Gewicht zu halten, wurden aus dem Fels gerissen, und Mensch und Bäumchen stürzten in die Tiefe.
Ein harter Schlag auf den Kopf ersparte Ziemann den Horror des Sturzes.
Als er aufwachte, lag er auf dem Rücken im Gras und hatte keine Ahnung, was mit ihm geschehen war und wo er sich befand. Er wollte die Augen öffnen, doch es gelang ihm nicht. Er schlief wieder ein. Beim nächsten Erwachen sah er den blauen Himmel. Dröhnende Kopfschmerzen bestimmten seine Wahrnehmung.
Ziemann starrte eine Zeitlang, ohne zu denken, in den Himmel, dann begann sein Gehirn wieder zu arbeiten.
Da war Schmerz. Nicht nur im Kopf, im ganzen Körper. Vor allem im rechten Bein. Er versuchte, die Arme zu bewegen, und es gelang ihm. Die rechte Hand wischte das Wasser aus den Augen, das seine Sicht getrübt hatte. Mit Hilfe der Arme schaffte er es sogar, sich mühsam und unendlich langsam aufzurichten und hochzusetzen. Jetzt sah er, daß die Hand, mit der er das Gesicht abgewischt hatte, voller Blut war.
Er tastete mit derselben Hand das Gesicht ab und entdeckte auf der Stirn eine tiefe Wunde. Nach sorg-

fältigerer Untersuchung stellte er fest, daß es sich nur um eine Fleischwunde handelte, daß der Knochen nicht verletzt zu sein schien.
Er wußte mittlerweile auch, wer er war. Wolf Ziemann, der Mediziner.
Das rechte Bein tat im Knöchelbereich höllisch weh, mit ziemlicher Sicherheit war auch dort nichts gebrochen. Muskel- oder Sehnenriß, vielleicht eine Knochenabsplitterung. Genaueres könnte nur das Röntgen zeigen.
Ziemann wußte auch, wo er sich befand und was geschehen war. Er erinnerte sich an die Angst vor dem Abstieg, den Blick in die Tiefe, das mühsame, qualvolle Abwärtstasten und daß er irgendwann den Halt verloren hatte. Als er das entwurzelte Bäumchen entdeckte, das neben ihm im Gras lag, erinnerte er sich auch an das Warum.
Es dauerte lange und kostete ihn laute Schmerzensschreie und ein Dutzend Flüche, bis er es geschafft hatte aufzustehen. Das linke Bein war nahezu unbeschädigt und schmerzfrei und konnte den Rest des Körpers tragen. Die Fortbewegung war eine andere Sache.
Ziemann hatte das Glück, in der Nähe ein verwittertes schmales Brett zu finden, das fast genau die richtige Länge hatte und ihm als Krücke dienen konnte. Er klemmte es unter die Achsel und hüpfte zu seinem Rucksack. Dort suchte er in der Außentasche nach dem Verbandszeug. Es fand es nicht. Wahrscheinlich lag es im Gasthauszimmer, vielleicht hatte er überhaupt vergessen, es zu Hause einzupacken.

Es war nicht da. Mit ihm fehlte auch der kleine Medikamentenbeutel, in dem sich unter anderem die Schmerztabletten befanden.
Mit Hilfe des Taschenmessers gelang es Ziemann, ein weißes T-Shirt zu zerschneiden und damit die Wunde am Kopf zu verbinden.

Der Alte nahm die gesammelten Kräuter und Wurzeln vorsichtig aus dem Sack. Seine rauhen Klauen betasteten das Grünzeug dabei mit kaum für möglich gehaltenem Feingefühl, streichelten es, als handle es sich um einen filigranen zerbrechlichen Schatz, und legten es dann sanft auf das Holzgerüst, das er an einem Ort hinter dem Haus, den die Sonne, wenn sie schien, immer erreichen konnte, gezimmert hatte. Es handelte sich dabei um einen Tisch, dessen Platte er durch seitlich angenagelte Bretter zu einer großen, flachen Kiste gemacht hatte.
Hier ließ der Alte seine Kräuter in der Sonne trocknen. Als Schutz vor den Waldtieren und dem Wind, der die dürren, federleichten Schätze mit einem kräftigen Hauch der Natur wieder zurückgeben konnte, hatte er ein ehemals weißes, in der Zwischenzeit längst dreckig-braun und löchrig gewordenes Tuch über die Kiste gespannt.
Nun entfernte der Alte das Tuch, es hing zu Boden und eine sanfte Brise spielte damit. Der Alte prüfte den bisherigen Inhalt der Trockenbox und schaufelte

ihn mit zufriedenem Lächeln in eine kleine Holzkiste. Dann verteilte er die neuen Blätter und Wurzeln gleichmäßig über die gesamte Fläche und verschloß den Kasten wieder mit dem Tuch. Er hob die kleine Kräuterkiste hoch und trug sie in die Hütte. Den Rest des Tages verbrachte der Alte damit, seine Teemischungen zusammenzumixen und abzupacken. Dafür zerrieb er die getrockneten Kräuter zwischen den Handflächen, das fertige Gemisch füllte er in kleine Beutel, die er aus Stoffresten, die ihm der Dorfschneider gegen ein paar volle Teebeutelchen tauschte, selbst nähte.

Der Kräutertee und die Heilsäfte, die er, in Flaschen abgefüllt, ins Tal trug, waren neben dem Ziegenkäse seine einzigen Einnahmequellen. Fünf- bis sechsmal pro Jahr erschien er damit beim Dorfkaufmann, und seine Ware reichte jedesmal gerade aus, um für das zu bezahlen, was er vom Tal in seine Hütte mitnahm.

Bargeld hatte er vom Kaufmann noch nie erhalten. Eher Mitleid und das Gefühl, der Mann würde ihm die Ware in Wahrheit schenken und den Plunder, den der Alte dafür hergab, eigentlich gar nicht brauchen.

Dem Alten war's egal.

Das Sammeln, Trocknen, Abfüllen und Eintauschen der Kräuter gehörte zum Kreislauf, in dem sich sein Leben seit langer, langer Zeit bewegte und wohl bis zu seinem Tod bewegen würde.

Ziemann saugte den Rest des Safts aus der Flasche, die ihm der alte Jörgl mitgegeben hatte. Er wußte, daß er etwas essen, dem Körper neue Kräfte geben sollte, doch allein beim Gedanken daran wurde ihm schlecht.

Ziemann war zum Glück selten krank gewesen. Die Schmerzen, die ihn jetzt peinigten, waren für ihn Neuland.

Als Arzt wußte er natürlich, wie die einzelnen Abteilungen des Körpers funktionierten, worauf sie reagierten, wie Verletzungen und damit verbundener Schmerz behandelt werden mußten. Es war seine Welt gewesen, und er hatte sich mit traumwandlerischer Sicherheit in ihr bewegt. Bis er erstmals an seine Grenzen gestoßen war, die in Wahrheit die Grenzen aller Mediziner und aller damit verbundenen Apparate waren.

Wie sehr hatte er sich das Gehirn zermartert, gegrübelt, Verantwortung, Wissen, Willen und Können auf die eine und Zufall, Fehlbarkeit, übersteigerten Selbstwert oder trügerische Routine auf die andere Waagschale gelegt. Unter dem Strich waren stets Zweifel übriggeblieben. Und die schockierende Erkenntnis, daß sich das entwürdigende Schauspiel vor Gericht jederzeit wiederholen könnte.

Jetzt hockte er im Gras und wußte, daß er trotz seines medizinischen Wissens, trotz der großen Erfolge, die er mit seinen Veröffentlichungen und den Referaten bei internationalen Kongressen erzielt hatte, trotz der praktischen Erfahrungen, die er im Umgang mit seinen Patientinnen gesammelt hatte, elendiglich an

diesem gottverlassenen Ort verrecken würde, wenn er sich nicht bald vom Fleck bewegte.
Der Schmerz. Klopfen, Zerren, Hämmern im Kopf. Die Pein im Bein trieb ihm Tränen in die Augen. Schreien half. Immer wieder brüllte er den Schmerz in die Luft. Stöhnte, ächzte, fluchte. Verfluchte sich selbst, weil keine Schmerzmittel im Rucksack gewesen waren. Schreien lenkte ihn vom Schmerz ab, es waren jedoch nur Sekunden, die er damit gewann.
Ziemann war noch nie so eng an der Grenze zwischen Leben und Tod gewesen. Es war auch die Grenze zwischen Kampf und Lethargie, zwischen Wollen und Aufgeben.
Es war kalt, er saß im Schatten, der Berg hatte ihm auch die Sonne genommen.
Plötzlich war es wieder da. Zwischen Wellen des Schmerzes, die vom Bein in die Brust, weiter in den Kopf schossen und dort das Dauerdröhnen zum brüllenden Gehämmer wachsen ließen, tippte eine unbeirrbare Erinnerungssekretärin die Worte »Reichsgold« und »Vater« in Ziemanns gemartertes Gehirn.
Ziemann sah den Berg als menschliche Gestalt, edles, starres Gesicht, langer, gerader Nasenrücken, kantiges Kinn, schmale Lippen, blitzblaue bohrende Augen, die in die Ewigkeit starren. Dann den Vater, uniformtragend, mit der eisernen Überzeugung, daß sein Militärgrau stärker ist als alles auf der Welt, sogar stärker als der Berg.
Der Berg duldet. Das Wühlen in seinen Eingeweiden, Menschen, nichts anderes als lästige Fliegen,

die etwas, was sie Silber nennen, gierig aus kleinen Kratzern im Fels wühlen.
Das Zusprengen der Wunde. Der Berg starrt und duldet weiter. Doch dann kommt einer wieder. Keine graue Uniform mehr, nur die Berghose, ein kariertes Hemd. Und die Gier. Er will dem Berg das entreißen, was er ihm einst aufgezwungen, dafür sogar einen Teil von ihm zerfetzt hatte.
Der Berg bleibt steinern. Was geschehen ist, ist für einen Giganten wie ihn unbedeutend. Die Reaktion ist eine Laune. Der Mensch ist ein Insekt, lästig, nicht mehr. Kann mit einer Handbewegung weggewischt werden. Er tut es. Wischt ihn weg. Einfach so.
»Idiot«, brüllte sich Ziemann selbst an, »laß dich nicht verrückt machen. Er ist nur ein Berg. Aus Stein! Geh weg von ihm, weit weg.«
Er starrte in die Wand, die kleine Fichten, das Moos, die Zacken, Kanten, das Grau. Ziemann hatte noch nie so viele verschiedene Schattierungen von Grau gesehen. Dunkel, hell, mittel, fast schwarz, grünlichgrau, bläulichgrau, rötlichgrau.
Das Bein jagte erneut einen Schmerzstoß in das Gehirn. Ziemann preßte die Augenlider mit aller Kraft zusammen, ballte die Fäuste. Er spürte, wie unter den fest verschlossenen Lidern ein paar zerquetschte Tränen auf die Wangen rollten.
Zuerst der Vater und dann ich, dachte Ziemann. Dann kam wieder der Schmerz und dann eine Pause, in der ihn die Erinnerung in das Gefühl zurückkatapultierte, das ihn, den blutigen Bergigno-

ranten, in diesem Anfall unerklärbaren Wagemuts auf die tückische Geröllhalde getrieben hatte.
Das Gold. Die verrosteten Kisten. Unermeßlicher Reichtum. Erfüllte Träume und die Gewißheit, dort die Antwort auf all seine Fragen zu finden.
Ziemann sah die Geröllhalde, die den Vater getötet, ihn selbst abgeworfen, verstümmelt, dann verächtlich ausgespuckt hatte, und er spürte für ein paar Augenblicke lang keinen Schmerz mehr. Auch kein Verlangen. Und auch keine Genugtuung.
Ziemann war als Knabe Ministrant gewesen, weil es seine Mutter so gewollt hatte, die Kirche als Institution hatte er danach stets abgelehnt. Für die Suche nach dem wahren Gott hatte er nie Zeit gehabt. Der Gott, den ihm der Sturschädel in Rom und die klerikalen Handlanger in den Kirchen stets präsentiert hatten, interessierte ihn nicht.
Die Erkenntnis, daß er wahrscheinlich der einzige Mensch war, der in diesem Augenblick wußte, daß sich hinter einem abgesprengten Geröllwall in einem abgelegenen Gebiet der steirischen Alpen jener Schatz befand, der auf persönlichen Befehl Adolf Hitlers unmittelbar vor dem Zusammenbruch des Dritten Reichs von seinem Vater als Baustein für ein Viertes Reich versteckt worden war, lähmte Ziemann. Es war eine wirre, teils völlig geordnete und logische, dann wieder von Schmerz und Ausflügen ins Phantastische geprägte Gedankenwelt, die ihn plötzlich beschäftigte.
Irgendwann schlief er ein, wachte in völliger Dunkelheit auf, spürte Schmerz und Kälte, ließ weitere

Ausflüge des Gehirns ins Absurde über sich ergehen, bemühte sich vergebens, die Kraft zu finden, die ihn retten konnte, etwas, was ihm der winzige Rest an Logik ständig einzuhämmern versuchte, und schlief dann wieder erschöpft und entmutigt ein.
Der Morgen war taufrisch und naß.
Kaum Schmerzen. Das Hämmern im Hirn hatte aufgehört. Der Körper, der den Schädel trug, war gelähmt. Er schmerzte nicht, weil dem Kopf der Wille fehlte, ihn bewegen zu wollen.
Ziemann lag im nassen Gras.
Ich lebe noch. Erkenntnis, keine Freude.
Er hatte Durst. Er leckte die Tautropfen von der Haut, von seinen Kleidern. Mehr gab es nicht. Hunger verspürte er keinen.
Er wollte leben. Ja, er wollte leben. Ziemann zwang sich zu einem Grinsen.
Ein Bein, ein Arm, ein halbwegs funktionierender Schädel. Fortbewegung möglich, irgendwie. Nur: wohin? Das Dorf war unerreichbar. Zu weit, zu steil.
Ziemann versuchte, sich an jedes Wort zu erinnern, das ihm die Jäger über den schrulligen Alten und seine Hütte erzählt hatten.
Drüben, hatten sie gesagt, nur drüben. Immer drüben, und dann oben, wenn sie vom Sattel geredet hatten. Drüben war nicht unten und nicht oben. Drüben war der Hang. Den Hang entlang.
Ziemann raffte alles, was er an Kraft noch aufbieten konnte, zusammen, griff nach dem Brett, das ihm schon einmal als Krücke gedient hatte, und quälte sich viel zu langsam, unter unendlichen Schmerzen hoch.

Sein Körper stand auf dem gesunden Bein, und er bewegte sich. Vorwärts. Den Rucksack und alles, was er außer seinen Kleidern, die er am Körper trug, besaß, ließ er zurück. Er bewegte sich. Vorwärts.

Der Alte hatte schon am Abend gewußt, daß sich das Wetter während der Nacht verschlechtern würde. Am Morgen war der Himmel bedeckt. Graues, bleiernes Licht. Nebelschwaden verhüllten den Berg. Das Wasser im Brunnentrog war dunkel und schimmerte ihm düster entgegen, als er die Hände zur Morgenwäsche eintauchte.
Der Alte hatte nichts gegen düstere Tage. Sie waren nicht schlecht, nur anders, und sie zwangen ihn zu einem anderen Tagesablauf. Einem, der zum Großteil in der Hütte stattfinden mußte, weil er sich nicht zu weit vom schützenden Obdach entfernen durfte. An trüben Tagen hing der Regen in der Luft, vielleicht sogar ein Gewitter.
Er ging rasch zur Futterwiese, füllte den Korb mit Grünzeug und trug ihn zu den Ziegen, die keine Anstalten machten, den Stall zu verlassen.
»Faules Pack«, knurrte er und ließ dabei eine Hand liebevoll über das rauhe Rückenfell des größten Bockes gleiten.
Es würde ein Kräutertag werden. Säckchennähen, Trockenes zerreiben, Mischen, Abfüllen, Zubinden. Auch einige Säfte und Tinkturen waren abfüllbereit.

Bald würde er genug Ware für einen Talgang beisammen haben.
Dem Alten graute davor.

Ziemann war froh, daß es keine Sonne gab, die ihn zusätzlich quälte. Die Schmerzen, mit denen er zu kämpfen hatte, waren schlimm genug. Dazu kam der Durst. Sein Mund war ausgetrocknet, die Zunge suchte ständig nach Speichelresten, um damit die hart gewordenen Lippen zu befeuchten.
Der Himmel war grau, schwere Wolken hingen tief herab und verhüllten den oberen Teil der Felswelt. Ziemann bettelte den Himmel an, ihm doch etwas Regen zu schicken, doch es kam keiner.
Er hatte Stunden gebraucht, um sich am unteren Rand eines Geröllfeldes entlangzuarbeiten. Ohne die Brettkrücke hätte er wahrscheinlich kriechen, sich, am Bauch liegend, weiterringeln müssen wie eine Schlange.
Schlangen? Gab es hier welche? Natürlich gab es in den Alpen Schlangen. Die Kreuzotter. Und Vipern. Giftiges Getier. Er hatte davon gehört. Wer hatte es ihm erzählt? War es in der Schule gewesen, ein Lehrer?
Ziemann grübelte, es war ihm plötzlich wichtig zu wissen, wer es gewesen war. Wer hatte ihm von den Schlangen erzählt? Jakob? Jakob hatte einmal seinen Urlaub in einem Alpendorf verbracht. War enttäuscht gewesen, zu langweilig, seltsame Menschen.

Die Mutter? Nein, die war noch nie in dieser Gegend gewesen, nur an der Nordsee und einmal auf Mallorca. Mußte der Lehrer gewesen sein. Der schrullige Glatzkopf mit der dicken Brille. Wie hatte er doch geheißen? Jahrelang hat er dich gequält, dir nutzloses Wissen aufgedrängt, wie oft hast du ihn verflucht, und jetzt weißt du nicht einmal mehr seinen Namen.
Hermann, Volkmann, Siegmann, irgend etwas mit Mann. Ein Mann war dabei, nur was stand davor?
Arschmann, das war's! Sie hatten ihn Arschmann genannt. Ziemann war erleichtert, seine Erinnerung war noch da, das Hirn funktionierte.
Arschmann. So hatte er allerdings nicht wirklich geheißen.
Bevor sich Ziemann auf den nächsten Teil der Namensuche konzentrieren konnte, rutschte seine Brettkrücke von einem Stein, auf den er sie gesetzt hatte. Ziemann verlor den Halt, wußte, daß er stürzen würde, und schrie den Schmerz schon laut heraus, ehe er auf dem Boden aufschlug.
Ziemann verlor kurz das Bewußtsein. Als er erwachte, fand er sich in einem Knäuel aus Schmerz und Durst wieder. Der Himmel war noch düsterer geworden, doch es gab noch immer keinen Regen. Sein Körper war Schmerz, doch das Gehirn konnte ihn ertragen, gerade noch.
Der Waldrand war ganz nahe. Seine Hand ertastete die Krücke, das gesunde Bein bewegte sich, die Arme halfen mit. Es ging weiter, irgendwie.
Durch den Wald, den endlos langen Wald mit sei-

nem weichen Boden, den Ästen, die in sein Gesicht schlugen, gegen den gequälten Körper peitschten. Einmal stürzte Ziemann noch, er verlor dabei jedoch nicht das Bewußtsein, blieb nur liegen und suchte in seinem Inneren nach allerletzten Kraftzellen, die dort noch verborgen sein mußten.

Der Tag wurde noch düsterer, dann kam der Abend und dann die Nacht.

Ziemann hatte sich vor einer Weile auf den Waldboden gesetzt, den Rücken gegen einen Baum gelehnt, das klopfende, schmerzende Bein von sich gestreckt. Es ging nicht mehr.

Arschmann. Verdammt, was will denn der hier?

Arschmann, das lächerliche Gesicht mit der Glatze, die dicken Brille. Arschmann starrte ihn an, große stechende Augen. »Marschkahn, Hans-Jörg Marschkahn ist der Name, das weißt du genau! Und jetzt steh auf und beweg dich. Kneifen gibt's nicht, wenn es um das eigene Leben geht.«

Ziemann grinste. Marschkahn hieß der Kerl, warum war ihm das nicht gleich eingefallen.

»Der Waldrand ist gleich da vorn, nur ein paar Meter noch«, keifte Arschmann, »kneifen gilt nicht. Wer kneift, versagt! Du bist kein Versager, Ziemann!«

Ziemann nickte, quälte sich hoch, quälte sich weiter, erreichte den Waldrand, die Wiese, dann sah er das Licht.

Der Alte vernahm ein Geräusch, das so ungewöhnlich war, daß er es anfangs ignorierte. Es klang wie Klopfen, doch um diese Zeit hatte noch nie jemand an seine Hüttentüre geklopft. Dann hörte er eine menschliche Stimme. Keine Worte, nur ein Krächzen. Kein Tier konnte so krächzen, es mußte ein Mensch sein. Ein verzweifelter Mensch oder ein verwirrter.
Was konnte ein Mensch, der so krächzte, um diese Zeit von ihm wollen. Wie und warum war er hierhergelangt?
Der Alte überlegte, ob er zur Türe gehen sollte. Vielleicht war es ein Wahnsinniger, ein Irrer. Ein Verbrecher auf der Flucht.
Wieder das Klopfen, diesmal länger, eindringlicher, dann wieder ein Krächzen und endlich ein Wort.
»Hilfe!«
Der Alte hatte keine Lust, sich mit einem anderen Menschen abzugeben. Der Hilfeschrei bedeutete ihm nichts, war nur ein Wort. Ein starkes Wort, das unten im Tal wahrscheinlich viele Türen öffnen würde. Es konnte auch eine Lüge sein, ein Trick, ein falsches Spiel mit der Hilfsbereitschaft.
Wenn es so war, dann gab es hier oben keinen, der dem Alten helfen konnte. Er schüttelte den Kopf und blieb sitzen. Es war besser so. Die Neugier, die einen anderen zum Nachschauen gedrängt hätte, besaß er nicht mehr. Nur den Wunsch nach Ruhe.
Das Klopfen kam noch zweimal, schwächer als zuvor, am Ende war es kaum noch ein Kratzen. Ein zweiter Hilferuf blieb aus. Dann war draußen nur noch die Stille.

Es dauerte eine Weile, bis der Alte mit seiner Arbeit fertig war. Er zählte die gefüllten Säckchen, die auf dem Tisch lagen, und verstaute sie in einer Kiste, in der sich bereits andere Kräutersäckchen befanden. Sie war beinahe voll.
Während er den Tisch von den verschütteten Teeresten säuberte, atmete er tief durch die Nase ein und schloß die Augen. Er liebte den Duft der getrockneten, zerriebenen Pflanzen. Es war der Duft der Berge, der Wälder und der Wiesen, die ihn umgaben, der Duft des Guten, das auch heilen konnte. Es war ein herber Duft, kein Mensch hatte ihn verfälscht, verfeinert. Es war ein ehrlicher Duft.
Als er, wie immer vor dem Schlafengehen, in die Nacht hinaustrat, dachte er nicht mehr an das Klopfen und das Krächzen und an den Hilferuf. Er war zufrieden, weil er wieder eine Kiste mit seinen Teesäckchen gefüllt hatte.
Draußen war es düster, und er konnte keinen Stern sehen. Es war windstill, und er roch auch keinen Regen.
Er wollte schon in die Hütte zurückgehen, als er das dunkle Bündel bemerkte, das auf der Hausbank lag. Der Alte wußte sofort, daß es nur der Mensch sein konnte, der zuvor geklopft hatte.
Er blieb im Eingang stehen und beobachtete das Bündel. Wenn es sich gerührt hätte, wäre er sofort ins Haus gegangen und hätte die Türe verriegelt. Doch es geschah nichts.
Er griff nach dem knorrigen Holzstock, der neben

dem Eingang lehnte und ihm manchmal, wenn die Rückenschmerzen stärker geworden waren, als Gehhilfe diente, und pirschte sich vorsichtig an die regungslose Gestalt auf der Bank heran. Als er unmittelbar davor stand, verharrte er wieder eine Zeitlang, dann hob er den Stock und berührte damit das Bündel Mensch.

Erst als er mehrmals, mit zunehmender Heftigkeit daran herumgestochert hatte, begann er zu glauben, daß dieser Mensch keine Gefahr für ihn bedeutete. Wahrscheinlich hatte er die Besinnung verloren, vielleicht war er sogar tot.

Der Alte hatte gerade beschlossen, den Fremden liegenzulassen und in die Hütte zurückzugehen, als sich dieser zu rühren begann.

Ächzen, Stöhnen, verzweifelte Sprechversuche, ein vernehmbares Wort: »Durst!« Einmal, zweimal, kaum verständlich. Flehend.

Mitleid war ein Gefühl, das der Alte in der Einsamkeit vergessen hatte. Es hatte ja nur ihn gegeben, und für die wenigen anderen, denen er begegnet war, hatte er es nicht gebraucht. Jetzt kam es plötzlich wieder zurück. Der hilflose, wimmernde Mensch tat ihm leid.

Er ging in die Hütte und holte die Lampe. In ihrem warmen Licht sah er ein blutverkrustetes Gesicht und Augen, die weit aufgerissen waren. Die Lippen bewegten sich und versuchten, ein Wort zu formen.

Der Alte wußte, was der Fremde erneut sagen wollte, und tat es für ihn.

»Durst«, sagte er, »ich weiß, daß du Durst hast. Ich bringe dir Wasser.«
Er holte einen Becher und setzte ihn an die zitternden Lippen. Der Unbekannte schloß dankbar die Augen und versuchte zu trinken. Nur ein Bruchteil des Becherinhaltes gelangte dabei in den Mund, die wenigen Tropfen schienen ihm jedoch neue Kraft zu geben. Er öffnete wieder die Augen und versuchte, sich aufzurichten. Der Alte half ihm dabei.
Er war schwer, fast zu schwer für den Alten, die Hände klammerten sich an seiner Kleidung fest, aber langsam, ganz langsam, bewegten sich beide vorwärts, die Holzwand entlang zur Hüttentüre, dann hinein, durch den Raum. Die Körper waren dabei so eng aneinandergepreßt, daß der Alte den anderen Atem riechen konnte. Die Nähe behagte ihm nicht. Als sie das Bett erreicht hatten, riß er sich von der Umklammerung los und ließ den Körper fallen.
Der Fremde schrie dabei auf, die Schmerzen mußten furchtbar sein.
Als der Alte die Beine auf das Bett hob, bemerkte er, daß eines erheblich verletzt war. Der Stoff der zerfetzten Hose war blutgetränkt, und die Bewegung ließ die Schmerzensschreie noch lauter werden.
Nach einer Weile hörte der Alte nur noch den schweren Atem des Fremden. Er stand vor dem Bett und starrte auf den gemarterten Körper. Der Mann war jünger als er selbst. Ganz sicher war es keiner aus dem Dorf, die Gesichter der Talbewohner kannte er.

Einer, der gekommen war, um den Berg herauszufordern, irgendeine verrückte Klettertour zu wagen? Der Berg hatte ihn offensichtlich abgeworfen.
Die klaffende Wunde auf der Stirn, Blut im Gesicht, das zerstörte Bein und die anderen Verletzungen, die man so nicht sehen konnte.
Der Alte spürte plötzlich Zorn. Keiner hatte den Fremden gebeten hierherzukommen, keiner hatte ihn dazu gedrängt, im Fels herumzuklettern. Jetzt lag er da. Auf seinem Bett. Störte seine Ruhe, brachte Unordnung in seine Welt. Was war, wenn er nicht mehr aufwachte, in seiner Hütte starb? Dann mußte er ins Tal, die Polizei benachrichtigen, die unangenehme Fragerei über sich ergehen lassen. Und wenn er nicht starb?
Die Augen des anderen waren offen, starrten ihn an. Es waren diese Augen, die alles veränderten, den Alten plötzlich weich machten. Der flehende Blick, die Hilflosigkeit. Der Alte hätte sie allein lassen, einfach weggehen, sich draußen, in der Nacht, über den ungebetenen Gast weiter ärgern können, doch das schaffte er nicht. Er mußte in diese Augen schauen, sie zwangen ihn dazu.
Ohne es wirklich tun zu wollen, griff er nach der Hand des anderen und drückte sie kurz.
»Wird schon werden«, knurrte er, »willst du noch Wasser?«
Die Augen flehten danach, der Kopf versuchte zu nicken.
Der Alte füllte den Becher, setzte sich auf das Bett und half dem Fremden, sich aufzusetzen. Dann legte

er einen Arm um seine Schulter und hielt ihn fest. Wieder die Nähe eines anderen Körpers, wieder fühlte er das damit verbundene Unbehagen.
Als der Becher leer war, versuchte der andere zu reden.
»Wolf«, sagte er, »ich heiße Wolf. Beim Bergsteigen. Abgestürzt.«
Der Alte nickte.
»Ich bin der alte Bloch, der sich jetzt einen Platz zum Schlafen sucht.«
»Danke«, flüsterte der Fremde, »danke für alles!«

Als Ziemanns Gehirn wieder zu arbeiten begann, gaukelte es ihm eine Lüge vor. Es sagte ihm, daß er wieder im Gerichtssaal stand, umgeben von höhnisch grinsenden Fratzen. Eine Stimme donnerte »Lebenslänglich«, seine Mutter nickte zustimmend und schmiegte sich an den widerlichen Körper von Professor Arschmann, der den Arm um sie gelegt hatte und sie wie eine Geliebte an sich drückte. Die Krankenschwester saß auf dem Schoß des Staatsanwaltes, während seine Hand unter ihrem weißen Kittel herumfummelte. Die Patientin lag stöhnend auf einer Tragbahre, Wladkowsky stand daneben und zog mit Triumphblick ein blutgetränktes Tuch nach dem anderen aus ihrem offenen Bauch. »Siebenundzwanzig«, sagte Wladkowsky und zeigte es dem Richter. »Ziemann hat siebenundzwanzig Bauchtücher vergessen, und ich bin noch nicht fertig, es sind noch viel mehr!«

»Todesstrafe«, donnerte der Richter. Vier Gerichtsdiener, monströse Muskelmänner, begannen, mit gewaltigen Holzkeulen auf ihn einzuschlagen. Auf den Kopf, auf ein Bein, immer wieder. Ziemann spürte die Schmerzen, schrie, brüllte um sein Leben.
Irgend etwas zog an seinem Arm, er wehrte sich, schrie noch lauter, dann beendete das Gehirn den grausigen Spaß und befahl ihm, die Augen aufzuschlagen.
Ein Gesicht. Uralt, runzelig, eine häßliche Narbe, nachdenkliche Augen. Er kannte dieses Gesicht, wußte nicht, woher. Dasselbe Gesicht, trotzdem anders. Düster, Schatten, flackerndes Licht.
»Ruhe, Ruhe«, sagte der Mund. Überall Bartstoppeln, weiß, gebleichte Kakteenstacheln.
Die Zimmerdecke. Niedrig, aus Holz, rußgeschwärzt. Es roch nach Rauch.
Ziemann war verwirrt, versuchte, sich aufzurichten, ein stechender Schmerz im Bein warf ihn jedoch wieder auf das Bett zurück. Welches Bett? Es war nicht seines. Er war nicht daheim.
Die Hand, die zum Gesicht gehörte, hielt ihm etwas unter die Nase. Dampfend, heiß, angenehm riechend.
»Ich hab Tee gemacht«, sagte die Stimme.
»Wo bin ich?« fragte Ziemann.
»In meiner Hütte«, antwortete die Stimme.
»Warum?«
»Weil dich der Berg abgeworfen hat!«
Plötzlich war alles wieder da. Der Vater, das Dorf, die Silberberger, der Berg, das Gold. Der Sturz, die

Qualen, die Nacht, das Licht, die Hütte. Dann das Nichts. Und dann das Gesicht.

»Ich bin Arzt«, sagte Ziemann mehr zu sich selbst als zum anderen.

»Gut«, sagte der Alte, »trotzdem solltest du jetzt etwas Warmes trinken!«

Ziemann versuchte, nach dem Becher zu greifen, ließ die Arme jedoch sofort wieder sinken. Der Alte nickte.

»Kannst nicht«, sagte er, »tut weh!«

Er hielt Ziemann den Becher an die Lippen und fütterte ihn wie ein Kleinkind.

Das so seltsam duftende Gebräu war heiß, beinahe zu heiß, und das Schlucken machte Ziemann Mühe. Der Alte bestand jedoch darauf, daß er den Becher leer trank.

»Ist gut«, sagte er mehrmals besänftigend, fast beschwörend, »wirst sehen, das tut dir gut. Arnika und Johanniskraut, da gehen die Schmerzen weg, und die Wunden verheilen besser. Trink nur, trink.«

Ziemann fühlte sich danach tatsächlich besser, vielleicht bildete er es sich auch nur ein. Er lag wieder auf dem Bett und hörte, wie der Alte in einer Ecke herumkramte, dann hörte er das Knarren der Türe, die darauffolgende. Stille sagte ihm, daß er sich nun allein im Raum befand.

Er dachte daran, daß er sich der Kleidung entledigen und nach seinen Verletzungen sehen sollte. Er fühlte sich jedoch beinahe entspannt und fast schmerzfrei und genoß das Gefühl noch für eine Weile, dabei döste er ein.

Er erwachte, weil jemand ein glühendes Eisen gegen

seine Stirn drückte. Ziemann hörte, wie er stöhnte, und versuchte, sich aufzurichten, aber jemand hinderte ihn daran. Er schlug die Augen auf und sah, daß es der Alte war.
»Ruhig bleiben, ich tu dir nichts, versorge nur die Wunde am Kopf«, sagte der Alte und zeigte ihm dabei einen Stoffetzen, der mit einer dunklen Flüssigkeit getränkt war.
»Arnikawurzeln«, murmelte er, »besser als Jod, reinigt die Wunde, brennt am Anfang, ist bald vorbei.« Er drückte Ziemann sanft auf das Bett zurück.
»Stilliegen!«
Ziemann schloß die Augen und preßte die Lippen zusammen, als der Schmerz wieder auf ihn einstach. Das Brennen ließ tatsächlich bald nach.
»Das Bein«, hörte er den Alten sagen und spürte, wie dessen Finger sein Knie betasteten.
Ziemann richtete sich auf.
»Du mußt die Hose ausziehen«, sagte der Alte.
Wieder Schmerzen, nicht nur im Bein, auch in der Brust, den Schultern, am ganzen Körper.
Es war eine mindestens zehn Zentimeter lange, tiefe Fleischwunde, die unter dem Knie begann und bis zum Knochen reichte. Die Ränder waren angeschwollen, das Blut war dunkel und verkrustet.
»Muß genäht werden«, stellte Ziemann fest und wunderte sich, daß er dabei so ruhig blieb. Der Alte schien zwar ein Spezialist für Säfte und Tinkturen zu sein, chirurgische Fähigkeiten traute ihm Ziemann allerdings nicht zu. Das Nähen mußte er wohl selbst erledigen.

Der Alte zuckte wortlos die Schultern und begann, die Wunde mit dem ekelig brennenden Saft zu säubern. Jetzt, wo Ziemann wußte, daß es nur ein kurzer Schmerz sein würde, schaffte er es sogar, dabei zuzusehen.
»Hast du Nadel und Garn?« fragte er, als der Alte den Lappen weglegte und das Fläschchen zuschraubte.
Der Alte lächelte und nickte dabei.
»Du heißt Wolf«, sagte er langsam, »und du sagt, daß du Arzt bist.«
»Stimmt«, antwortete Ziemann, »das hab ich gesagt.«
»Dann kannst du das sicher besser als ich.«
»Es wird weh tun«, sagte Ziemann, »es wird verdammt weh tun.«

Der Alte fand, daß die Verletzungen schlimmer aussahen, als sie es tatsächlich waren. Nur Fleischwunden, die Knochen waren heil geblieben.
Er strich mit der Hand über seine Stirn und fühlte dabei den dicken Wulst.
Was mit seinem Kopf passiert war, das war viel schlimmer gewesen als der Riß auf der Stirn des Fremden. Keiner hatte ihn vernäht, er war irgendwie, auf wundersame Weise, einfach so verheilt. Daß eine derart häßliche Narbe zurückbleiben würde, war ihm damals egal gewesen. Er hatte überlebt, das war das einzige gewesen, das gezählt hatte. Die

Narbe war für ihn heute noch wie ein Orden, der dafür stand, daß er dem Tod von der Schippe gesprungen war.
Bei dem Fremden war es natürlich anders. Der war nie im Krieg gewesen, hatte keine zerfetzten Körper, keine abgesprengten Gliedmaßen mit in den Schlaf genommen. Man sah ihm an, daß er noch nie zuvor von ähnlichen Schmerzen geplagt worden war.
Wolf, der Arzt, war für den Alten kein tapferer Mann, dafür hatte er zu oft gestöhnt, geschrien, gewimmert. Er verachtete ihn deshalb nicht, wunderte sich selbst darüber. Wenn sich Trummler, der junge Jäger, so verhalten hätte, dann hätte er ihn sicher aus der Hütte gejagt.
Bei diesem Mann war es anders. Seit ihn der Alte in die Hütte getragen und auf sein Bett gelegt hatte, fühlte er sich für ihn verantwortlich. Der Fremde war für ihn zu einer Aufgabe geworden, die er erfüllen mußte. Warum es so war, wußte er nicht.
»Ich muß es tun«, sagte Ziemann, »gib mir bitte eine Nadel und das Garn.«
Der Alte stand auf und kam mit einer kleinen abgegriffenen Holzkiste zurück.
»Da ist alles drinnen«, sagte er.
Der andere griff mit säuerlichem Lächeln nach der Nähkiste.
»Selbstoperation«, sagte er, »ohne Narkose!«
Dem Alten fiel plötzlich die Flasche ein, die ihm der Reisinger geschickt hatte. Der Schnaps würde helfen, aber er zögerte noch. Es war nicht viel, nicht einmal

ein Liter, und er hatte sich vorgenommen, sparsam damit umzugehen. Reisingers Geschenk war etwas Kostbares, Seltenes.
Als er sah, daß die Hände des Fremden zitterten, als sie die Kiste öffneten, war es wieder da, dieses seltsame Gefühl, das ihn weich machte.
»Nicht ohne Narkose«, sagte er.
Der Fremde schaute ihn mit großen Augen an.
»Ich hab da was«, lächelte der Alte geheimnisvoll und ließ den anderen ratlos im Raum zurück.
Er holte die Flasche aus dem Versteck. Das Glas fühlte sich kühl an. Er öffnete den Schraubverschluß, roch an der Öffnung, setzte dann die Flasche an den Mund und nahm einen tiefen Schluck. Der Schnaps brannte durch die Kehle und entzündete im Magen ein angenehmes Feuer.
Der Alte ließ sich einige Sekunden lang Zeit, dieses Gefühl zu genießen, dann verschloß er die Flasche wieder.
»Da, trink davon, Wolf«, sagte er und bemerkte erst dann, daß er den Mann in seiner Hütte zum ersten Mal mit dessen Namen angesprochen hatte.
Er sah das Leuchten in den Augen des anderen.
»Wenn das wirklich Schnaps sein sollte, dann ist es genau das, was ich jetzt brauche«, grinste dieser.
»Narkose«, sagte der Alte.
Wolf nickte dankbar. Er drehte den Verschluß auf und setzte die Flasche an die Lippen.
Als er getrunken hatte, verzog er stöhnend das Gesicht, wischte mit dem Handrücken ein paar Tropfen

vom Kinn und wollte dem Alten die Flasche zurückgeben. Dieser schüttelte den Kopf.
»Du brauchst mehr, wenn du den Schmerz töten willst!«
Der andere trank noch einmal.
»Jetzt reicht's«, lächelte er, »ich muß ja noch eine Operation durchführen.«
Der Alte sah ihm zu, wie er in der Kiste nach einer Nadel kramte, ein Garn aussuchte, und ließ ihn eine Weile vergeblich versuchen, dieses mit den zittrigen, blutverkrusteten Händen in das Öhr zu fädeln, bevor er danach griff und es ihm abnahm.
»Danke«, grinste Wolf verlegen, »ich habe das nie richtig gekonnt, jetzt, wo ich auf den Kopf gefallen bin, geht es wohl überhaupt nicht mehr.«
»Du solltest noch einen Schluck nehmen«, brummte der Alte, während sich seine großen Finger mit den winzigen Dingern abmühten.
Der andere zuckte die Schultern und griff noch einmal nach der Flasche.
»Unten, im Tal, haben sie mir von dir erzählt«, sagte er, nachdem er getrunken hatte.
Der Alte blickte hoch. Es interessierte ihn nicht, was die dort unten über ihn geredet hatten. Es war ihm auch egal, was der Fremde von ihm hielt. Er war nicht mehr als eine Aufgabe, die er zu erfüllen hatte. Wenn er wieder richtig gehen konnte, war sie beendet.
»Hans«, knurrte er, »wenn du willst, kannst du Hans zu mir sagen.«
»Sie haben gesagt, du seist ein Einsiedler, ein Alpen-

eremit«, plapperte der andere weiter. Der Schnaps hatte ihn zu redselig gemacht.
Der Alte reichte ihm die Nadel mit dem eingefädelten Garn.
»Halt die Klappe«, sagte er barsch, »und fang endlich mit deiner Operation an.«

Ziemann hatte selten einen häßlicheren Menschen gesehen. Es war keine abstoßende Häßlichkeit, auch keine furchterregende, denn da waren die Augen. Dunkel und tief, unergründlich. Manchmal starrten sie ihn an, bohrten sich in seinen Blick, dann waren sie wieder weit weg, irgendwo in der Ferne, obwohl sie auf ihn gerichtet waren.
Der Alte war kein freundlicher Mensch, obwohl er bis jetzt freundlich gewesen war. Er hatte ihm geholfen, und Ziemann war ihm dafür dankbar. Er wußte, daß er eine Weile hierblieben mußte.
Es war das Reich des Alten, alles funktionierte nach Regeln und Gesetzen, die Ziemann nicht kannte. Eines davon war ihm trotz der Leichtigkeit, die ihm der Schnaps verliehen hatte, gerade bewußt geworden. Geredet wurde nur, wenn es unbedingt notwendig war.
Seine letzten Worte hatten den Alten sichtlich verärgert. Ziemann hatte keine Ahnung, warum es so war. Er hatte keine Ahnung, wie das Gehirn eines Menschen funktionierte, der den Großteil seines Lebens mit sich selbst verbracht hatte. Dann stand er mühsam auf, zündete die Petroleumlampe an, nahm

sie vom Tisch und hockte sich auf den Boden. Dann winkelte er das verletzte Bein langsam an und positionierte das Licht so, daß es die Wunde beleuchtete. Der Alte rührte sich nicht, saß da wie eine Statue, die Augen beobachteten jede seiner Bewegungen.
Es tat weh, es tat sogar verdammt weh. Nicht die Nadelstiche waren es, sondern das Zusammenziehen der Wunde. Wenn er den Schnaps nicht gehabt hätte, dann hätte er es wahrscheinlich nicht ausgehalten.
Ziemann stöhnte und ächzte, manchmal hielt er den Atem an. In der Wunde an der Stirn klopfte und hämmerte es, er spürte den Schweiß, der über die Wangen lief und vom Kinn auf den Boden tropfte.
Als er fertig war und das Garn verknotet hatte, hockte plötzlich der Alte neben ihm und durchtrennte den Rest, der noch in der Nadel war, mit einem Taschenmesser.
»Gut«, sagte der Alte, dann half er ihm beim Aufstehen und führte ihn zum Sessel.
Ziemann deutete auf die Flasche und blickte den Alten fragend an.
»Nimm«, sagte dieser.
Ziemann trank, dann nahm auch der Alte einen tiefen Schluck. Die Flasche war halb leer.
»Der Kopf«, sagte der Alte später, »der sollte auch genäht werden, schaffst du aber nicht.«
»Stimmt«, antwortete Ziemann, »schaff ich nicht. Ich hab die Wunde ja noch nicht mal gesehen.«
»Einen Spiegel gibt es hier nicht«, brummte der Alte.
Ziemann wagte es nicht weiterzureden, er wartete.

Der Alte griff noch einmal zur Flasche.
»Dann werd es wohl ich tun müssen«, sagte er.
Ziemann widersprach nicht. Jede Naht war besser als keine Naht. Eine Wunde, die nicht genäht wurde, sah irgendwann so aus wie jene, die der Alte auf seinem Kopf trug.
Operation Nummer zwei geschah auf dem Bett, daneben die Lampe, die auf einem Sessel stand.
Obwohl der Schmerz beinahe unerträglich war und Ziemann mehrmals fürchtete, das Bewußtsein zu verlieren, hielt er bis zum Ende durch.
Der Alte stand auf und betrachtete zufrieden sein Werk. »Wirst wieder wie neu«, sagte er.
Ziemann lag da und wartete auf das Nachlassen der Schmerzen. Denken war Schwerarbeit.
Er spürte, wie etwas Feuchtes auf seine Beinwunde gelegt wurde, und schlug die Augen auf.
»Liegen bleiben«, befahl der Alte. Er hielt ein Tuch in der Hand und legte es auf Ziemanns Stirn. Es war naß und kühl.
»Schwarzwurz«, erklärte der Alte, »und Joahnniskraut.«
Ziemann ließ alles mit sich geschehen. Er versuchte zu schlafen, doch es gelang ihm nicht.
Irgendwann brachte ihm der Alte wieder einen Becher mit seltsam riechendem Kräutertee und half ihm, sich aufzusetzen.
Die Schmerzen waren noch immer da, aber sie waren schwächer geworden.
Ziemann bemerkte, daß er noch immer die zerfetzte Kleidung trug.

»Ich muß mich ausziehen, waschen«, stammelte er.
»Trink jetzt«, sagte der Alte.
Ziemann trank. Dann zog er sich aus. Da waren nur Prellungen und Blutergüsse, selbst die Rippen schienen heil geblieben zu sein.
»Die Badewanne ist draußen«, sagte der Alte und zeigte zur Türe. Ziemann humpelte ins Freie. Der Himmel war düster und wolkenverhangen. Es regnete nicht und die Nacht war nicht mehr fern.
Das Wasser im Brunnentrog war eiskalt.

Der Alte blieb eine Weile sitzen und starrte vor sich hin. Dann stand er auf und ging zum Fenster. Wenn der Fremde nicht gewesen wäre, dann wäre er sitzengeblieben und hätte weitergestarrt. Oder er hätte eine Arbeit angefangen.
Der Fremde war fast nackt, er trug nur eine winzige, engsitzende, buntgemusterte Unterhose. Seine Haut war bleich und schlaff, der Körper wirkte plump und untrainiert. Kaum Muskeln, nur Fettpolster, besonders um die Mitte.
Der Fremde wusch sich zögernd, so als hätte er Angst vor dem Wasser. Wahrscheinlich war es die Kälte, vielleicht waren es auch die Schmerzen. Oder beides zusammen.
Der Alte bemerkte, daß er grinste. Es hatte schon lange keinen Menschen gegeben, der ihn amüsiert hatte. Der Fremde schöpfte Wasser aus dem Trog und verteilte es bedächtig auf dem Oberkörper, den

Armen, den Beinen. Dabei rieb er die weiße Haut vorsichtig mit den Händen ab wie einer, der eine Salbe einmassieren will. Manchmal hielt er dabei inne, zuckte zusammen, und der Alte sah, wie er das Gesicht schmerzlich verzog. Der Fremde war kein mutiger Mann, das hatte der Alte längst erkannt.
Wolf, ja so hieß er.
Wolf beugte sich jetzt über den Trog. Er hatte offenbar bemerkt, daß er so sein Spiegelbild im Wasser sehen konnte. Er betrachtete es und betastete dabei mit zwei Fingern vorsichtig die genähte Wunde.
Wird bald verheilt sein, dachte der Alte, seine Narbe wird schöner als die auf meinem Schädel.
Wolf griff nun mit beiden Händen ins Wasser und zerstörte das Spiegelbild, um die Haare naß zu machen und das Gesicht zu waschen.
Das Alleinsein war für den Alten immer der angenehmste Zustand gewesen.
Diesen Fremden wünschte er sich trotzdem nicht weg. Er wußte nicht warum, und er bemühte sich auch nicht, dies zu hinterfragen. Wahrscheinlich war auch er ein Schwätzer wie die anderen, der ihm bald auf die Nerven ginge. Jetzt tat er es noch nicht.
Wolf trocknete sich mit seinem Hemd ab. Als er sich umdrehte, trat der Alte rasch einen Schritt zurück, um nicht gesehen zu werden. Während der andere zur Hütte zurückhinkte, setzte er sich an den Tisch und begann, wieder vor sich hin zu starren.

Ziemanns Kopf war beinahe klar, der dumpfe Schmerz war noch da, auch das Pochen in den Schläfen hatte noch nicht aufgehört, doch das Gehirn fabrizierte wieder halbwegs klare Gedanken. Die meisten beschäftigten sich mit dem Alten. Einem wie ihm war Ziemann noch nie begegnet. Der Alte war eine Maschine bei der alles funktionierte, klaglos klare Abläufe, tagaus, tagein. Mechanisch perfekt und doch irgendwie seelenlos.
Die Einsamkeit, das Alleinsein, vielleicht machen sie einen so. Vegetieren, nicht leben. Warum existierte der Alte überhaupt? Warum schleppte er seine öde Einsamkeit Jahr für Jahr weiter? Ziellos dahinleben, nur mit sich selbst. Stumpfsinniges Starren. Und Warten. Worauf?
Als Ziemann die Hüttentüre öffnete, suchten seine Augen den Alten. Sie fanden ihn sofort. Er hockte am Tisch, starr, schien zu schlafen.
»Hallo«, rief Ziemann, »Bad beendet!«
Der kauernde Körper bewegte sich, hob den Kopf. Kein Lächeln, nur stummes Erkennen. Der Kopf nickte. Der Blick befahl Stille, und Ziemann hielt sich daran. Er hinkte durch die Düsternis des niedrigen Raums und setzte sich auf das Bett. Es war das Bett, auf das ihn der Alte gelegt hatte, als er wehr- und willenlos gewesen war. Es war nicht sein Bett, es war das Bett des Alten.
Jetzt, wo es ihm etwas besser ging, sollte er es dem Alten zurückgeben.
Ziemann schaute auf, das Gesicht des Alten wies in seine Richtung, die Augen waren geöffnet.

»Das Bett«, sagte Ziemann zu leise und fügte mit den Händen eine hilflose Geste an, »es ist dein Bett. Ich habe kein Recht …«
Der Alte starrte weiter, Ziemann versuchte aufzustehen.
»Bleib«, donnerte die Stimme des Alten, als er es beinahe geschafft hatte.
Ziemann ließ sich wieder auf das Bett zurückfallen. Er wartete eine Weile, dann zog er die Beine nach und schloß die Augen. Er war müde. Und er hatte noch immer Schmerzen. Bevor er einschlief, drehte er den Kopf zur Seite und sah, daß der Alte noch immer am Tisch hockte.
Kein Traum. Nur bleierne Müdigkeit, Erschöpfung.
Der geprügelte Körper heilte sich selbst.
Langsam, stetig. Zeit. Stille, ruhige Zeit.
Es war ein langer Schlaf. Manchmal wachte Ziemann auf, weil der Alte seinen Kopf hochhob und ihm etwas Heißes einflößte, einmal war seine Blase zum Bersten voll, und er mußte sich im Schwarz der Nacht ins Freie quälen, um sie zu entleeren. Sonst schlief er. Viele Stunden lang.
Am vierten Tag nach seiner Ankunft beim Alten hatte ihn das Leben endgültig wieder. Ziemann wachte auf. Er sah das Licht der Sonne, und er hatte Hunger.

Der Alte war sich sicher, daß es seine Kräuter waren, die den Fremden in den heilenden Dauerschlaf versetzt hatten.

Zuerst hatte er aus dem letzten Rest des Lavendels, den er vor langer Zeit an einem weit entfernten Ort, den ihm noch die alte Juli genannt hatte, gesammelt hatte, Tee gebraut, ihn mit Kamille und etwas Zucker verfeinert. Beim zweiten Aufwachen des Fremden war es ein Gemisch aus Baldrian und Johanniskraut gewesen.
Da er selbst kaum krank war, hatte er nur ganz selten die Gelegenheit gehabt, die Heilwirkung von Julis Kräutern zu erfahren. Er hatte sie gesammelt, getrocknet und stets so zusammengemixt, wie es ihm die Sennerin gelehrt hatte. Die Tatsache, daß er seine Säckchen unten im Tal verkaufen konnte, war für ihn die einzige Bestätigung gewesen, daß das, was er tat, auch eine Wirkung hatte.
Der Fremde hatte geschlafen, lange und tief. Zwei Tage und zwei Nächte lang. Wenn er sich gerührt, mit geschlossenen Augen unverständliches Zeug gemurmelt oder vor Schmerzen gestöhnt hatte, dann hatte ihm der Alte Lavendeltee eingeflößt oder Baldrian. »Das beruhigt und bringt wohltuenden Schlaf«, hatte die alte Juli gesagt. Kamille und Johanniskraut waren Linderer, Heiler. »Wenn's nix nützt, dann schadet's auch nix«, hatte sie nicht nur über Kräuter wie diese beiden gesagt. »Die kannst du bedenkenlos überall dazumischen, schmecken gut und helfen vielleicht.«
Die Juli. Die Hexe. So viel älter als er, so viel weiser als er.
Er war auf dem uralten Körper gelegen, in ihn eingedrungen, nicht aus Liebe, sondern weil sie es so

gewollt hatte. Kein Ekel, nur Pflichterfüllung. Er war so oft bei ihr gewesen.
Damals hätte er es wahrscheinlich nicht geschafft, ins Leben zurückzukehren, wenn sie nicht gewesen wäre. Wenn ihn die Wunde nicht umgebracht hätte, dann wäre es wahrscheinlich der Haß gewesen oder die verzweifelte Suche nach den Antworten, die er bis heute nicht bekommen hatte. Die Juli hatte etwas in ihm zurückgelassen, das zum Eckpfeiler in seinem Leben geworden war, das ihn trug, auf den Beinen hielt. Die Juli war die einzige gewesen, die alles gewußt hatte. Sie hatte ihm geraten zu schweigen. Für immer.

Ziemann wachte auf, ahnungslos, sah das Gesicht des Alten, riesig, formatfüllend.
Ziemann sagte nichts, auch der Alte blieb stumm. Nur Starren. Dann kam bei Ziemann das Nachdenken, das Suchen und schließlich das Erkennen.
»Wie lange habe ich geschlafen?« fragte er.
Der Alte ließ die Hand los und legte sie auf Ziemanns Bauch. Ziemann ließ sie liegen.
Der Alte nickte, ganz langsam, aber immer wieder, bedächtig, so als hätte jedes einzelne Nicken eine besondere Bedeutung. Er sagte nichts. Er nickte nur. Ziemann schaute zu und wartete auf ein Wort. Es kam nicht. Nur das Nicken.
»Lange«, sagte Ziemann schließlich, »ich hab verdammt lange gepennt, ich spür das, weil ich gewaltigen Hunger hab!«

Der Alte nickte ein letztes Mal.
»Zwei ganze Tage und zwei Nächte«, sagte der Alte, dann hörte das Nicken auf.
Ziemann setzte sich hoch, sein Körper schien vor längerer Zeit mit einem Prügel bearbeitet worden zu sein. Er spürte Schmerzen, es waren die Schmerzen älter werdender Wunden.
Der Alte hockte nur da, half ihm nicht, starrte. Irgendwohin.
Ziemann zögerte, erinnerte sich an die Regel. Geredet wird nur, wenn es unbedingt nötig ist.
Er hatte Hunger, großen Hunger, doch der Alte bestimmte, wann hier gegessen wurde.
Ziemann spürte den Blick des anderen, wagte es jedoch nicht, ihn zu erwidern. Er schaute kurz auf und streifte ihn, lächelte und wandte sich rasch wieder ab.

Der Alte hatte einen Menschen neben sich. Er sah ein Gesicht, das Regungen zeigte. Hauptsächlich Unsicherheit. Die Augen wagten keinen geraden Blick, zuckten an den seinen vorbei, irrten suchend weiter. Der Alte hatte schon so lange keine Neugier mehr empfunden. Das Wissen, das er sich angeeignet hatte, war einfach dagewesen, am Berg, am Himmel oder sonstwo, er hatte es nur erkennen und auflesen müssen, mit dem Wissen anderer Menschen hatte es nichts zu tun gehabt.
Jetzt war er neugierig, wollte mehr über den Fremden, wissen, wollte wissen, wie sein Kräutertee ge-

wirkt hatte, wie die genähten Wunden heilten. Da er jedoch nicht wußte, daß Neugier mit einer simplen Frage befriedigt werden konnte, schwieg er den Fremden an und versuchte, die Antworten aus ihm herauszustarren.

Es war der falsche Weg, und der Alte ahnte es.

Er ahnte auch, daß es bei ihm keinen Platz für den Fremden gab, daß dieser nur sehen, aber niemals begreifen durfte. Niemand hatte hier oben etwas verloren, niemand.

Wolf. Ein guter Name. Vielleicht hätte er selbst einen Sohn so genannt wenn er einen gehabt hätte. Der Name Wolf hatte ihm immer gefallen, auch Ralph und seltsamerweise Ludwig. Ludwig Bloch. Doch den hatte es nie gegeben. Würde es auch nie geben.

Der Wolf, der ihm gegenübersaß und es nicht wagte, in seine Augen zu blicken, war ein Weichling. Kein Feigling, das hatte er mit der Näherei an der eigenen Wunde bewiesen. Weich, wahrscheinlich waren dort unten, in der anderen Welt, heute alle so. Arzt. Mein Gott, was hatte er für Ärzte erlebt. Draußen, an der Front. Blutgetränkte Uniform, aber die Hand war immer noch sicher genug gewesen, um einen zerschossenen Unterschenkel abzusägen.

Blut, Blut, der Alte wollte kein Blut mehr sehen, vor allem nicht das Blut von damals.

Der Alte dachte an den Traum, den er in der vergangenen Nacht, draußen auf seinem Lager im Ziegenstall, gehabt hatte. Das Gesicht, das er so gehaßt hatte, war dagewesen. Der Mörder. Sein Mörder. Der

Trug der Traumwelt hatte ihn nach langer Zeit wieder einmal in jene Welt zurückgebracht, die er vor so langer Zeit verlassen und vergessen hatte. Die Bilder waren noch da, als er erwacht war, aber sie hatten nicht mehr weh getan, weil sie keine Bedeutung mehr hatten. Es gab nur noch einen Auftrag für ihn, und den würde er erfüllen.
Er stand auf und legte einen Arm auf die Schulter des anderen.
»Bald gibt's was zu essen«, sagte er.
Der Fremde griff nach seinen Fingern, und der Alte spürte, daß er sie sanft drückte.
Die Gliedmaßen des Alten waren seit Urzeiten nicht mehr für den Ausdruck von Gefühlen benutzt worden, sie waren Werkzeuge gewesen, die zu funktionieren hatten. Nicht einmal die alte Juli hatte es mit seinen Händen getrieben.
Der Fremde tat es. Nur für einen Augenblick, und die Botschaft, die er damit vermitteln wollte, kam an. Dankbarkeit.
Der Alte ließ den Augenblick geschehen, ratlos. Er wußte nicht, was es war. Menschliche Wärme gab es für ihn nicht mehr. Seit damals.

Ziemann hatte keine Ahnung, was der scheinbar harmlose Händedruck in dem seltsamen Eremiten, der ihn beherbergte, bewirkt hatte. Er hatte nur Hunger.
Sie aßen ein seltsames Gemisch aus gekochten Kar-

toffeln, Grünzeug und Ziegenkäse, keine Suppe, auch kein Eintopf, aber es war heiß und füllte den Magen.

Der Alte sagte während des Kochens und auch später kein Wort, er benahm sich so, als befände er sich allein in der Hütte. Ziemann, der auf seine Frage, ob er beim Kochen helfen könne, nur ein mürrisches Kopfschütteln geerntet hatte, blieb daraufhin ebenfalls stumm.

Es gab nur einen zerbeulten Blechtopf, und beide aßen daraus. Der Alte mit der einzigen Gabel, Ziemann mit dem einzigen Löffel. Am Ende des stummen Mahles lehnte sich der Alte in seinem Stuhl zurück, reckte die Arme weit von sich und rülpste laut. Ziemann hob die Augenbrauen und grinste.

»Nicht schlecht«, sagte er und klopfte sich mit beiden Händen auf den Bauch, »nahrhaft und füllend würde meine Mutter sagen.«

Der Alte griff nach dem Topf, benutzte den Zeigefinger der rechten Hand, um langsam und umständlich die Speisereste vom Boden und den Wänden zu wischen, und leckte den Finger dann geräuschvoll ab.

Tischsitten hatten Ziemann noch nie beeindruckt. Für ihn hatte sich Kultur stets im Bauch abgespielt. Nach Gefühl. Keine Trends, keine Wellen, weder »in« noch »out« – nur das, was ihm wirklich paßte. Die Nahrungsaufnahme des Alten hatte Ziemann durch die schnörkellose Ehrlichkeit beeindruckt.

Im Grunde genommen war der Alte ein Tier. Das Tier Mensch.

Ziemann hatte sich kaum mit Homöopathie beschäftigt. Und doch hatte er widerstandslos alles getrunken, was ihm der Alte eingeflößt hatte. Seltsames, Unbekanntes. Mit eigenartigem Geschmack und doch wohltuend warm. Beruhigend.
Der Alte hatte seine Wunden mit eigenartigen Tinkturen beschmiert, und er hatte sich nicht dagegen gewehrt. Es waren keine Wundermittel gewesen, die ihn blitzartig von den Schmerzen befreit hatten. Die Wunden sahen jedoch gut aus und waren nicht entzündet.
Er hatte keine Ahnung, welcher Tag heute war, schätzte, daß seit dem Unfall etwa eine Woche vergangen sein mußte. Er hatte kaum noch Schmerzen, auch beim Gehen hielten sie sich in Grenzen.
Als der Alte am Abend Wasser kochte und nach den Kräutertöpfen griff, um Ziemanns Schlaftrunk zuzubereiten, kam zwischen den beiden erstmals so etwas Ähnliches wie eine Unterhaltung zustande.
»Kamillenblüten kenne ich«, sagte Ziemann und zeigte auf die getrockneten Blüten im ersten Topf. Als der Alte nicht darauf reagierte, klopfte Ziemann mit dem Knöchel des Zeigefingers gegen einen anderen Behälter. »Ich habe allerdings keine Ahnung, was das ist.«
Der Alte fuhr schweigend mit seiner Arbeit fort, schöpfte mit seinem Löffel scheinbar genau abgemessene Mengen aus insgesamt vier Töpfen und schüttete sie bedächtig in das dampfende Wasser.
»Löwenzahn«, sagte er dann und deutete auf den zweiten Behälter.

»Löwenzahn?« fragte Ziemann.

Der Alte drehte sich um und schaute ihm in die Augen. Ziemann wich dem Blick nicht aus.

»Löwenzahn«, sagte der Alte und nickte bestätigend.

Ziemann lachte.

»Gelbe Blume, ausgefranste Blätter, wächst auf jeder Wiese, gilt eigentlich als Unkraut«, sagte er. Grinsen.

»Kein Unkraut«, knurrte der Alte, »reinigt das Blut, hilft der Verdauung, macht Appetit!«

»Und das?« fragte Ziemann und deutete auf den dritten Topf.

»Johanniskraut«, sagte der Alte. Ziemann sagte nichts, hob nur fragend die Augenbrauen.

»Gegen Schmerzen«, fuhr der Alte fort. Beinahe geduldig, kein Lächeln, aber auch nichts Abweisendes, Schroffes.

Ziemann zeigte auf den letzten Topf. Lächelnd.

»Baldrian«, erklärte der Alte, ohne zu zögern, »hilft beim Einschlafen, beruhigt.«

Ziemann spürte, daß der Alte reden wollte. Zum ersten Mal. Jetzt. Deshalb begann er.

»Ich bin Arzt, das weißt du ja.«

Der Alte saß noch da, hörte zu. Ziemann redete rasch weiter.

»Ohne dich und ohne deine Kräuter hätte ich mit Sicherheit nicht überlebt. Dafür möchte ich dir danken!«

Er stand auf und bot dem anderen die ausgestreckte Hand an.

Der Alte bewegte sich nicht, kniff nur die Augen zu-

sammen, starrte auf die Hand, dann in Ziemanns Gesicht.
»Danke«, sagte Ziemann und ließ die Hand in der Luft stehen.
Der Alte nahm sie nicht. Er hob zwar eine Hand, kratzte sich damit jedoch nur langsam und umständlich an der Stirn.
Ziemann zog seine Hand zurück.
»Ich meine es ehrlich«, sagte er leise, »ohne dich wäre ich jetzt wohl nicht mehr am Leben.«
»Der Breitwegerich und der Spitzwegerich«, sagte der Alte laut in Ziemanns Verlegenheit hinein, »sind gut gegen Husten und Schnupfen.« Er zuckte die Schultern. »Hier oben gibt's die leider nicht. Mußt runter, ins Tal.«
Der Alte hob eine Hand und zeigte damit in die Ferne.
»Ich geh ja manchmal ins Dorf. Muß ja. Dann such ich ihn neben dem Bach. Den Spitzwegerich, den Breitwegerich findest kaum.«
Es war der längste Satz, den Ziemann vom Alten gehört hatte.
Es war auch der letzte an diesem Abend. Mehr kam nicht. Doch es war ein Anfang. Ziemann trank den Tee und schlief bald ein.

Die Gegenwart des Fremden hatte einiges im Leben des Alten durcheinandergebracht. Gewohnheiten wie das regelmäßige Öffnen der Falltüre unter dem

Bett und den kontrollierenden Blick in die Kiste mußte er vorläufig bleibenlassen und auf einen Zeitpunkt verschieben, an dem er den Gast nicht mehr beherbergen würde. Dasselbe galt für den nächsten Rundgang.

Die Wunden des anderen heilten gut, überraschend gut sogar. Bei einem verweichlichten Städter hätte er das nicht erwartet.

Eigentlich hätte er ihn jetzt wegschicken können, den Marsch ins Tal oder auf die andere Seite des Berges würde Wolf ohne weiteres schaffen. Der Alte wußte selbst nicht, warum er es nicht tat. Es war einfach so. Wenn irgend etwas wie das Erinnern an die fällige Runde zur Silberspitze und wieder zurück seine Gedanken in diese Richtung drängte, schob er sie rasch beiseite. Er wollte nicht darüber nachdenken. Weil dann die Vernunft gekommen wäre und ihm gesagt hätte, daß es unklug und gefährlich sei, den Gast weiterhin hierzubehalten.

Beim Waschen am Brunnen, als er den Kopf ins Wasser steckte und die Augen ins kalte Grünbraun wandern ließ, sah er plötzlich die Lösung. Es war simpel. Um jene Zeit zu gewinnen, die er benötigte, um das zu tun, was er nur allein und unbeobachtet tun konnte, brauchte er einen Tag, vielleicht auch zwei. Der Fremde mußte einen Ausflug machen, eine harmlose, etwas längere Wanderung, um zu testen, wie weit die Heilung fortgeschritten sei. Dann würde er wieder zurückkommen. Zurückkommen. Ja, das wollte er. Wolf sollte wieder zurückkommen.

Der Alte füllte den mitgebrachten Topf mit Wasser,

ging ins Haus zurück und stellte ihn auf den Herd. Als er beim Feuermachen war, merkte er, daß der Fremde aufgewacht war. Er hörte, wie sich dieser streckte und dabei stöhnte, dann rief der Gast ein lautes »Guten Morgen« in seine Richtung.
Später, beim Tee, sagte er es ihm.
»Es geht fast immer flach dahin, da ist nur ein kleiner Hügel auf halber Strecke. Zwei Stunden, wenn man es ganz gemütlich angeht, vielleicht drei.«
»Seltsam«, sagte der andere, »wenn du es nicht vorgeschlagen hättest, dann hätte ich es heute getan. Genau dasselbe. ›Du mußt mal raus‹, hab ich mir gestern gedacht. Rüber zur Sennhütte auf der anderen Alm. Schauen, ob die alten Beine schon wieder können, und dir etwas Luft zum Atmen bleibt.«
Jetzt beginnt er Unsinn zu quatschen, dachte der Alte, Zeit, daß er für eine Weile verschwindet.
»Kannst ja wieder zurückkommen«, knurrte er.
Der andere hatte begriffen. Er nickte nur, trank aus dem Becher und schwieg.
»Mein Rucksack«, sagte Wolf später, »der liegt dort, wo ich abgestürzt bin. Vielleicht sollte ich ihn holen.«
Er zeigte mit der Hand in Richtung Silberspitze.
Dorthin, wo ihn der Alte auf keinen Fall haben wollte.
»Zu steil«, sagte der Alte, »würdest wieder abstürzen. Geh zur Sennhütte!«
Es klang wie ein Befehl, und der andere nickte sofort. Gehorsam.
Der Alte war zufrieden. Alles lief nach Plan.

»Kriegst drüben auch was zu essen«, sagte er, »die Sennerinnen haben es sich immer gutgehen lassen. Kannst sogar übernachten, gibt eine Kammer dafür.« Wolf grinste und klopfte mit der Hand auf die Hosentasche.
»Ich kann sogar dafür zahlen. Zum Glück habe ich meinen Geldbeutel immer in der Hose. Wäre blöd, wenn er im Rucksack steckte.«
»Ist ein schöner Tag, solltest bald losgehen«, sagte er. Dann ging er hinaus.
Die Ziegen brauchten ihr Futter.

Ziemann atmete tief durch, er fühlte sich frei, leicht. Die Luft war so klar, daß man die Reinheit bei jedem Atemzug schmecken konnte. Die Hütte des Alten lag längst hinter ihm, er stapfte gemütlich auf dem weichen Almboden dahin, die Schmerzen im Bein waren noch da, doch sie spielten keine Rolle. Ziemann fühlte sich wie ein kleiner Junge, der sich auf dem Weg zum großen Abenteuer befand.
Natürlich wußte auch er, daß er ohne weiteres in der Lage sein würde, den Marsch über den Berg zu schaffen. Nach dem Aufbruch hatte er sogar kurz überlegt, ob er nicht doch in die andere Richtung gehen und seinen Rucksack holen sollte. Vor der Strecke hatte er keine Angst, es war der Respekt vor dem Alten, der ihn zurückgehalten hatte. Respekt war der Begriff, der dem Gefühl wohl am nächsten kam, das er für den schrulligen Sonderling empfand.

Doch da war mehr. Eine Art der Zuneigung, die Ziemann nicht beschreiben konnte. Angesichts des Altersunterschiedes hätte es mit Vater-und-Sohn-Gefühlen zu tun haben können, aber das war es nicht. Dafür war Menschlichkeit nötig und Wärme. Und der Alte war kalt. Kalt und trotzdem nicht gefühllos. Ziemann wußte, daß ihn der Alte mochte, sonst hätte er ihn längst aus dem Haus gejagt. Er hatte es ihm allerdings nie gesagt, mit keinem Wort, keiner Geste bewiesen. Oder doch? »Kannst ja wieder zurückkommen«, hatte er zuletzt gemeint. Beinahe ein Gefühlsausbruch. Ziemann grinste.

Er hatte beschlossen, dem Alten den Zeitpunkt des Abschieds zu überlassen. Es faszinierte ihn, miterleben zu können, wie man die physische Existenz auf das absolute Minimum reduzieren und trotzdem zufrieden sein konnte. Abgesehen von ganz wenigen Dingen, die dem Erfindergeist des modernen Menschen entsprungen waren, besaß der Alte nicht viel mehr als die Menschen, die vor Jahrtausenden in diesem Teil der Welt gehaust hatten. Uraltes Wissen um die Gesetze der Natur, zeitlose Weisheit und eine Intelligenz, die ganz anderen Kriterien unterworfen war als seine.

Es gab so vieles, das Ziemann vom Alten lernen wollte. Nicht nur das Wissen um die Heilkraft von Pflanzen, die er bisher für nutzloses Unkraut gehalten hatte. Das Leben des Alten, das nach außen hin so simpel und unkompliziert zu sein schien, barg Geheimnisse, die bis zu den Wurzeln des Menschseins reichten. Ziemann hatte keine Ahnung, was es war, er spürte es nur. Es war groß und archaisch.

Während der langen Zeit des Liegens und des Heilens hatte er den Alten einmal in seinem Kopf zum Hohenpriester eines urzeitlichen Naturkults werden lassen. Wahrscheinlich, sogar ziemlich sicher, war das Gegenteil der Fall. Nüchtern betrachtet, war der Alte wohl nichts anderes, als ein Sonderling mit einem Dachschaden. Ein äußerst ergiebiges Studienobjekt für eine ganze Heerschar von Psychiatern.

Unten, in der anderen Welt, hätte man ihn mit Sicherheit als abnorm eingestuft und weggesperrt. Hier oben war alles anders. Hier oben war auch Ziemann anders. Und es gefiel ihm so. Er hatte das Träumen wieder gelernt, den Weg in die Phantasie wiederentdeckt.

Er genoß jeden Schritt, blieb oft stehen, um die Gegend, die so herrlich war, daß es beinahe an Kitsch grenzte, auf sich einwirken zu lassen, spürte zurückgekehrte Lebensfreude und war dadurch so langsam unterwegs, daß es bereits früher Nachmittag war, als er die Sennhütte zum ersten Mal erblickte. Wie jene des Alten stand auch diese Hütte inmitten einer freien grünen Almfläche und war weithin sichtbar. Sie war etwas größer, unterschied sich in der Bauweise jedoch kaum von der Behausung, die Ziemann am Morgen verlassen hatte. Aus dem Kamin kräuselte sich heller Rauch in den Himmel. Dieser war noch immer wolkenlos, und es war windstill.

Die Kühe, für die dieser Ort ja bestimmt war, standen weiter hinten scheinbar regungslos in der Land-

schaft. Wie von einem Maler aufgepinselt, um das Bild von der Almidylle perfekt zu machen. Auf dem Weg zur Hütte hörte er immer wieder das blecherne Schellen von Kuhglocken.
Die Türe stand offen, und von drinnen wehte ihm der Geruch von Rauch und Gekochtem entgegen. Da niemand zu sehen war, machte sich Ziemann durch ein lautes: »Hallo, ist hier jemand« bemerkbar.
Der Maler hätte mit Sicherheit eine andere Sennerin in sein Bild eingebaut. Pausbäckig, rotgesichtig, wahrscheinlich mit blonden Zöpfen, ganz gewiß mit einem bunten Dirndl und kräftigen Beinen mit dicken Waden.
Diese Sennerin paßte ebensowenig hierher, wie ein Dorfbauer auf den Wiener Opernball. Schulterlanges, sichtlich gepflegtes brünettes Haar, große dunkle Augen, ein breites, freundliches Lächeln, das makellose, blitzweiße Zähne freilegte. Das enge hellblaue T-Shirt spannte sich über ideal geformte Brüste, die langen Beine steckten in ausgewaschenen Jeans.
»Ja, hier ist jemand«, sagte sie und lächelte dabei weiter.
Ziemann stand linkisch mit aufgerissenen Augen da und nickte blöde.
Das Wesen hielt ihm die Hand entgegen.
»Ich bin die Gitti«, sagte es.
Ziemann nahm die Hand und deutete eine steife Verbeugung an. Eine Bewegung, die automatisch geschah, über die er sich allerdings sofort ärgerte.
»Ziemann«, sagte er.

Sie lachte.
»Deutscher?«
Er nickte.
»Hier oben«, sagte sie, »gibt's keine Familiennamen. Auch kein Sie. Nur Vornamen und du.«
Ziemann atmete tief durch. Alles, was im Augenblick hier geschah, war unwirklich. Eine Sennerin, die eigentlich eine Klassefrau war, die ihm schon Sekunden nach der ersten Begegnung die Freundschaft anbot. Es konnte nicht wahr sein. Aber es war wahr.
»Wolf«, sagte er rasch, »ich heiße Wolf.«
Sie nickte wie jemand, der nach langem, geduldigem Zuhören endlich die Wahrheit erfahren hat.
»Hast du Hunger, Wolf?«
Es war wirklich, sie war wirklich, und er hatte tatsächlich einen Riesenhunger.
»Wie ein Wolf«, grinste er. Die ersten vernünftigen Worte. Endlich. Und ziemlich originelle noch dazu.
Helles Lachen. Glockenhell, dachte Ziemann.
»Dann komm doch herein!«
In der Hütte war es heller als in der des Alten, heimeliger und viel gemütlicher. Es gab ein sauberes Tischtuch und Vorhänge, auf dem sauberen, relativ neuen Küchenherd standen saubere, relativ neue Kochtöpfe. Der Raum war uralt, mit rußgeschwärzten Deckenbalken, einem knarrenden, abgetretenen Bretterboden und schweren, groben Holzmöbeln. Rustikal und urig, wenn da nicht die beiden riesigen Farbposter an den Wänden gewesen wären.
Einmal Südsee mit Palmen, blitzweißem Sand, ge-

blähte Segel auf türkisfarbenem Meer und einmal Manhattan, die Häuserschluchten von oben, wahrscheinlich vom Empire State Building aus fotografiert.
Sie bemerkte seinen Blick.
»Die Berge«, lächelte sie und zuckte entschuldigend die Schultern, »die habe ich ja ohnehin dort draußen, Tag und Nacht. Ich finde sie herrlich, aber manchmal wird es einem doch zu eng. Dann will man weg. Und wenn es nur die Reise in ein Bild ist – es hilft.«
Ziemann hörte zu. Erstaunt. Er war es nicht mehr gewöhnt, jemanden reden zu hören, wirklich reden. Mehrere Sätze lang. Nichts Wichtiges sagen, nur reden, einfach reden.
Noch wollte er nicht wahrhaben, daß er hier tatsächlich von der Schweigepflicht der letzten Tage entbunden war. Noch wählte er die Worte sorgfältig und bedächtig aus.
»Ich werde selbstverständlich für das Essen zahlen«, sagte er, »auch für das Trinken. Ich nehme an, daß ich bei Ihnen ein Glas Milch bekommen kann.«
»Fehler«, rief sie vom Herd her, »Riesenfehler! Wer Sie sagt, der kriegt hier gar nichts.«
»Verzeihung«, murmelte Ziemann.
Dann lauter: »Hast du ein Glas Milch für mich, Gitti?«
»Ich habe so selten Gäste«, sagte sie später beim Essen, »daß jeder Tag, an dem sich jemand hierher verirrt, ein Feiertag für mich ist.«
Sie legte die Hand mit der Gabel auf den Tisch und schüttelte schmunzelnd den Kopf.

»Du wirst es nicht glauben, wenn ich dir sage, daß ich nichts mehr hasse als das Alleinsein. Ich bin ein Gesellschaftsmensch!«

Ziemann zerkaute den letzten Bissen und schluckte ihn hinunter.

Es gab nur eine Frage, die an dieser Stelle kommen mußte. Er stellte sie nicht. Ein fragender Blick genügte.

»Warum ich dann hier bin?« Das Lächeln, die weißen Zähne, dunkle Augen.

»Die Alm gehört meinem Onkel, er ist ein reicher Bauer unten im Tal«, sie deutete mit dem Kopf auf die andere Seite des Berges, nicht nach Silberberg, dort gab es keine reichen Bauern.

»Ich bin Studentin. Geographie und Geschichte an der Grazer Uni. Fast fertig, nur die Diplomarbeit fehlt noch.«

Sie schaute ihn erwartungsvoll an.

Ziemann nickte.

»Alles klar«, sagte er, »hier hast du viel Zeit, niemand stört dich, hier kannst du arbeiten.«

Sie nickte zufrieden.

»Das ist ein Grund für mein Eremitendasein, der zweite ist ein finanzieller, mein Onkel bezahlt mich fürstlich dafür. Es gibt jedoch auch noch einen dritten. Das Thema der Diplomarbeit.«

Sie wartete wieder. Machte das Gespräch zu einem Gesellschaftsspiel. Rate, was ich denke!

Ziemann runzelte die Stirn, kniff die Augen zusammen.

»Die Einsamkeit der Sennerinnen und die daraus

resultierenden Auswirkungen auf das Wohlbefinden der Almkühe?«
Sie lachte laut auf. Ziemann lachte mit.
»Leider etwas ganz anderes«, sagte sie dann, »etwas, das mit der jüngeren Geschichte dieser Gegend zusammenhängt. Adolf Hitler und seine Helfershelfer haben sie zur Alpenfestung bestimmt, hierher wollten sie sich nach dem Zusammenbruch zurückziehen und neue Pläne schmieden. Mein Thema? ›Die Alpenfestung als Nucleus für ein Viertes Reich‹! Schaurig, nicht wahr?«
Ziemann war fassungslos. Er fühlte sich in einen Strudel hineingezogen, aus dem es kein Entrinnen gab. Es konnte kein Zufall sein, daß ihn die Vergangenheit seines Vaters bis hierher verfolgte. Es mußte sich um ein Spiel handeln, das ein grausamer Regisseur ersonnen hatte, um ihn zu quälen.
Er schaute die Frau an, ihr Gesicht, die Augen.
Gespenster, die einen verrückt machen wollen, sehen anders aus.
»Ein interessantes Thema«, sagte er.
»Es gibt leider nicht allzu viele Unterlagen«, sagte sie, »das meiste wurde vor dem Einmarsch der Alliierten vernichtet. Darunter vor allem jene Geheimdokumente aus dem Reichssicherheitshauptamt, die Ernst Kaltenbrunner, der Chef des SS-Sicherheitsdienstes, bereits Ende 1944 hierherbringen ließ. Zum Glück sind noch ein paar Menschen, die über Hitlers Pläne mit dieser Gegend Bescheid wußten, am Leben.«
Sie lächelte stolz.

»Ich hab mit den meisten von ihnen reden können, wenn sie nicht gewesen wären, hätte ich das Thema wahrscheinlich vergessen können.«
Ziemann ließ sie reden. Über ihre Arbeit. Sie hatte offenbar schon lange niemanden gehabt, der ihr zugehört hatte.
Vom Reichsgold sagte sie nichts, dafür erzählte sie ihm von einem anderen Schatz. Die zukünftigen Herren der Reichsfestung hatten bereits 1944 vorsorglich die größte Kunstsammlung aller Zeiten in den Stollen des Salzbergwerkes von Bad Aussee verstaut. Allein die Bestandsliste der aus vielen Ländern geraubten Kunstschätze umfaßte sechstausend eng beschriebene Seiten. Van Goghs waren dabei, Tizians, Michelangelos, Dürers oder Breughels. Als der damalige Gauleiter Eigruber mit ansehen mußte, wie die Alpenfestung praktisch kampflos fiel, erteilte er den Befehl, das Bergwerk in allerletzter Minute zu sprengen. Mutigen Bergarbeitern gelang es, dies zu verhindern. Die Kunstschätze wurden später ihren rechtmäßigen Besitzern zurückgegeben.
Die zwölf Tonnen blutigen Goldes, die sein Vater für seinen Führer in die Alpenfestung gebracht hatte, waren noch da! Ziemann hatte keine Zweifel mehr.
Am späten Nachmittag ließ ihn das Mädchen für eine Stunde allein in der Hütte zurück, weil es nach dem Kühen schauen und draußen die nötigen Arbeiten erledigen mußte. Ziemann hatte es vorgezogen, allein zu bleiben. Es gab einiges, das er in seinem Kopf ordnen mußte.
Sein Vater hatte den völkermordenden Wahnsinn bis

zuletzt für eine gerechte Sache gehalten und war sogar bereit gewesen, sein Leben einzusetzen, um ihm nach dem verlorenen Krieg zu einer glorreichen Wiederauferstehung zu verhelfen.
Er hatte seinen Vater nie bewußt gesehen, nie mit ihm geredet. Hatte er das Recht, ihn zu verurteilen, zu verachten?
Er war das einzige, das sein Vater an Fleisch und Blut zurückgelassen hatte. War er dadurch dazu verdammt, die Schuld, die der Vater auf sich geladen hatte, mitzutragen?
Er war der einzige, der wußte, wo ein unermeßlicher Schatz verborgen war. Geraubtes Gold, vielleicht sogar die eingeschmolzenen Zahnkronen Hunderttausender KZ-Opfer. Soviel Blut, so viele Tränen. Wie, verdammt noch mal, geht man mit diesem Wissen um?
Als das Mädchen zurückkam, brachte es einen Korb voller Eier mit und hielt ihn triumphierend in die Höhe.
»Was hältst du von Pfannkuchen?«
»Großartig«, sagte er, »ich liebe Pfannkuchen!«
Obwohl nie darüber geredet worden war, war es klar, daß er in der Hütte übernachten würde. Eigentlich hatten sie über ihn überhaupt noch nicht wirklich geredet.
Ziemann hatte plötzlich den Drang, ihr alles zu erzählen, und sie hörte ihm zu.
Als die Pfannkuchen gegessen waren, war es draußen Nacht geworden.
Ziemann lud alles ab, bis ins kleinste Detail. Sie saß

neben ihm und hielt seine Hand. Er hatte jemanden gefunden, der bereit war, die Last mit ihm zu teilen. Allein hätte er sie nicht mehr tragen können.
Sie war noch so jung, aber sie hatte die Kraft des Verstehens. Vielleicht war es auch nur die Geduld des Zuhörens.
Dann kam das Schweigen.
Das warme Licht der Petroleumlampe, dahinter die Dunkelheit.
Sie ließen die Hände reden, dann die Lippen. Das Verschmelzen der Körper löste das Denken auf. Da war nur noch Gefühl. Beide fanden die Geborgenheit, die sie so lange gesucht hatten. Wärme.
Vor dem Einschlafen drängte sich plötzlich das Bild des Alten in Ziemanns Kopf. Er lächelte, erstmals. Warum?

Irgend etwas war anders. Der Alte wußte nur, daß es mit dem Fremden zusammenhing und daß es etwas Angenehmes war.
Während des Rundgangs mußte er immer wieder an ihn denken. Er kam ihm wie ein Kind vor, das keine Ahnung von den wichtigen Dingen im Leben hatte. Der Alte war überzeugt davon, daß er keinen einzigen Speisepilz kannte, keine Ahnung von den einfachsten Wetterregeln hatte, ein Edelweiß von einem Enzian nicht unterscheiden konnte und ganz sicher nicht in der Lage war, eine Henne zu schlachten. Wahrscheinlich fürchtete er sich sogar vor den Zie-

gen. Der Fremde war so harmlos, daß es lächerlich gewesen wäre, ihm mit Mißtrauen und Ablehnung zu begegnen, wie er es bei allen anderen, die in seiner Welt auftauchten, tat. Der Fremde war kein Eindringling und damit auch keine Gefahr für sein Geheimnis.

Der Alte lächelte wieder.

Es interessierte ihn nicht, wer der andere war, woher er kam, wohin er wollte. Jetzt war er da, und der Alte hatte nichts dagegen. Im Gegenteil. Er hatte sich schon lange nicht so frei gefühlt, fast fröhlich.

Der Alte dachte ganz selten an die Zeit vor der Almhütte zurück, jetzt sah er sich als Kind mit der großen Holzeisenbahn, die sein Vater gebastelt und ihm zu Weihnachten geschenkt hatte. Sie war jahrelang sein Lieblingsspielzeug gewesen. Wenn er an den Fremden dachte, empfand er ein ähnliches Gefühl wie damals. Wenn er mit der Eisenbahn gespielt hatte.

Später, als er ins Waisenhaus gekommen war, hatte es die Eisenbahn nicht mehr gegeben.

Auch der Fremde würde ihn bald verlassen.

Alles war wie immer. Das Geröllfeld, der Pfad, der Berg.

Das Unbehagen kam erst, als er den Rucksack fand. Er lag an einer Stelle, an der er ihn nie vermutet hätte.

Er hatte den Fremden nie gefragt, wo er genau abgestürzt war, es hatte ihn nicht interessiert. Irgendwo am Berg, weiter oben, in der Wand. Oder am oberen Teil des Geröllfeldes, da wird es ver-

dammt steil, und man rutscht leicht weg und kollert dann über den Teppich aus spitzen Steinen. Das Wissen um die Absturzstelle hätte nichts verändert.
Der Rucksack lag jedoch dort, wo vor vielen Jahren ein anderer gelegen hatte. Kein roter, wie dieser, der andere war grün gewesen mit hellbraunen Lederriemen.
Der Alte musterte mit zusammengekniffenen Augen die moosüberwucherte Steinpyramide. Er bemerkte, daß im linken unteren Teil der kleine Baum fehlte und jetzt entwurzelt, aus der Wand gerissen, unweit des roten Rucksacks auf der Erde lag.
»Verdammter Idiot«, murmelte er, »warum gerade hier?«
Der Rucksack war oben offen, daneben lagen ein paar Sachen auf dem Boden. Eine leere Trinkflasche, ein aufgeklapptes Taschenmesser, die Fetzen eines weißen Bekleidungsstückes.
Der Alte trat näher, bückte sich, um in den Rucksack zu greifen. Er zog die Hand zurück und schüttelte den Kopf.
»Blödsinn«, knurrte er. Dann setzte er seinen Weg fort.

Als Ziemann erwachte, lag sie neben ihm. Er richtete sich auf und betrachtete ihr Gesicht. Im Schlaf sah sie aus wie ein Kind.
Sie war ein Kind. Erst vierundzwanzig. Sie hätte seine Tochter sein können.

Die anderen Frauen, mit denen er geschlafen hatte, waren oft auch nicht viel älter gewesen, damals war es ihm aber egal.
Sie war schön. Gitti. Wahrscheinlich Brigitte. Er fragte sich, was später von dieser Nacht übrigbleiben würde. Von diesem Morgen. Von diesem Gesicht. Von dieser unwirklichen Alpen-Kitschwelt, vom verrückten Alten, von dieser ganzen verrückten Geschichte.
Er sah sich mit Jakob in einer verrauchten Kneipe sitzen. Weibergeschichten. Sie hatten immer über Weibergeschichten geredet. Das war keine. Der vergangene Abend, die vergangene Nacht, jetzt, sie neben ihm, bald würde sie aufwachen. Das war keine Weibergeschichte. Das war mehr.
Es war ein unglaublicher Glücksfall. Und trotzdem. Was würde davon übrigbleiben? Später, wenn alles vorbei war?
Er sollte mit Jakob gar nicht darüber reden. Es für sich behalten. Es wie einen Schatz hüten.
Schatz, verdammter Schatz. Vergiß ihn. Nimm die Frau und fang mit ihr ein normales Leben an. Irgendwo. Wenn es sein muß, sogar dort, wo sie studiert. Graz. Wär ja mal was anderes.
Ziemann wußte genau, daß er sich selbst belog. Das Wissen um das Gold im Berg hockte in ihm wie ein Krebsgeschwür. Erstmals formulierte er jetzt das, was bisher nur eine Empfindung gewesen war, zu einem klaren Gedanken: »Du mußt das, was dein Vater begonnen hat, zu Ende führen!« Man könnte Krankenhäuser bauen, den armen Menschen hel-

fen … Wahrscheinlich sollte man den ganzen Berg in die Luft jagen, das Gold für immer vernichten. Die Gespenster von damals endgültig loswerden. Ein Ende. Es mußte endlich ein Ende geben.
Sie schlug die Augen auf, ihr Blick fand ihn sofort.
»Guten Morgen«, lächelte sie.
Er beugte sich über ihr Gesicht und küßte sie.
Ihre Arme waren unter der Bettdecke gefangen, es dauerte eine Sekunde lang, bis sie frei waren, dann schlangen sie sich um seine Schultern und drückten die beiden Körper fest aneinander. Ihre Haut war warm und weich, ihre Zunge hatte den Geschmack der vergangenen Nacht.
Eine Almhütte, eine Sennerin, dachte er, Wahnsinn!
Erstmals seit Tagen roch er wieder den Duft frischen Kaffees. Wirklichen Frühstücksduft, keine dampfenden Kräuter mit Heilwirkung.
Der Alte. Ziemann schmunzelte. Der Alte hatte ihm das Leben zurückgegeben. Das würde er ihm nie vergessen. Doch für den Augenblick waren er und seine düstere Hütte weit weg.
Musik, zu laut, sie lachte.
»Was hörst du gerne?« fragte sie.
Er zuckte die Schultern.
»Alles«, sagte er.
»Auch das?«
Es war laut und rockig, eine Frauenstimme, die er noch nie gehört hatte.
»Auch das«, sagte er.
Der Kaffee war heiß, er hätte sich beim ersten

Schluck beinahe die Zunge verbrannt. Sie hatte es beobachtet und wieder gelacht. Sie lachte so oft.
Es war ein natürliches Lachen, ein glückliches Lachen.
Es gab Knäckebrot und Butter und Erdbeermarmelade.
Ziemann fühlte sich wohl. Er konnte sich nicht erinnern, sich jemals so wohl gefühlt zu haben. Es hatte etwas mit Geborgenheit zu tun, mit Sicherheit, mit Wärme. Mit ihr.
»Brigitte, nehme ich an«, sagte er, während er geräuschvoll am Knäckebrot kaute.
»Bingo«, sagte sie, »Brigitte Salzner, wenn du es ganz genau wissen willst.«
Sie wußte alles über ihn, für ihre eigene Geschichte war in der Nacht kein Platz mehr gewesen.
»Was wirst du jetzt tun?« fragte sie nach einer Weile.
»Hierbleiben«, lächelte er, »für immer!«
Es war ein schöner Gedanke, sie genossen ihn stumm und blickten einander dabei in die Augen.
»Dann geh hinüber zu deinem verrückten Alten, pack deine Sachen zusammen, und komm so rasch wie möglich zu mir zurück«, sagte sie.
Er nickte langsam.
»Es wird ein paar Tage dauern. Ich kann nicht hingehen und dann einfach so abhauen. Er würde es nicht wollen.«
»Nicht wollen?« fragte sie erstaunt.
Ziemann wußte nicht, wie er es ihr erklären konnte, er konnte es sich selbst nicht erklären, es war nur ein Gefühl, und doch war es so. Dankbarkeit? Ja, Dank-

barkeit war auch dabei. Aber da war etwas anderes, Stärkeres, das ihn zum Alten zurückzog.
»Er hat mir das Leben gerettet«, sagte er leise.
Sie schüttelte den Kopf.
»Das hast du selbst getan, er hat dich aufgenommen, gepflegt, was an ein Wunder grenzt, wenn man, wie jeder in dieser Gegend, weiß, wie der Alte ansonsten mit Menschen umgeht. Er hat dir geholfen, das ist alles.«
»Ich will ihn nur nicht verletzen, es ihm langsam beibringen, das ist schwierig bei seiner Art. Du kennst ihn nicht, wahrscheinlich kennt ihn keiner hier. Sie kennen nur das Grobe, das Tierische. Er lebt in einer anderen Welt, und ich glaube, daß er für mich die Tür dorthin einen Spaltbreit aufgemacht hat. Ich will noch mehr davon sehen, bevor ich gehe, verstehst du? Ich will mehr über seine Kräuter erfahren, sein Wissen. Das Seltsame, das Fremde, das so irdisch ist, daß es für Menschen, die so zivilisiert sind wie wir, beinahe außerirdisch erscheint.«
Sie glaubte zu verstehen, was er meinte, und nickte lächelnd.
»Er ist ein Zauberer«, sagte sie dann, »und er hat dich verzaubert!«
Ziemann stand auf und ging zu ihr. Er stellte sich hinter den Stuhl, auf dem sie saß, und umarmte sie.
»Wenn hier jemand zaubern kann, dann bist du es«, murmelte er und küßte sie auf die Stirn.
Sie schmiegte sich an ihn, er roch ihr Haar, ihre Haut.
»Drei Tage«, sagte er, »gib mir drei Tage!«
Sie griff nach seinen Händen und hielt sie fest.

»Ich weiß nicht, ob ich es so lange aushalte, vielleicht komm ich mal rüber, morgen, übermorgen, auf Besuch. Wenn der Alte dort drüben wirklich so ein Wundermensch ist, dann sollte ich ihn vielleicht kennenlernen.«
Es war als Scherz gedacht, doch Ziemann lachte nicht.
»Er würde es nicht wollen«, sagte er ernst.

Auf dem Rückweg sah der Alte eine Gruppe von Wanderern, die weit unten auf dem Weg, der später an der Sennhütte vorbeiführte, dahinzog. Bunte Punkte, die sich langsam bewegten. Er machte sich nicht die Mühe, sie zu zählen. Von ihrem Standort aus konnten sie seine Hütte sehen, um zu ihr zu gelangen, hätten sie jedoch den Weg schon früher verlassen und den steilen Hang hochstapfen müssen.
»Gut so«, knurrte der Alte.
Später fand er einen faustgroßen Stein, der die Form eines Vogels hatte. Nur die Beine fehlten. Er wischte während des Gehens die Erde weg, säuberte den Vogelstein mit etwas Spucke und polierte ihn mit den Händen, bis er glatt und glänzend war und man die Maserung des Gesteins sehen konnte.
Während des Polierens bemerkte er, wie das Gefühl, das er schon länger gespürt, aber nie richtig deuten hatte können, stärker wurde. Anfangs war es nur eine leise Unruhe gewesen, die seine Gelassenheit kaum zu stören vermocht hatte und leicht zu ver-

drängen gewesen war. Jetzt war es etwas, was ihn zur Vorsicht mahnte, ihm zu sagen versuchte, daß er wachsam sein sollte.
Vielleicht war es nur das zunehmende Alter, das langsame Erlöschen des Lebens. Er spürte die Jahre bei jedem Schritt, von Tag zu Tag mehr. Noch konnte er seine Aufgabe erfüllen. Wie lange noch?
Es dämmerte bereits, als er bei der Hütte ankam. Der Fremde war nicht da. Hatte sich doch entschlossen, in der Sennhütte zu übernachten.
Der Alte erledigte seine Arbeiten, dann schob er erstmals seit Tagen wieder das Bett zur Seite und öffnete die geheime Falltüre. Er sah mit Genugtuung, daß sich nichts verändert hatte. Alles lag da wie immer. Schlummerte. Wartete auf den Tag, an dem es zum letzten Mal gebraucht wurde. Wie er.

Ziemann ließ sich Zeit, versuchte während des Gehens, etwas Ordnung in seinen Schädel zu bringen. Über allem war das große Gefühl, das so plötzlich in sein Leben geschleudert worden war und sein Inneres beinahe zur Gänze ausfüllte. Vor nicht einmal vierundzwanzig Stunden hatte er noch nichts von ihr gewußt, jetzt drängte jeder Gedanke zu ihr hin. Es war Liebe, selbstverständlich war es Liebe.
Sie war jung, halb so alt wie er. Was liebte sie an ihm? Das zerschlagene Gesicht? Die gescheiterte Karriere? Wahrscheinlich gab es auch bessere Liebhaber als ihn.

Vielleicht hatte sie ihn doch nur gebraucht, um die wachsenden Qualen ihrer Einsamkeit zu vertreiben. Und er? Ganz ehrlich, Ziemann. Ist es nicht doch die Eitelkeit, schmeichelte es ihm, dem älteren Herrn, nicht doch, daß sich ein junges, hübsches Ding scheinbar in ihn verliebt hatte?
Nein, es war Liebe. Er wollte, daß es Liebe war.
Durch sie und mit ihr hatte er endlich ein Ziel gefunden, etwas, an das er sich ganz fest klammern konnte. Etwas, was mit angenehmen Träumen verbunden war. Vielleicht sogar mit einer angenehmen Zukunft.
Da war aber noch die Gegenwart. Und vor allem die Vergangenheit.
Die Entscheidung, wie er mit dem Wissen um das Geheimnis seines Vaters umgehen sollte, konnte ihm niemand abnehmen.
Es ging um zwölf Tonnen Gold.
Ziemann hatte keine Ahnung, wie viele Mark mit wie vielen Nullen es wert war.
Der Betrag war in jedem Fall unermeßlich, jenseits seiner Vorstellungskraft.
Wem gehörte das Gold?
Den Herren, denen sein Vater so ergeben gedient hatte, hatte es nie gehört. Davon war er überzeugt. Sie hatten es geraubt, Blut dafür vergossen. Wessen Blut? Gab es die wahren Besitzer noch, wenigstens einige davon?
Bei Bekanntwerden des Fundes würden wahrscheinlich Tausende Menschen, Angehörige der Opfer, Spekulanten, Betrüger aufschreien und Ansprüche

anmelden. Und er, der Finder? Wie groß würde sein Anteil sein?
»Scheiße«, brüllte Ziemann, »ich brauche nichts davon, ich will nichts!«
Während der vergangenen Tage hatte er sich mehrmals bei Überlegungen ertappt, was er mit unermeßlichem Reichtum anfangen würde. Nun blieb er stehen und setzte sich ins Gras.
Hinter den Baumwipfeln, weit, weit unter ihm lag das Dorf. Silberberg. Der alte Jörgl und die anderen hatten keine Ahnung, was der Berg, den sie täglich sahen, verbarg. Er drehte sich nach links und sah die Silberspitze. Den mächtigen Felskeil, der sich in den Himmel bohrte. Den Tresor.
Plötzlich wurde ihm klar, daß er stets nur an den Schatz gedacht hatte. Das Wissen um seine Existenz hatte die Möglichkeit der Bergung mit eingeschlossen. Er hatte nie wirklich bedacht, daß das Gold ja von Tausenden Tonnen von Fels beschützt wurde. Er hatte sich nie wirklich überlegt, wie und ob sie überhaupt beiseite geschafft werden könnten. Und die Möglichkeit, daß dies überhaupt unmöglich sein könnte, hatte er bisher völlig außer acht gelassen.
Ziemann lachte laut auf.
Sein Vater hatte ganze Arbeit geleistet.
Es würde eine Armee von Geologen, Bergwerksexperten, Maschinen und Unsummen Geldes erfordern, um diesen Tresor zu knacken.
Diese so simple Erkenntnis ließ für ihn nur noch zwei Möglichkeiten offen: Das Geheimnis für sich

zu behalten und für immer zu schweigen, oder die Verantwortlichen des Staates Österreich darüber zu informieren und ihnen alles Weitere zu überlassen.
Ziemann war zufrieden. Zum Teufel mit der Erbschuld. Was sein Vater getan hatte, ging ihn nichts mehr an. War in einem Berg begraben. Für immer.

Mittag war lange vorbei, und der Fremde war noch immer nicht zurückgekehrt.
Der Alte sah die Eisenbahn und das Wohnzimmer und Gesichter, die er nicht sehen wollte. Den Vater und die Mutter. Seltsam, daß in der Erinnerung des Alten immer wieder die Holzeisenbahn auftauchte, wenn er an den Fremden dachte.
Er wollte sie wegstarren, einfach ins Leere glotzen, aber diesmal ging es nicht.
Die Eisenbahn und die Eltern. Das Wohnzimmer.
Sie waren immer gemeinsam in die Fabrik gefahren und nach der Arbeit gemeinsam zurückgekommen. Er hatte bei der Großmutter gelebt, bis diese gestorben war, dann hatten sie ihn zu sich in die Wohnung nehmen müssen. Nach der Schule war er immer allein dortgewesen. Hatte meistens mit der Eisenbahn gespielt. Die Brote gegessen, die die Mutter für ihn zurückgelassen hatte. Oder weichgekochte Kartoffeln. Manchmal mit Butter.
Der Alte ballte die Finger der Rechten zur Faust und schlug sich damit auf die Stirn. Er wollte es nicht

sehen, es in das Vergessen zurücktrommeln, dort war es so lange gewesen, warum mußte es jetzt wieder auftauchen?

Die Holzeisenbahn.

Es war ein Bahnunglück gewesen, das sie getötet hatte. Er hatte so lange im düsteren Wohnzimmer gewartet, und sie waren nicht gekommen.

Wo blieb der Fremde?

Warten, Warten, verdammtes Warten.

Er ging hinaus und setzte sich auf die Bank vor der Hütte.

Er roch das Land und schaute den Ziegen zu.

Die Ruhe kam langsam zurück, und als er den Fremden sah, winzigklein am Ende der Almwiese, hatte er die Eisenbahn vergessen.

Der Fremde winkte ihm zu, aber er winkte nicht zurück.

Der Alte war zufrieden. Alles war wieder so, wie es sein sollte.

Später, beim Essen, begann der Jüngere zu reden, vorsichtig zuerst, dann immer lauter, immer mehr Worte.

Der Alte ließ es geschehen, er hörte sogar zu, spürte keinen Ärger.

Er habe beim Gehen kaum Schmerzen gehabt, sagte der Fremde, dann erzählte er ihm von der Sennhütte und dem Mädchen, das der Alte bereits kannte. Dem jungen Ding mit der quälenden Musik.

»Ich glaube«, sagte der Fremde, »ich habe mich verliebt. Studentin, blitzgescheit und ziemlich hübsch dazu.«

Der Alte schüttelte den Kopf, die Finger ballten sich zu Fäusten.
»Wertlos«, knurrte er, »solche wie die dort drüben sind wertlos!«
Der Fremde sagte nichts, lächelte nur.
Sie aßen und redeten nicht mehr.

Am nächsten Morgen, als er noch im Bett des Alten lag, versuchte Ziemann, die Zeit zu ordnen. Und sich in die seltsame Psyche des Alten zu grübeln.
Irgendwann, innerhalb der nächsten drei Tage, mußte er dem Alten sagen, daß er ihn verlassen würde. Er hatte keine Ahnung, wie dieser darauf reagieren würde, er fühlte nur, daß der Alte den Zeitpunkt selbst bestimmen wollte.
Logische Erklärungen und Gesetze, nach denen Ziemann handeln sollte, gab es hier nicht. Weil es kaum Worte gab. Nur Deutungen.
Ein seltsamer Zustand, der Ziemann faszinierte, zugleich aber Bedenken und Ängste schuf.
Ziemann spürte, nein, wußte, daß er irgend etwas für ihn nicht Begreifbares in diesem wirren Hirn bewegt hatte, das den sonderbaren Menschenverachter auf mysteriöse Art berührte. Ziemann hätte sich geschmeichelt fühlen können, wenn diese Erkenntnis nicht mit einer enormen Belastung verbunden gewesen wäre – er hatte keine Ahnung, wie er damit umgehen sollte.
Es war unmöglich, im Gesicht des Alten zu lesen,

weil er es fast immer als erstarrte Maske trug, dasselbe galt für die Augen, die meistens ins Leere zu starren schienen. Gestik gab es keine, weil er seinen Körper nur bewegte, wenn dieser als Werkzeug eingesetzt wurde.

Vielleicht war der Alte doch ein Zauberer.

Er hatte Macht, hier oben in seiner Welt war er ein Herrscher. Und jetzt hatte er noch einen menschlichen Untertan.

Blödsinn, dachte Ziemann. Ich werde ihm heute klar und deutlich mitteilen, daß ich mich in drei Tagen verabschieden werde. Bis dahin bleibe ich ihm erhalten. Wir können das alte Spiel spielen. Uns anschweigen, uns anstarren. Ich muß nur noch meinen Rucksack holen.

Das verwahrloste Plateau, die verrosteten Eisentrümmer, die Geröllpyramide vor der Schatzhöhle.

Eigentlich wollte er nicht mehr zurück. Der Rucksack. In der Außentasche steckten seine Papiere. Die Identität.

Ob der Alte wohl auch einen Reisepaß hatte?

Ziemann grinste. Ein Witz. Den er nie würde weitererzählen können. Weil er nur gut war, wenn man den Alten kannte.

Schluß jetzt. Der Zeitplan.

Heute noch hier, morgen Rucksack, übermorgen hier, letzter Tag, dann Abmarsch zu Gitti. Er suchte in der Erinnerung ihre Beine, fand sie, ließ sie nackt über den Almboden gehen, geradewegs hierher, zur Hütte des Alten.

Was hatte er gesagt?
»Wertlos«, ja, das war das Wort gewesen.
Sein Wort. Das Gesetz. Sein Gesetz. Festgemauert und unzerstörbar.
Ziemann hatte nichts geantwortet. Was hätte er auch sagen sollen. Zu einem wie dem Alten.
Er lächelte und schüttelte den Kopf. Der lag noch auf dem harten Kissen des Alten.
»Komm nicht«, murmelte er, »wäre keine gute Idee.«
Er hörte das Öffnen der Tür, hölzernes Knarren, dann sah er den Alten, er roch ihn auch, als er näher trat. Es war kein unangenehmer Geruch, hatte nichts mit Dreck oder Schweiß zu tun, eher mit Gras und mit Erde, vielleicht auch mit den Ziegen. Ziemann wußte nicht, wie Ziegen rochen. Er hatte nur ihren Käse gegessen, und der hatte köstlich geschmeckt.
»Aufstehen«, befahl der Alte.
Es war das erste Mal, daß er Ziemann so anredete.
Ziemann antwortete mit einem genüßlichen Stöhnen und setzte sich hoch.
»Guten Morgen!«
Zu laut, sicher zu fröhlich.
Der Alte ließ es stumm über sich ergehen. Er stand neben dem Tisch und starrte, wie immer.
»Kannst Tee machen«, sagte der Alte schließlich und deutete auf den Herd und den leeren Topf, der darauf stand.
Ziemann runzelte erstaunt die Stirn und zog sich an. Dann nahm er den Topf, ging zum Brunnen und füllte ihn mit Wasser.

Er überlegte, wie er den Auftrag des Alten deuten sollte. Es war das erste Mal, daß ihn dieser in die Hausarbeit einbezog. War es etwas Großes, eine Ehre, ein Vertrauensbeweis, oder forderte der Alte von ihm nur eine Leistung, das Abarbeiten der Quartierkosten?
Er hatte den Alten zwar beobachtet, wenn dieser das Frühstücksgebräu zubereitet hatte, wußte deshalb auch, wo sich der Topf mit den Trockenkräutern befand, die Menge, die er in das kochende Wasser schütten sollte, kannte er nicht.
Der Alte hatte sich auf einen Stuhl gesetzt. Er hockte bewegungslos da und beobachtete, was der andere tat. Ziemann kam sich vor wie ein Schüler, der vor den Augen des gestrengen Oberstudienrats zur entscheidenden Prüfung antritt.
Er schüttete ein Häufchen des dürren, beinahe zu Staub zerriebenen Krauts auf eine Handfläche, fand, daß es zu wenig war und machte den Haufen etwas größer. Er hatte dem Alten dabei den Rücken zugedreht, spürte aber dessen Blick. Ziemann hätte es sich einfach machen können. Er hätte sich umdrehen, dem Alten die Hand entgegenstrecken und naiv-unschuldig fragen können, ob dies so richtig sei.
Es wäre der falsche Weg gewesen. Keine Logik, nur Ahnung, nur Gefühl. Ziemann wußte es.
Der Alte hatte offenbar begonnen, ihn in den simplen Teil der Geheimnisse, die seine Welt beherrschten, einzuführen.

Die Anwesenheit des Fremden war mit seltsamen Spielen im Kopf des Alten verbunden.
Die quälenden Gedanken, die ihm am Anfang hier, in der neuen Welt, so viele Schmerzen, so viele schlaflose Nächte, soviel Ratlosigkeit und soviel Haß beschert hatten, konnte er noch immer verdrängen. Der Riegel, der sie fernhielt, dessen Existenz und Wirkung er sich im Laufe der Jahre so hart erarbeitet hatte, funktionierte auch jetzt noch. Er konnte den Horror verdrängen, die Alpträume, das Blut, die Schüsse. Den Geruch des verbrannten Schießpulvers. Es waren andere Gedanken, die immer stärker durchsickerten. Bilder aus der Kindheit. Die Großmutter. Sie war die dickste Person gewesen, die er je gesehen hatte. Vor dem Herd, die dampfenden Töpfe. Er roch sogar die Gerichte, die sie für ihn gekocht hatte. Nur für ihn. Er war acht gewesen oder neun. Es war das beste Essen der Welt gewesen. Er hatte nie mehr so gut gegessen. Dann das Waisenhaus. Und später die Wehrmacht.
Dieser Mensch da vorne am Herd. Er hatte ihn nicht gewollt, er hatte ihn geschenkt bekommen. Arg beschädigt, fast tot. Als der Fremde nur ein Körper war, aufgeschlitzt, stumm, wehrlos, voller Blut, nachts, da hätte er ihn verrecken lassen können. Jetzt war er froh, daß er es nicht getan hatte. Nur ein Gefühl. Kein Mitleid. Der Menschheit schuldete er nichts. Gar nichts. Und er wollte auch nichts von ihr. Dankbarkeit schon gar nicht.
Der Fremde stellte zwei dampfende Becher auf den Tisch.

Ziemann war gespannt, wie der Alte reagieren würde, wenn er von seinem Tee getrunken hatte. Er versuchte, selbst einen Schluck zu nehmen, aber die Brühe war noch so heiß, daß er den Mund zurückzog und in den Dampf hineinblies.
Der Alte trank noch nicht.
Er hatte die Ellbogen auf den Tisch gestützt, die großen Hände ragten über die Tischplatte in seine Richtung. Sie bewegten sich nicht, sie lagen einfach da. Die dicken, gelben Fingernägel, die rissige Lederhaut.
Ziemann hatte sich an das Schweigen mit dem Alten gewöhnt. Es beunruhigte ihn nicht mehr, erzeugte keine Beklemmung.
Der Alte griff noch immer nicht nach dem Becher, ließ ihn weiterdampfen.
Dann redete er.
»Du willst weg«, sagte er langsam, die Augen starrten in Ziemanns Gesicht.
»Warum? Wegen der Sennerin?«
Ziemann schüttelte den Kopf.
»Weil es Zeit ist«, sagte er, »ich bin gesund, es geht mir gut. Weil du mir geholfen hast, geht es mir gut.«
Er lächelte dankbar.
Die Finger, die vor ihm auf dem Tisch lagen, ballten sich zu Fäusten.
Falsch, dachte Ziemann, du hast etwas Falsches gesagt.
Der Alte sagte nichts, starrte ihn nur an, dann lösten sich die Fäuste langsam auf, wurden wieder zu Fingern.

»Mußt nicht gehen«, murmelte der Alte. Ziemann verstand ihn kaum.
Dann etwas lauter: »Kannst im Haus mithelfen, auch mit den Ziegen. Kannst auf sie aufpassen, wenn ich hinunter muß ins Dorf. In ein paar Tagen. Hab schon genug Tee und genug Käse. Wird Zeit.«
Ziemann wußte, daß es ein ungeheures Angebot war. Vor ihm hatte er es garantiert noch keinem gemacht, es war fast wie ein Heiratsantrag.
Ziemann war gerührt, hätte am liebsten nach den Fingern am Tisch gegriffen und sie gedrückt. Wäre nicht gut gewesen.
Er suchte die Augen des Alten, sie waren auf ihn gerichtet. Als die Blicke aufeinandertrafen, senkte der Alte die Lider. Zum ersten Mal. So, als ob er verlegen wäre, fast schuldbewußt.
»Koste erst einmal von meinem Tee«, lenkte Ziemann ab. Er grinste.
»Vielleicht ist er so schlecht, daß du dir dein Angebot wieder überlegst.«
Der Alte nickte, griff gehorsam nach dem Becher und setzte ihn an die Lippen.
Er dampfte noch immer, war noch genauso heiß.
Der Adamsapfel im runzeligen Hals zuckte, er trank, bis der Becher halb leer war. Dann nahm er ihn langsam vom Mund und stellte ihn auf den Tisch.
»Gut«, sagte er nur und nickte wieder.
»Morgen«, sagte Ziemann, »morgen werde ich meinen Rucksack holen.«
Der Alte starrte ihn jetzt wieder an. Das Signal zum Schweigen. Ziemann redete trotzdem weiter.

»Übermorgen«, fuhr Ziemann fort, »kannst du ins Dorf gehen. Ich werde auf die Ziegen achtgeben. Wenn du mir vorher zeigst, was zu tun ist.«

»Sie wartet auf dich!«

Barsch, eine Feststellung, ein Befehl. Keine Widerrede.

Wieder ein erstes Mal. Wenn der Alte zuvor in einem Gespräch weggestarrt hatte, hatte es nie eine Fortsetzung gegeben. Nur Schweigen.

»Ja«, sagte Ziemann, »sie wartet auf mich. Ich werde zu ihr gehen, eine Weile bleiben. Ein paar Tage vielleicht. Du kannst uns ja drüben besuchen.«

Die Finger auf dem Tisch wurden wieder zu Fäusten.

Ziemann war froh, daß er es gesagt hatte. Irgendwann, wenn nicht heute, dann morgen, hätte er es sagen müssen.

Die Fäuste blieben Fäuste.

Sie bewegten sich, glitten über die Tischplatte bis zur Kante, die Arme stemmten den Körper hoch, der Alte stand auf.

»Die Ziegen«, sagte der Alte, »ich gehe jetzt. Du solltest mitkommen.«

Der Tee war noch immer heiß, Ziemann schaffte es trotzdem, den Becher auszutrinken. Er zog sich an. Die alten vergammelten Kleider. War Zeit, daß er den Rucksack holte.

Der Alte wartete vor der Hütte. Wieder ein wolkenloser Tag, kaum Wind. Sie gingen zum Ziegenstall, der Alte vorn, Ziemann ein paar Schritte dahinter. Der Bauer und sein Knecht.

Der Tragkorb lehnte neben dem Eingang an der Wand, die Sichel lag schon drinnen. Ziemann wartete nicht darauf, bis der Alte es sagte, er ging geradewegs zum Korb, hob ihn auf und schulterte ihn.
Die Stalltüre stand offen, aber die Viecher hatten sich noch nicht herausbequemt. Den Geruch hätte Ziemann früher wohl als ekelig empfunden, jetzt war es kein Gestank mehr, nur ein Geruch der hierher gehörte. Wie der Geruch des Rauchs, wenn man Holz entzündet. Der Alte roch nach beidem.
Sie gingen über die Wiese bis zum Wald. Der Alte schien es eilig zu haben, machte große Schritte, Ziemann hatte Mühe, ihm zu folgen.
Als sie am Ende des Waldes angelangt waren, atmete er schwer. Er schwitzte, der Schweiß war durch die Nähte in die Wunde auf seinem Kopf gedrungen, jetzt brannte sie wieder.
Zum Glück blieb der Alte stehen. Ziemann lehnte sich ächzend gegen einen Baum und betupfte die Wunde mit seinem dreckigen Stofftaschentuch.
Natürlich tat ihm auch das Bein weh. Und der Brustkorb. Eigentlich tat ihm alles weh. Der Körper, die Arme, die Beine, der Kopf.
Als sich der Alte umdrehte, ihn anstarrte, zwang er sich zu einem Grinsen und streckte ihm die Faust mit dem ausgestreckten Daumen entgegen.
»Alles okay«, schnaufte er.
Der Alte ging weiter, und es dauerte nicht mehr lange, bis sie eine Stelle erreichten, an der üppiges Grün wuchs. Ein kleines Rinnsal, kein Bach, nicht einmal ein Bächlein, nur Wasser, das über das Grün-

zeug murmelte, so sanft und so schwach, daß es sich nicht einmal ein Bett gegraben hatte.
Der Alte bückte sich, zupfte ein Blatt aus und hielt es Ziemann entgegen.
»Frauenmantel«, sagte er, »stärkt die Muskeln, stoppt Blutungen. Vor allem bei den Weibern.«
Ziemann setze den Korb ab und griff nach dem Blättchen. Es war rund mit ausgefransten Enden. Wie ein Stern, den ein unbeholfenes Kind aus Papier ausgeschnitten hat.
Nur ein Blatt, scheinbar nutzloses Grünzeug. Ziemann betrachtete es beinahe ehrfürchtig. Er rieb es mit den Fingern und roch daran. Bitter, nicht angenehm.
Er suchte den Alten, um ihm das Blatt zurückzugeben, wegwerfen wollte er es nicht, dafür war es zu kostbar geworden.
Der Alte hatte sich von ihm entfernt, war über das Rinnsal gestiegen und stand breitbeinig in der Wiese, nach vorn gebeugt, die Hände auf die Oberschenkel gestützt. Lauernd, wie ein Jäger auf der Pirsch. Plötzlich tat er einen Schritt, bückte sich rasch, rupfte etwas aus dem Boden und kam mit einem langen Stengel, der oben in fächerförmigen Blüten und an den Seiten in länglichen Blättern endete, zurück.
»Bauchwehkraut«, sagte der Alte, »sie sagen auch Schafgarbe dazu. Wächst hier oben nur ganz selten.«
Ziemann nahm es mit derselben Ehrfurcht, mit der er zuvor nach dem Blatt gegriffen hatte, in seine Hände.

»Gegen Magenschmerzen, Probleme beim Scheißen«, stellte der Alte fest.
Damit war die Lehrstunde aber auch schon zu Ende. Der Alte deutete auf eine Stelle, an der das Grünzeug besonders üppig wucherte, und wies ihn brüsk an, mit der Sichel ans Werk zu gehen und den Korb zu füllen.
Von nun an gab es nur noch Schweigen und ein paar mürrische Gesten. Ziemann dachte, daß es der Alte bereute, soviel verraten zu haben, und daß er ihn nun dafür bestrafen wollte.
Er hatte sich jedoch geirrt, denn später, als sie gegessen hatten und am Tisch saßen, begann der Alte erneut zu reden.
»Dein Rucksack«, begann er, »wo hast du ihn gelassen?«
Es war das erste Mal, daß der Alte eine gezielte Frage stellte. Ziemann wußte nicht, ob er damit aufgefordert war, die Geschichte seines Absturzes zu erzählen. Er begnügte sich vorerst mit einer knappen Antwort.
»Dort drüben«, sagte er und deutete mit dem Kopf in Richtung Berg, »irgendwo, neben einer Wand. Ich muß wohl erst danach suchen.«

Der Umstand, daß er den Rucksack des Fremden an eben jener Stelle gefunden hatte, war als Zweifel immer wieder in sein Hirn zurückgekehrt. Der Alte haßte Fragen, weil die meisten Antworten aus Menschenmund doch nur Lügen waren.

Der Ort hatte jedoch etwas mit seiner Aufgabe zu tun, dem Auftrag, für den er lebte.
Er sah wieder den alten grünen Rucksack, der vor so vielen Jahren an derselben Stelle gelegen hatte. Zufall, wahrscheinlich war es nur ein seltsamer Zufall. Der Mensch, der ihm gegenübersaß, war harmlos, hilflos. Es war klar, daß einer wie er abstürzen mußte, wenn er sich zu nahe an die Berge heranwagte.
Fragerei, blöde Fragerei. Doch irgend etwas war da, was ihn drängte, das die Worte in seinen Mund legte. Keine Neugier, nur Pflichtbewußtsein. Das Erfüllen seines Auftrages.
Der Rucksack war es, der die Fragen aufgeworfen hatte. Wäre er woanders gelegen, dann hätte es nichts zu klären gegeben. Keine Fragen, keine Antworten.
»Wenn du gehst«, sagte er, »wohin wirst du dann gehen?«
Der andere blickte erstaunt hoch, lächelte.
»Zurück in die Stadt«, antwortete der Fremde und fügte nach kurzem Zögern hinzu: »Nach Köln!«
Der Name der Stadt traf den Alten wie ein Schlag. Köln. Die Stadt des Verräters.
Er sah den grünen Rucksack, den Körper, der danebenlag. Regungslos. Das Blut.
Das Gesicht des Alten blieb starr. Dahinter wuchs das Mißtrauen.
»Wer bist du?« fragte er den anderen.
Der Fremde schüttelte den Kopf. Fassungslos. Die plötzliche Wandlung seines Gegenübers verwirrte

ihn sichtlich. Dann zuckte er die Schultern und kratzte sich am Kopf.
»Warum?« fragte er.
Der Alte runzelte die Stirn, machte den aufkeimenden Ärger sichtbar.
»Weil ich es wissen will«, knurrte er.
Der Fremde holte tief Luft und stieß den Atem dann fauchend aus, so, als wolle er sein Inneres für irgend etwas frei machen.
»Ich hab's dir ja sagen wollen, irgendwann, am Anfang. Weil man sich ja vorstellt, als höflicher Mensch, wenn man von einem anderen gastlich aufgenommen wird. Du wolltest nichts wissen. Deshalb das Warum‹.«
»Schwätzer«, unterbrach ihn der Alte, »ich hasse Schwätzer!«
»Ich weiß«, sagte der andere und räusperte sich. Er legte beide Arme vor sich auf die Tischplatte und nahm eine stramme Haltung ein.
»Also: Ich heiße Wolf Ziemann, geboren am 8. September 1951 in Köln, Gynäkologe, zur Zeit vom Dienst suspendiert, ledig, unabhängig. Die Mutter lebt in Köln, der Vater ist im Jahre 1953 bei einem Unfall ums Leben gekommen. Ich besitze eine Wohnung, ein vier Jahre altes Auto, das Ersparte ist großteils in Aktien angelegt. Wenn man bei mir von einem Hobby reden kann, dann ist es wahrscheinlich das Reisen, die Neugier auf andere Länder, andere Kulturen. Zur Zeit befinde ich mich in der Steiermark im Urlaub.«
Er hatte die Worte heruntergerattert, begleitet von einem amüsierten Grinsen. Jetzt hob er beide Hände in einer fragenden Geste.

»Reicht das? Viel mehr gibt es nicht. Ich war wohl immer eine langweilige Kreatur.«

Der Alte hatte es geahnt, schon bevor er den Namen gehört hatte. In seinem Inneren hatte es zu brodeln begonnen, immer stärker, wie bei einem anschwellenden Sturm.

»Obergefreiter Hans Bloch!«

»Hier!«

»Sie wissen, was zu tun ist!«

»Jawohl!«

Der Auftrag. Er hatte gewußt, daß noch eine Prüfung auf ihn wartete. Die letzte. Der letzte Befehl. Er würde ihn ausführen. Gewissenhaft, wie immer.

Der Fremde war der Sohn des Mörders!

Der Alte hatte das Gesicht nie vergessen. Jetzt, wo er es wußte, sah er auch die Ähnlichkeit zwischen Vater und Sohn. Dasselbe Kinn, die Nase, die Augen. Das Haar war anders, dadurch hatte er sich wahrscheinlich täuschen lassen. Der Jüngere war kleiner, nicht so robust. Das Männliche, das der Vater stets so bewußt hervorgekehrt, damit geprotzt hatte, fehlte dem Sohn völlig. Dem Alten war klar, daß der Fremde das Geheimnis kannte, aber warum kam er erst jetzt hierher? Unwichtig! Es gab keine Fragen mehr. Er war da, und der Alte wußte, was zu tun war.

Zuvor hatte sich Ziemann noch geschmeichelt gefühlt, die Aufforderung des Alten, aus seinem Leben zu erzählen, als endgültigen Beweis des Vertrauens, vielleicht sogar als Besiegelung einer seltsamen Art von Freundschaft gedeutet, jetzt saß er einer Statue gegenüber, starr und kalt, unnahbar. Beim Reden hatte er noch geglaubt, das Eis wäre geschmolzen, jetzt war es dicker und kälter denn je.

Ein Verrückter, ein Geisteskranker. Klar. Trotzdem fühlte er sich zu ihm hingezogen, akzeptierte ihn sogar als Autorität. Hatte seine Befehle widerspruchslos ausgeführt. Ein Lob aus dem Mund des Alten hätte ihm viel bedeutet. Seltsam.

Ziemann ließ den Alten weiterstarren. Er stand auf und ging vor die Hütte.

Warum hatte ihn seine Person plötzlich interessiert? dachte er, als er auf der Bank des Alten saß.

Weil er dich mag, weil er möchte, daß du dableibst, weil er das Schweigen satt hat und das Reden wieder erlernen will, gab er sich selbst zur Antwort.

Und überlegte weiter.

Vielleicht will er, daß ich ihn dasselbe frage: Wer bist du? Wahrscheinlich wartet er darauf, sucht im Kopf nach den richtigen Worten.

Ziemann ging in die Hütte zurück, der Alte hockte noch so da wie zuvor.

Ziemann setzte sich an seinen alten Platz.

»Jetzt, wo du weißt, wer ich bin, ist es an der Zeit, daß du mir sagst, wer du bist«, sagte er laut.

Die Hände des Alten rührten sich, sein Blick kam aus der Ferne zurück, traf seine Augen. Er hatte die Frage gehört, verstanden. Doch Ziemann fand kein Verständnis in diesen Augen, auch nicht den

Hauch von Wärme, den er erwartet hatte, nur Kälte und etwas anderes. Spott, vielleicht war es Spott, oder Hohn.

Dann begann das Gesicht, die erstarrte Maske mit der Narbe, der Lederhaut und den düsteren Augen zu grinsen. Ganz langsam. Die Mundwinkel gerieten in Bewegung, das Grinsen zerrte an der Haut der Wangen, drückte auf die Nase, schob die Augenbrauen in die Höhe, machte die Augen größer und verwandelte die Narbe in einen Leuchtstab, den jemand entzündet und auf den Kopf geklebt hatte. Es war eine Grimasse, eine furchterregende Fratze.

Das Lachen, das aus der Kehle kam, klang wie der Husten eines Sterbenden.

Der Gefühlsausbruch des Alten war so unerwartet gekommen, daß Ziemann zunächst erschrak, dann das Schauspiel fasziniert verfolgte und es am Ende sogar mit seinem eigenen Lachen begleitete.

Das erste gemeinsame Lachen endete so abrupt, wie es begonnen hatte. Das Gesicht des Alten klappte übergangslos in die alte Starre zurück, Ziemann schluckte den letzten Lacher hinunter und trug jetzt nur noch ein leises abwartendes Lächeln.

Das darauffolgende Schweigen lag schwerer im Raum als alles Schweigen zuvor. Ziemann wartete. Die Logik sagte ihm, daß der Alte nun reden, aus seinem Leben erzählen würde. Da war aber auch ein Gefühl, das immer stärker wurde, das ihm klarzumachen versuchte, daß aus irgendeinem Grund jetzt plötzlich alles ganz anders war. Es hatte etwas mit

Angst zu tun, war keine Angst, Beklemmung vielleicht, eine mahnende Stimme höchstens.
Ziemann fand keinen Grund dafür. Das Verhalten des Alten hatte sich in der letzten halben Stunde kraß verändert. Plötzlich und unerwartet waren Emotionen dagewesen. Seltsame Emotionen. Doch war nicht der Alte selbst eine seltsame Erscheinung? Ein Einzelexemplar? Eine menschliche Rarität? Einer, bei dem alles ganz anders war?
Schließlich hatte er ihn sogar zum Lachen gebracht!
Ziemann sah, daß der Alte Vorbereitungen zum Aufstehen traf. Er zog die Hände zur Tischkante und stemmte den Körper dann langsam mit Hilfe der Arme hoch.
Es gab nichts mehr zu reden. Ziemann hatte alles gefragt. Antworten würde es wohl keine geben. Morgen würde er den Rucksack holen. Vielleicht sollte er gar nicht mehr hierher zurückkommen.
Der Alte stand jetzt neben dem Tisch, nahm die Hände von der Platte und stemmte sie in die Hüften. Die Pose paßte nicht zu ihm, stellte einen anderen dar. Einen, der sich wichtig machen, sein Selbstvertrauen darstellen will. Imponiergehabe, das war es. Das Imponiergehabe eines Einsiedlers. Ein Einsiedler braucht niemandem zu imponieren. Die Pose war lächerlich.
Der Alte war nicht mehr der Alte.
Ein Schauspieler, ein schlechter Schauspieler.
Das Gesicht bewegte sich wieder. Mund, Haut, Augen.
Der Blick.

»Du willst wirklich wissen, wer ich bin?« fragte der Alte.
Ziemann nickte, einmal, zweimal, dann sagte er es auch, schrie es fast heraus.
»Ja, ich will es wissen!«
Kein Grinsen mehr.
Der Alte beugte sich vor, die Hände noch immer in die Hüften gestemmt. Sein Gesicht näherte sich Ziemanns Gesicht. Ganz langsam. Ziemann starrte in die starrenden Augen, roch den Atem des anderen, zwang sich stillzuhalten, zu warten.
»Ich bin der Tod«, sagte der Alte. Nicht zu leise und nicht zu laut. Es paßte genau. Es war ein perfekter Auftritt.
Die Szene war nicht lächerlich genug gewesen, um darüber lachen zu können, sie war allerdings auch nicht ernst genug gewesen, um sie ernst nehmen zu können. Als der Alte den Raum verlassen hatte, blieb bei Ziemann wieder einmal Ratlosigkeit zurück.
Er hatte absolut keine Ahnung, wie er das soeben Geschehene deuten sollte.
»Ich bin der Tod«, sagte er laut, die Stimme des Alten imitierend.
Dann stand er auf, nahm die Pose des Abgetretenen ein und wiederholte den Satz.
Er hatte zwar nichts gerochen, vielleicht hatte sich der Alte jedoch über den Rest, der noch in der Schnapsflasche war, hergemacht.
Oder in seinem Hirn war irgend etwas tatsächlich ausgeklinkt.

Morgen den Rucksack, dachte Ziemann.
Dann stellte er sich noch einmal dorthin, wo der Alte gestanden war, stemmte die Hände in die Hüften, hob das Kinn an, drückte die Brust heraus und sagte laut, die Stimme des Alten imitierend: »Ich bin der Tod!«
Er wollte lachen, doch ein Kratzen im Hals hinderte ihn daran. Es wurde nur ein Krächzen. Es klang erbärmlich.

Der Morgen war noch grau, als der Alte in seinem Versteck im Wald erwachte. Er schlug die Augen auf und schaute sich vorsichtig um. Es war still.
Er stand auf und pirschte sich an den Waldrand heran. Bis zur Hütte waren es nicht mehr als hundert Schritte, offenes Almland. Der Eindringling würde ihn sehen, wenn er es überquerte. Doch er hatte Zeit, er hatte immer schon gewartet. Er wartete auch jetzt.

Ziemanns erster Gedanke galt dem Rucksack und dem Weg zurück zum Berg. Er fragte sich, ob er ihn finden würde. Damals war es Nacht gewesen. Er konnte sich an kaum etwas erinnern, nur an die Schmerzen. Und an Arschmann. Sonderbar, daß ihm das gemarterte Hirn damals ausgerechnet den Erzfeind aus der Schulzeit als Einpeitscher vorgesetzt hatte. Vielleicht hatte ihm Arschmann sogar das Leben gerettet. Unglaublich. Ziemann grinste, schüttelte den Kopf.

Die Hütte war leer, kein Alter.
Erst jetzt erinnerte er sich an die seltsame Szene vom Vorabend.
»Ich bin der Tod«, sagte er laut. Es klang lächerlich. Es hatte gestern schon lächerlich geklungen, und wenn es auf irgendeine Art doch beklemmend gewesen war, dann war jetzt davon nichts mehr vorhanden.
Einer, der so lange nur in seinem eigenen Kopf gelebt hat, hat das Recht, einmal durchzudrehen, den Schalter umzukippen, Dampf abzulassen.
Der Alte tat es eben so, wie er es gestern getan hatte. Vielleicht war es doch der Schnaps gewesen.
Wahrscheinlich würde ihm die Erinnerung daran heute peinlich sein. Ziemann beschloß, nicht darüber zu reden, wenn der Alte auftauchte.
Er kam nicht.
Ziemann holte Wasser und kochte Tee.
Er trank ihn. Allein. Und wartete.
»Kindisch«, dachte er, »er schämt sich, deshalb versteckt er sich. Wie ein Kind. Alte Leute werden wieder wie Kinder.«
Irgendwann wußte er, daß es keinen Sinn hatte, weiter zu warten. Er zog die Schuhe an und ging ins Freie. Wieder ein klarer Tag. Vom Alten war noch immer nichts zu sehen.
Ziemann hatte nur einen Wegweiser. Den Berg. Er bestimmte die Richtung.
Den Weg würde er schon finden. Er hatte ja Zeit, einen ganzen Tag lang.

Der Alte lag neben dem Baum auf dem Bauch. Vom Haus aus konnte er so unmöglich gesehen werden. Wachsam, er mußte wachsam bleiben.
Es dauerte lange, bis der Feind zum ersten Mal auftauchte. Er war barfuß, trug nur Hemd und Unterhose und den Topf, mit dem er Wasser vom Brunnen holte.
Teekochen, trinken. Der Alte wartete. Er hatte weder Hunger noch Durst.
Was tat der Feind jetzt? Suchte er nach dem Versteck unter dem Bett? Er konnte nicht nach dem Versteck suchen. Er hatte keine Ahnung davon.
Trotzdem dauerte es zu lange, bis er endlich aus der Hütte kam. Diesmal ordentlich bekleidet, mit Schuhen.
Der Feind blieb beim Brunnen stehen und schaute zum Berg. Dann fand er den Weg, der zum Waldrand führte, und ging langsam los. Das Versteck des Alten war so weit vom Weg entfernt, daß ihn der andere nicht entdecken konnte.
Er wartete, bis das Rascheln der Schritte nicht mehr zu hören war, dann stand er eilig auf und begab sich zur Hütte.
Alles war so, wie es sein sollte. Das Bett stand noch am alten Platz, die Katze hatte sich darauf eingerollt. Der Feind kannte den Weg nicht, außerdem war er kein geübter Geher. Der Alte würde den anderen Pfad nehmen und schneller sein. Trotzdem blieb ihm nicht mehr allzuviel Zeit.
Er schob das Bett zur Seite. Die Katze hob verärgert den Kopf, blieb jedoch liegen. Seine Finger

fanden den kleinen Eisenring, zogen die Falltüre hoch.

Die Kiste war noch da. Der Alte nickte zufrieden. Er öffnete den Deckel.

Oben lag der Stahlhelm, daneben lagen die Schnürstiefel, sauber geputzt und glänzend, wie damals. Er nahm alles heraus. Die Uniformjacke, die Hose, den Ledergürtel. Den Dolch ließ er liegen.

Der dicke, grobe Stoff war steif geworden, und er hatte Mühe beim Zuknöpfen.

Vielleicht waren auch seine Finger nicht mehr so geschickt wie früher.

Er schnürte die Stiefel und richtete sich auf, stand stramm. Blick nach vor, Hände an den Hosennähten. Obergefreiter Hans Bloch.

Er war bereit für die Begegnung mit dem Feind. Die letzte Begegnung.

Die Falle war vorbereitet, sie war immer vorbereitet gewesen. Sie hatte damals funktioniert, und sie würde auch jetzt funktionieren.

Der Alte machte sich auf den Weg. Der kürzere Pfad war steiler, an einer Stelle war sogar ein Felsklotz im Weg, den man überklettern mußte. Nichts Schwieriges, aber es war kraftraubend und erforderte höchste Konzentration.

Er war diesen Weg seit Jahren nicht mehr gegangen, weil er geglaubt hatte, er wäre ihm zu mühsam geworden. Jetzt stapfte er dahin wie eine Maschine, Schritt um Schritt. Der Atem ging schwer, aus dem Helm rann Schweiß über das Gesicht, er wischte ihn nicht einmal weg. Als er am Minenplateau angelangt

war, wußte er, daß er den Feind um eine halbe Stunde abgehängt hatte. Mindestens. Die Kletterstelle hatte er rascher geschafft als in seinen jüngeren Jahren.
Er blieb schwer atmend stehen und schaute sich um. Der Rucksack lag noch so da, wie er ihn zurückgelassen hatte.
Es war die falsche Stelle.
Der Alte hob ihn auf, auch die Stoffetzen und das Messer, und trug alles dorthin, wo er es haben wollte. Dann prüfte er nochmals, ob es auch wirklich der richtige Ort war.
Er nickte zufrieden. Alles nach Plan. Auch die Zeit müßte reichen.

Ziemann bewegte sich in einem Gelände, das ihm völlig fremd war. Damals, in der Nacht, hatte es nur mühsame Schritte gegeben und Stolpern und die Schmerzen.
Da war jedoch ein Pfad. Kaum erkennbar, doch er war da. Manchmal schlängelte er sich scheinbar planlos in eine andere Richtung, bergauf, wo es leichter gewesen wäre, bergab zu gehen, da es aber keinen anderen gab und Ziemann befürchtete, daß er sich verirren würde, wenn er ihn verließe, war er gezwungen, ihm zu folgen.
Als er endlich das Geröllfeld erreicht hatte und sein Ziel erstmals sehen konnte, wußte er, daß es die richtige Entscheidung gewesen war.

Er legte eine Rast ein und setzte sich auf einen größeren Stein.
Er spürte die Verletzungen noch immer. Die Säfte des Alten hatten die Schmerzen in Grenzen gehalten, unscheinbares Grünzeug, unglaublich.
Jetzt gab es keine Wundersäfte mehr. Nur Zähne zusammenbeißen.
Das Leiden hatte nie zu Ziemanns Lieblingsbeschäftigungen gezählt.
Er dachte daran, daß er noch nicht einmal die erste Weghälfte geschafft hatte und daß die zweite, der Rückweg, ungleich anstrengender sein würde. Da würde er den Rucksack schleppen müssen.
Im Rucksack waren seine Papiere, seine Identität, das Geld. Es mußte sein.
Ziemann ging weiter, und der Berg kam näher. Ganz langsam.
Es gab nur diesen Weg. Ziemann mußte ihn in jener Nacht gegangen sein, obwohl er ihn unmöglich sehen hatte können. Sonst wäre er niemals zur Hütte des Alten gelangt.
Ein Wunder, dachte er, ein Wunder, daß ich nicht irgendwo dort draußen verreckt bin.
Das Plateau. Die moosüberwucherte Geröllwand, die ihn beinahe umgebracht hatte. Das verrostete Eisen, das verwitterte Holz.
Unheimliche Stille.
Ziemann zögerte, blieb stehen, bevor er das Plateau betrat.
Selbstverständlich gab es die warnende Stimme, die ihn zurückhielt. Die ihm sagte, daß sein Vater

hier gestorben war, daß er selbst beinahe krepiert wäre, daß hinter dem Geröllwall die Gespenster einer grausamen, verbrecherischen Vergangenheit lauerten.
Verantwortung? Er hatte keine Verantwortung mehr. Er wußte nun, was sein Vater getan hatte, und er war überzeugt davon, daß das Gold für immer im Berg bleiben würde. Alles, was Ziemann von diesem Ort noch wollte, war sein Rucksack. Dann würde er ihn für immer in Ruhe lassen.
Er blickte sich suchend um, aber er sah ihn nicht. Die Erinnerung an die Zeit unmittelbar nach dem Absturz und dem ersten Erwachen aus der Bewußtlosigkeit war, wie er geglaubt hatte, noch da. Er wußte, daß er zum Rucksack gekrochen war, und er wußte, wo dieser gelegen hatte. Dort war er nicht. Waren es doch Trugbilder gewesen, die sich in seine Erinnerung gegraben hatten?
Alles war möglich. Seit er die Logik seiner alten Welt verlassen und diese Reise angetreten hatte, gab es keine Normen, keine Gesetze mehr.
Der Rucksack lag dort, wo er ihn nie vermutet hätte. Viel zu nahe am Geröllwall, dort, wo er niemals gewesen war. Oder doch?
Spielte es eine Rolle?
Vielleicht hatte ihn ein Tier dorthin geschleppt. Unsinn. Dann hätte das Tier auch die Fetzen seines T-Shirts und das aufgeklappte Schweizermesser mitschleppen müssen.
Es spielte keine Rolle.
Er mußte nur hingehen, das Messer aufheben, es zu-

klappen, es in die Hosentasche stecken, den Rucksack zubinden, ihn hochheben, ihn schultern. Und weggehen.

Kein Umdrehen, kein Zurückblicken, nur Gehen.

Und nie mehr zurückkommen.

Ziemann tat es. Die T-Shirt-Fetzen ließ er liegen. Er bückte sich nach dem Messer und wollte es zuklappen. Es ging nicht. Er sah, wie seine Hände zitterten, spürte wie ihn Panik packte, die Angst.

Er ließ das Messer fallen, der Kopf schnellte zurück, die Augen fanden den Himmel, den Grat, die Grenze zwischen Berg und Ewigkeit.

Er hörte und sah es zugleich.

Gewaltige Felsbrocken hatten sich oben in Bewegung gesetzt, donnerten in die Tiefe, genau auf ihn zu.

Und noch etwas sah er. Den Menschen, klein, eine Silhouette, die sich vom Himmel abhob. Ein Gespenst aus der Vergangenheit. Es war nur ein Augenblick, doch Ziemann hatte ganz klar erkannt, daß es sich um einen Soldaten handelte, der einen Stahlhelm trug, einen, wie sie ihn damals getragen hatten. Er hatte keine Zeit, darüber nachzudenken, weil er alles, was sein Körper an Kraft besaß, in Bewegung setzen mußte. Er schleuderte sich vom Rucksack weg, ließ die Beine laufen, wie sie noch nie gelaufen waren, dachte an nichts, nur an die Distanz, die es zu bewältigen galt, bevor die Steinbomben auf dem Plateau aufschlugen.

Als er nicht mehr laufen konnte, warf er sich nach vorn, weg vom Berg. Ein verzweifelter letzter Versuch,

ein Hechtsprung, der harte Aufprall, Hände über den Kopf, ein sinnloser Reflex, und dann das Warten.
Er hörte das Donnern, das zerstörerische Knirschen von Fels, der Fels zermalmt, am Ende war nur Stille.
Dieser Boden hatte ihm schon einmal gesagt, daß er noch lebte. Er roch die Erde, krallte die Finger ins Gras und wußte zum zweiten Mal, daß er nicht tot war, daß er funktionierte, denken konnte, fühlen konnte.
Er blieb lange liegen, dann stand er auf.
Dort, wo sein Rucksack gelegen war, türmte sich jetzt ein Berg aus Felsbrocken, grau, silbrig glänzend, kein Moos. Eine Lawine, die erst vor Sekunden geboren worden und gestorben war. Kein Zufall.
Irgend jemand hatte sie losgelöst, um ihn zu töten.
Die Silhouette oben auf dem Bergkamm war in sein Gehirn gebrannt.
Der Helm, deutsche Wehrmacht, keine Illusion. Er hatte es gesehen. Ohne jeden Zweifel.
Es gab keine Gespenster. Nicht einmal hier an diesem verfluchten Ort.
Wer war es dann?
Es gab nur eine Möglichkeit, und er wehrte sich zunächst dagegen, sie zu akzeptieren.
Der Alte.
Aber warum?

Der Alte war sich nicht gewiß, ob ihn der Feind bemerkt oder gar erkannt hatte. Seine Augen waren nicht mehr so gut, daß er auf diese Distanz sicher sein konnte. Die Gestalt, die Bewegungen, das hatte er gesehen. Er hatte auch gesehen, daß irgend etwas schiefgelaufen war und die Felslawine das Ziel verfehlt hatte.

Es wäre Zeitverschwendung gewesen, sich über den Grund des Versagens Gedanken zu machen. Die Waffe, die damals beim Verräter so gut funktioniert hatte, war diesmal wirkungslos geblieben. Nachladen gab es nicht.

Der Krieg hatte begonnen, und er hatte die erste Schlacht verloren.

Jetzt durfte er keinen Fehler mehr machen. Er durfte vor allem eines nicht: den Feind aus den Augen lassen! Im Krieg ist immer derjenige im Vorteil, der selbst nicht gesehen wird, seinerseits jedoch über jeden Schritt des Gegners Bescheid weiß.

Der Feind lag noch auf dem Boden, scheinbar regungslos. Vielleicht war er doch von einem Stein getroffen worden, einem Irrläufer, vielleicht war er bewußtlos, verletzt.

Bevor er zu überlegen beginnen konnte, was er in einem solchen Fall tun müßte, bewegte sich der längliche Farbfleck tief unter ihm, krümmte sich, drehte sich und setzte sich langsam hoch. Hockte da, die Hände befühlten den Kopf, die Schultern.

Der Feind lebte. Bald würde er aufstehen und weggehen.

Vielleicht saß ihm die Angst nun in den Knochen,

dann könnte er die Flucht ergreifen, hinunter ins Dorf eilen, dort die Geschichte erzählen.
Der Alte kicherte tonlos.
Ein Soldat, den es nicht mehr gab, ein Geist aus der Vergangenheit, der ihn mit einer Steinlawine töten wollte?
Kein Mensch würde ihm, dem Fremdling, eine solche Geschichte abnehmen.
Wenn sie wirklich hochkommen sollten, dann würde er in seiner Hütte sein und den Ahnungslosen spielen. Ihnen seine Verachtung zeigen, wie immer.
Dann war der Fremde der Verrückte. Ein Geschichtenerfinder. Niemand würde ihm mehr glauben. Nichts. Das Geheimnis blieb ein Geheimnis. Sein Geheimnis!
Während der Alte auf dem versteckten Felssteig, den er in langen Jahren so mühsam angelegt hatte, abwärts eilte, verlor er den Feind immer wieder für kurze Zeit aus den Augen. Er hatte gerade den halben Weg geschafft, als er sah, daß dieser aufgestanden war und zögernd die ersten Schritte tat.
Wahrscheinlich sucht er jetzt nach seinem Rucksack, dachte der Alte und richtete den Blick auf die Stelle, an der er ihn abgelegt hatte.
Er fand nichts, keinen Farbfleck, nur einen Berg von Felsbrocken, kopfgroß, noch größer, einer war mindestens so groß wie eine Hundehütte.
Es hätte geklappt. Wenn der Feind sich so verhalten hätte wie damals der andere, der Verräter, wenn er das Donnern zu spät richtig gedeutet hätte und dann

vor Schreck erstarrt stehengeblieben wäre, dann wäre jetzt alles vorbei.
Such nur, dachte der Alte, deinen Rucksack gibt es nicht mehr, nur die Fetzen davon, aber die wirst du nicht finden.
Der Felssteig endete im Wald, der am unteren Ende des Plateaus bis an dessen Rand heranwuchs. Die Bäume und das Unterholz, die kleinen Sträucher, die wildwuchernden, fächrigen Farnblätter, boten ein hervorragendes Versteck.
Wenn der Feind ins Tal flüchten würde, dann mußte er den Weg nehmen, der wenige Meter weiter unten vorbeiführte.
Der Alte hatte die einzige Waffe, die er besaß, seinen Militärdolch, in der Kiste zurückgelassen, weil er ihm bei dem, was er vorgehabt hatte, doch nur im Weg gewesen wäre. Auch jetzt hätte er ihm wohl kaum genützt.
Für einen Kampf Mann gegen Mann war er nicht mehr stark genug, wendig genug, auch ein Dolch hätte ihm da wenig gebracht.
Seinen Krieg konnte er nur anders führen. Er mußte das Unwissen, die Tölpelhaftigkeit des anderen ausnutzen und seine eigenen Trümpfe tödlich genau ausspielen.
Jetzt sah er den Feind wieder. Dieser hatte die Suche nach dem Rucksack offenbar aufgegeben und stand nun ratlos am äußersten Rand des Plateaus. Er hatte die Hände in die Hüften gestützt und starrte die Geröllhalde an.
Der Alte rührte sich nicht. Ein Blätterrascheln hätte

ihn nicht verraten, dazu war die Entfernung zu groß, es war die Spannung des Wartens, die ihn erstarren ließ. Er war der Jäger.
Dann ging der Feind endlich los. Nicht in seine Richtung, nicht ins Tal. Er schlug den Weg ein, auf dem er gekommen war. Zurück zur Hütte.
Der Alte wußte noch immer nicht, ob ihn der andere oben auf dem Grat gesehen hatte. Wahrscheinlich nicht, sonst wäre er jetzt wohl ins Tal gerannt.
Oder er hielt es für eine Sinnestäuschung, ein Trugbild.
Vielleicht hatte er das Geschehen auch richtig gedeutet. Der Alte hielt es zwar für unwahrscheinlich, kannte jedoch auch die allererste Regel, die ein Krieger zu befolgen hat: Unterschätze nie den Feind! Traue ihm selbst das Unmögliche zu, sei ihm trotzdem immer um einen Schritt voraus! Nur wenn du schlauer bist als er, wirst du am Ende siegen!
Der Feind war nicht mehr zu sehen, und der Alte konnte getrost aus seinem Versteck kommen. Er würde wieder die Abkürzung nehmen und hinter den Bäumen liegen, wenn der andere bei der Hütte ankam.
Noch war es nicht viel mehr als eine Idee, eine große Idee, die alles mit einem Schlag beenden konnte. Der Alte brauchte jedoch einen Plan. Dafür brauchte er Zeit und Ruhe und vor allem einen klaren Kopf.

Es gab keine andere Möglichkeit.
Ziemann hatte sich lange Zeit gelassen, war völlig

ruhig geworden. Die Steinlawine war ein Attentat gewesen, ein Mordversuch. Tatsache! Das war ihm von Anfang an klargewesen.
Ebenso war es Tatsache, daß er den Soldaten gesehen hatte. Kein Trugbild. Realität!
Demnach war es auch Tatsache, daß der Soldat die Lawine ausgelöst hatte, die ihn töten sollte.
Außer dem Alten gab es niemanden, der gewußt haben könnte, daß er zu dieser Zeit an diesem Ort auftauchen würde. Das machte den Alten zumindest zum Informanten, zum Mitwisser, höchstwahrscheinlich zum Täter.
»Ich bin der Tod«, hatte er gestern gesagt. Ziemann hatte darüber gelacht, es ins Lächerliche gezogen. Falsch! Der Alte hatte es ernst gemeint. Todernst.
Ziemann ließ sich Zeit, stand auf, bewegte die Beine, dachte weiter.
Er blickte den Geröllhang hoch. Keine Steinlawine mehr, der Soldat war längst verschwunden. Ziemann hatte keine Angst, er spürte nicht einmal die Beklemmung, mit der ihn dieser Ort bisher umklammert hatte. Es waren die Fragen, die ihn drückten, er wollte Antworten.
Plötzlich gab es ein Puzzle, man hatte ihm einige Teile in die Hand gedrückt, vom Bild selbst hatte er keine Ahnung.
Es gab den Schatz, es gab seinen Vater, und es gab den Alten.
Der Alte wußte vom Schatz, das war klar. Der Alte war wohl auch der Geistersoldat. Warum diese Maskerade? Weil er ein Irrer war, ein Wahnsinniger?

Zu einfach!
Der Alte hatte etwas mit dem Damals zu tun. Mit seinem Vater. Vielleicht sogar mit dem Tod des Vaters.
Zu viele blanke Stellen im Puzzle. Kein Bild, nur Fragen.
Ziemann stand da und starrte ins Geröll. Die Antworten lagen dahinter. Goldkisten – und was noch? Was war damals wirklich hier geschehen?
Er dachte an den Alten, er spürte jedoch keinen Haß. Die Faszination des Unbekannten, der Drang, es zu erforschen, das Ringelspiel der Emotionen, keine Angst, nur Neugierde, grenzenlose Neugierde.
Die Wahrheit! Ziemann spürte, daß sie ganz in der Nähe war, hier, an diesem Ort. Die Wahrheit hieß Bloch, Hans Bloch.
Ziemann hatte gar keine andere Wahl, er mußte hierbleiben, den Alten suchen. Vielleicht konnte er ihn zum Verbündeten machen.
Dafür mußte er ihn finden und mit ihm reden können. Das war nur möglich, wenn er zur Hütte zurückkehrte.
Ziemann ging los.

Marscherleichterung. Der Alte nahm den Helm ab und wischte mit dem Handrücken den Schweiß von der Stirn. Eine Rastpause konnte er sich nicht leisten. Es ging um den Zeitvorsprung, und ein solcher war immer mit harter Arbeit verbunden. Marschieren. Die Kolonnen in Rußland, die Kälte. Reihenweise

waren sie umgefallen, erfroren, er hatte durchgehalten.
In der Hütte hatte sich nichts verändert. Die Falltüre stand noch offen, in der Kiste lag nur der Dolch. Er nahm ihn heraus, schloß den Deckel, dann die Falltüre und schob das Bett wieder an seinen alten Platz. Dann ging er in die Vorratskammer und füllte einen Leinensack mit dem Rest des Brotes und einem schönen Stück seines besten Ziegenkäses.
Der Alte erinnerte sich daran, daß er die Ziegen heute noch nicht gefüttert hatte. Er überlegte kurz, ob er es tun sollte, spürte dabei den Drang des Pflichtbewußtseins, dem er sich jahrzehntelang unterworfen hatte, beschloß aber dann doch, so rasch wie möglich sein Versteck im Wald zu beziehen.
Er war im Krieg und konnte es sich nicht leisten, ihn zu verlieren, nur weil ihm das Wohlbefinden der Ziegen wichtiger war als die Wachsamkeit. Die Ziegen waren sein kostbarster Besitz, und er tat es schweren Herzens. Aber er tat es.

Ziemann wußte, daß er vorsichtig sein mußte. Jemand trachtete ihm nach dem Leben.
Es war das erste Mal, daß Ziemann einer derartigen Situation ausgeliefert war.
Er wunderte sich, daß er nicht mehr Angst hatte, daß er eigentlich gar keine Angst hatte. Vielleicht deshalb, weil er den Feind kannte. Es war der Alte, es mußte der Alte sein, einen anderen gab es nicht.

Als er den Weg zur Hütte zurückstapfte, hatte er nie das Gefühl, in Gefahr zu sein. Für einen, der die Gegend so gut kannte wie der Alte, hätte er ein hervorragendes Ziel abgegeben.
Ziemann glaubte jedoch nicht daran, daß ihn der Alte erschießen würde. Das hätte er längst tun können, wenn er es gewollt hätte. Wahrscheinlich besaß er keine Schußwaffe, vielleicht sah er sich auch als Henker, der das Töten auf seine Art zu zelebrieren gedachte.
Ziemann traute dem Alten alles zu. Nur das Banale, Gewöhnliche nicht. Ein Schuß wäre zu simpel, zu herkömmlich gewesen.
Die Steinlawine war eine Falle gewesen, deren Errichtung unglaubliche Mühen gekostet und sehr viel Zeit erfordert hatte. Kein Fall für einen gewöhnlichen Killer. Eher etwas für einen Burgherrn, der seine Belagerer damit zermalmen will. Ein vorsorglich errichteter Schutzmechanismus für den Fall der Fälle.
Der Alte war der Wächter.
Hier gab es nur das eine zu bewachen – den Schatz seines Vaters. Vor dem Feind. Und dieser Feind war er, Wolf Ziemann!
Warum?
Weil er der Sohn jenes Mannes war, den der Alte ganz genau gekannt haben mußte. Klar.
Der Alte, der Vater, der Schatz. Nur, was war damals wirklich geschehen? Ziemann wollte es wissen. Jetzt wollte er alles wissen. Es war so nah.
Es gab nur den Alten, der es ihm sagen konnte.

Brigitte Salzner hatte den ganzen Vormittag lang am Laptop gearbeitet, den ihr eine Freundin, die Tochter eines bekannten Grazer Architekten, für den Sommer zur Verfügung gestellt hatte.
Die Spannung, die sie anfangs bei ihren Recherchen gespürt hatte, war längst verflogen. Es gab nur noch einen Berg verwirrender, teils widersprüchlicher Informationen, den sie durchforsten, ordnen und in lesbarer, verständlicher Form in den Computer tippen mußte. Das einst so interessant scheinende Thema war zur quälenden Pflichtübung geworden. Der so rapide näherrückende Abgabetermin machte die Sache noch schlimmer.
An diesem Vormittag fehlte ihr vor allem die Konzentration. Immer wieder tauchte der Mann in ihrem Kopf auf, der so überraschend in ihr Leben geschneit war. Es war einfach geschehen, und es war gewaltig gewesen. So intensiv, daß sie auch jetzt noch nicht logisch darüber nachdenken konnte. Auch nicht wollte. Vielleicht kommt er doch schon früher zurück, dachte sie. Heute abend schon oder morgen. Ich weiß nicht, ob ich es bis übermorgen ohne ihn aushalte.
Die Einsamkeit, mit der sie bis jetzt so gut zurechtgekommen war, bedrückte sie jetzt. Die Zeit hatte die Leichtigkeit verloren und war durch die Last des Wartens schwer und zäh geworden.
Geduld, Mädchen, sagte sie halblaut zu sich selbst, er hat versprochen, daß er zurückkommen wird. Vielleicht schon morgen, übermorgen aber ganz sicher.

Der Alte hatte wieder seinen Beobachtungsposten am Waldrand bezogen.
Er hatte mit dem Dolch ein paar Äste von Bäumen geschnitten und sich damit und mit den Farnblättern, die er darüber ausgebreitet hatte, eine weiche Unterlage geschaffen. Wenn er jetzt noch einen Feldstecher besessen hätte, wäre es so gewesen wie damals. Obergefreiter Hans Bloch auf vorgeschobenem Posten.
Er hatte keinen Feldstecher, nur seine Augen. Und die waren alt geworden.
Der Alte bemühte sich, sie sparsam einzusetzen. Wenn er zu lange angestrengt in Richtung Hütte starrte, begannen sie zu tränen, taten ihm weh.
Die Wachsamkeit, die er von sich selbst forderte, wurde zur harten Prüfung.
Er hatte gepokert, den Feind aus den Augen gelassen und konnte nun nur hoffen, daß er richtig entschieden hatte.
Auf dem Weg zurück hierher hatte er sich vorgenommen, die Zeit des Wartens zu nutzen, um sich einen neuen Plan auszudenken. Alles, was ihm bis jetzt in den Sinn gekommen war, war wertlos gewesen.
Er hatte sogar an den Knollenblätterpilz gedacht, den er zwar kannte, aber nie wirklich beachtet hatte, weil er für ihn wertlos war. Die alte Juli hatte ihm erzählt, daß er der giftigste unter den giftigen war und einen Menschen qualvoll töten konnte. Selbst wenn er das Glück gehabt hätte, einen Knollenblätterpilz in der Eile zu finden, hätte es ihm kaum genützt. Um ihn

wirksam einsetzen zu können, hätte er sich wieder das Vertrauen des Feindes erschleichen und ihm ein Gericht vorsetzen müssen, das vom Pilz vergiftet war. Blödsinn.
Im Schlaf überraschen, erdolchen – er dachte nicht weiter.
Es würde eine andere Möglichkeit geben. Geduld. Er mußte nur geduldig sein.
Und wachsam.
Als der Feind kam, hätte er ihn beinahe übersehen. Der Wind hatte zum Glück das Knarren der Türe zu ihm hinübergetragen und ihm den kurzen Blick auf die bunte Gestalt ermöglicht, die gerade im Inneren der Hütte verschwand.
Der Feind, kein Zweifel. Er war wieder da.

Insgeheim hatte Ziemann gehofft, den Alten in der Hütte vorzufinden.
Natürlich war ihm Schizophrenie in den Sinn gekommen: Da der schrullige, weltfremde Einsiedler, dort der gehorsame, befehlsgesteuerte Soldat.
Sein Wissen reichte bei weitem nicht aus, um diesen Fall auch nur einigermaßen profund beurteilen zu können, sein Gefühl und die Erfahrungen der letzten Tage sagten ihm jedoch, daß es keine krankhafte Persönlichkeitsspaltung sein konnte, die den Alten so plötzlich zum Geistersoldaten gemacht hatte.

Es war etwas anderes. Auch krank, wahnsinnig, mörderisch – doch es hatte nichts mit Schizophrenie zu tun. Der Alte wußte ganz genau, was er tat und warum er es tat.
Deshalb war Ziemann auch nicht überrascht, daß die Hütte leer war.
Er lauerte auf ihn, irgendwo dort draußen, behelmt, in seiner alten Uniform, lächerlich.
Dabei war alles so einfach.
Der Alte brauchte nur zu erkennen, daß Ziemann kein Feind, sondern ein Verbündeter war. Daß es keinen Krieg mehr gab und daß das, was damals hier geschehen war, nichts mit ihm, Wolf Ziemann, zu tun hatte. Er mußte dem Alten klarmachen, daß es nicht der Schatz war, der ihn hierhergeführt hatte, sondern die Suche nach der Wahrheit. Wenn der Alte das Geheimnis mit ihm teilte, könnte er ihm vielleicht helfen, die Schrecken der Vergangenheit zu verarbeiten. Und der Alte könnte nach all den Jahren endlich Frieden finden.
Es klang schön, wenn Ziemann es sich in Gedanken vorsagte und dabei in das Gesicht des Alten, so wie er es von früher her kannte, blickte.
Jetzt trug dieser Stahlhelm und Uniform. Und hatte sich selbst den Befehl gegeben, ihn zu töten!

Von nun an mußte alles genau geplant werden. Es gab keine Zufälle mehr.
Es gab überhaupt keine Zufälle.

Zum Glück war der Fremde ein ahnungsloser Tölpel, trotzdem wäre er von ihm beinahe übertölpelt worden.
Selbst jahrelange, jahrzehntelange Eintönigkeit durfte nicht dazu führen, daß er sich einschläfern ließ. Er war hier, um wachsam zu sein. Wachsamkeit war ein Zustand, der keine Pause tolerierte. Eine Sekunde der Nachlässigkeit konnte Jahrzehnte der Wachsamkeit mit einem Schlag zunichte machen.
Es war gerade noch gutgegangen. Aber nur, weil er Glück gehabt hatte.
Es war nicht einmal eine Ahnung gewesen, nur blödes, stupides, simples Glück.
Jetzt war alles wieder in Ordnung. Er durfte nur keine Fehler mehr machen.
Sich nie mehr einlullen lassen.
Eigentlich war es simpel. Der Fremde bestimmte die Regeln. Er brauchte ihm nur zu folgen, durfte ihn nie aus dem Augen lassen.
So hatte er es auch beim Vater getan.

Freitag abend. Der alte Reisinger war schon da, als sich Wolfram Trummler zu ihm an den Tisch setzte.
»Servus«, sagte dieser laut, der Ältere nickte nur.
Das freitägige Wirtshaustreffen war zur Tradition geworden, seit der Jüngere sich im Dorf eingenistet und den Posten des Alten übernommen hatte.

Im »Alten Hauer« war es laut und verqualmt wie immer.
Trummler hatte einen neuen Witz gehört und brannte darauf, ihn loszuwerden.
»Weißt du, warum die Frauen eine Gehirnwindung mehr haben als die Pferde?«
Der alte Reisinger zuckte gelangweilt die Schultern. Er hatte für den deftigen Männerhumor der ihn umgebenden Wirtshaushocker nie allzuviel übrig gehabt. Er hatte ihn stets nur erduldet, und er ließ auch diesen Witz über sich ergehen.
»Ist ja ganz klar«, sagte der Jüngere mit gespieltem Ernst, »sonst würden sie ja beim Bodenputzen aus dem Wasserkübel saufen!«
Die letzten Worte hatte er bereits herausgeprustet, jetzt lachte er so laut, daß sich andere Köpfe in ihre Richtung drehten.
Der Reisinger wehrte die Blicke mit einer wegwerfenden Handbewegung ab.
»Es ist nichts, nur ein schlechter Witz«, sagte er laut.
Die Köpfe drehten sich wieder weg.
Der Jungjäger stellte das Lachen ein.
»So schlecht ist er nun auch wieder nicht«, brummte er beleidigt.
»O ja«, antwortete der Ältere.
»Humorloser Kauz«, knurrte der Jüngere.
Der Reisinger gab auf. Und fragte sich wieder einmal, warum er seine Freitagabende mit diesem Menschen vergeudete.
Die Antwort war einfach wie immer. Er war einsam.
Frau tot, Kinder weg – der Junge war zwar ein Idiot,

aber noch immer besser und unterhaltsamer als die meisten anderen in diesem Raum. In diesem Ort. Außerdem hatte er die Hoffnung nicht aufgegeben, aus dem Jungen doch noch einen brauchbaren Kerl zu machen.

Meistens folgten daraufhin ein paar Weibergeschichten, die der Jüngere ebenso loswerden wollte wie seine schlechten Witze. Einmal war's ein Dorfmädel gewesen, in das er sich hoffnungslos verliebt hatte. Dann hatte sie einen Job in der Stadt bekommen und war von einem Tag auf den anderen verschwunden. Ohne Abschied. Einfach so.

Zuletzt hatte er immer wieder von der Studentin geredet, die den Sommer oben in der Sennhütte verbrachte.

Es dauerte eine Weile, bis die Unterhaltung wieder in Gang kam.

»Ich hab mir gedacht, daß ich morgen früh wieder ins Revier geh«, begann der Jüngere, »da gibt's ein paar Futterkrippen, die ich mir näher anschauen will, ziemlich desolat, müssen vor dem Winter unbedingt repariert werden.«

»Der Sturm?« fragte der Ältere.

»Auch«, antwortete der Jüngere, »die große, ganz oben neben der Felswand, hat ein Ast getroffen, da ist nicht mehr viel übrig, zwei, drei andere sind alt, morsch geworden.«

»Willst's selbst machen?« fragte der Reisinger.

Der Junge zuckte die Schultern.

»Werd ich wohl müssen. Holz gibt's ja genug dort oben, das Werkzeug muß ich halt mitschleppen.«

Der Ältere kratzte sich am Kopf.
»Der Lehrer«, sagte er, »mach's doch mit dem Lehrer!«
Der andere schaute ihn ratlos an.
Der Reisinger lächelte.
»Der soll mit den größeren Buben einen Schulausflug auf die Alm machen. Jeder nimmt was mit. Lederriemen, Nägel, Beile, Hämmer. Bastelstunde unter freiem Himmel, verstehst du? Und ein gutes Werk noch dazu. Kinder helfen dem armen Wild, den harten Winter zu überstehen. Das ist erzieherisch und wertvoll. Erspart dir eine Menge Arbeit.«
Der alte Jörgl brachte das Bier.
»Führt euch der böse Wilderer noch immer an der Nase herum?« fragte er. Sein Standardsatz, er schmunzelte dabei. Wie immer.
»Grins nicht, alter Gauner«, sagte der Reisinger, »wir werden dich schon noch erwischen!« Standardantwort. Wie immer.
Es gab nichts Neues im Dorf.
Nur das mit dem Lehrer war neu.
»Prost, auf dich, den alten schlauen Fuchs!«
Sie tranken.
Der Jüngere hatte noch immer nicht von der neuen Sennerin geredet.
»Das Mädl«, begann der Reisinger vorsichtig, »die Neue, oben auf der Alm. Wie steht es da?«
Der Jungjäger zuckte zusammen, hob die Schultern, verzog die Mundwinkel. Verlegen.
»Eine sonderbare Person«, sagte er langsam, »wunderschön, aber eiskalt. Ich hab alles versucht.«

»Bist abgeblitzt«, stellte der Ältere fest.
Der Jüngere nickte.
»Und wie!«
»Versteh ich nicht«, grinste der Reisinger, »ein fescher Bursch, wie du!«
Finsterer Blick, verächtliches Schnauben.
»Die blöde Kuh ist aus der Stadt, glaubt, daß sie etwas Besseres ist, eine Intellektuelle!«
Das letzte Wort klang wie ein Schimpfwort.
Die Biergläser waren leer, sie winkten um Nachschub.
»Ich mach dir einen Vorschlag«, sagte der alte Reisinger nach einer Weile. »Das Wetter ist schön, meine Beine sind noch in Ordnung, und ich war schon so lange nicht mehr dort oben. Ich nehm dir die morgige Tour ab! Schau mir die Futterkrippen an, und vielleicht schau ich auch bei dem Mädl vorbei. Jetzt hast du mich so richtig neugierig gemacht.«
Der Junge riß die Augen auf.
Der Ältere hob beruhigend die Hände.
»Keine Sorge, ich werd ihr das von der intellektuellen blöden Kuh nicht sagen. Im Gegenteil. Ich mach Reklame für dich. Fürs nächste Mal.«
Der Jungjäger atmete tief durch.
»Hast noch nicht aufgegeben, stimmt's?« grinste der Reisinger.
»Eine wie die kriegt einer wie ich nie«, murmelte der andere.
»Aufgeben tut man einen Brief«, stellte der Ältere fest.

»Scheiße«, sagte der Junge.
»Dann hast du also nichts dagegen, wenn ich morgen für einen Tag wieder in meine alte Rolle schlüpfe?«
Grinsen.
»Wär doch blöd, wenn ich das Angebot auf ein freies Wochenende nicht annehmen würde, oder?«
»Stimmt«, sagte der Alte.
Der Jörgl brachte die nächste Ladung Bier.

Der Alte lag da. Wachsam.
Der Helm lag neben ihm.
Damals, in Rußland, hätte er es nie gewagt, den Helm abzunehmen, wenn er als Wachposten eingeteilt war. Er hatte auch jetzt ein schlechtes Gewissen.
Ordnung mußte sein, doch der Helm war schwer, er drückte auf den Kopf, wenn er ihn zu lange trug.
Das Ende war nah, er spürte es. Nach all diesen Jahren wußte er, daß es von nun an nicht mehr lange dauern würde.
Dann hatte er seinen Auftrag erfüllt.
Warten, warten, warten.
Ein Leben lang. Sein Leben lang.
Das verdammte Gold.
Er hatte gewußt, daß der Verräter zurückkommen würde. Alle Verräter kommen zurück. Er hatte gewartet und die nötigen Vorbereitungen getroffen.

Alles war nach Plan verlaufen, es hätte damals schon zu Ende sein müssen.
Er hatte darauf gewartet, daß ihn jemand von seinem Auftrag entbinden würde, doch es hatte immer nur den einen Befehl gegeben: Bleib wachsam!
Er war wachsam geblieben. Tag und Nacht.
Er war noch immer wachsam.
Drüben in seiner Hütte rührte sich nichts. Der Feind wartete wohl auch. So wie er wartete. Am Waldrand.
Im Grunde genommen ging es beiden um dasselbe – den Schatz.
Der Alte wußte, daß ihn der andere aus dem Berg holen wollte, an sich raffen, wie es der Verräter gewollt hatte.
Seine Aufgabe war es, das nicht geschehen zu lassen. Dafür war er hier. Jahrzehntelang. Wachsam.
Keiner sah ihn. Keiner sah, daß er den Helm abgenommen hatte. Der Helm lag neben ihm. In Griffweite. Kein Vorgesetzter, der ihn dafür tadeln konnte. Er war allein, der Letzte. Der Oberbefehlshaber.
Obergefreiter Hans Bloch! Entscheide!
Das Ende war nah. Er spürte es, er wußte es.
Und plötzlich wußte er auch, wie das Ende aussehen mußte.

Ziemann hatte sich noch nie so allein gefühlt.
Die Hütte, in der er sich befand, schien den Atem

anzuhalten. Alles, was er sah, erinnerte ihn an den Alten.
Es war viel Gutes dabei. Das Mysteriöse, das Geheimnisvolle.
Der wortkarge Hexer, der ihm das Leben zurückgegeben hatte, fehlte dem Raum.
Dort drüben, am alten Eisenherd, der jetzt so stumm und kalt war, hatte der Alte die Getränke gebraut. Ziemann suchte mit der Nase nach den Gerüchen, roch allerdings nur dumpfe Leere.
Das, was er hier gefunden hatte, war mit dem Alten verschwunden.
Es war etwas Wundersames gewesen, etwas Geheimnisvolles. Der Alte hatte ihm – gewollt oder ungewollt – einen Weg gezeigt, den er gerne weitergegangen wäre. Ziemann hatte das Leben gesehen. Nackt und ungeschminkt. Hart und doch erfüllend. Er wußte, daß er noch nicht so weit war, diesen Weg allein weiterzugehen. Mit dem Alten hatte er den Führer verloren, und das tat ihm leid.
Ziemann hoffte, daß der Alte bald zurückkehren würde, daß man einander am Tisch gegenübersitzen und über alles reden könnte. Er wünschte es sich sogar, fest, mit geschlossenen Augen, wie ein Kind, das noch an ein Wunder glaubt.
Er verfluchte den Vater, den Auftrag, das verdammte Gold, den verdammten Berg.
Lauf, sagte ihm die andere innere Stimme, lauf wie ein Verrückter. Zum Mädel. Oder nicht zum Mädel. Lauf nur weg. Weit weg. Denk nie mehr an diese verfluchte Alm, komm nie mehr zurück.

Ziemann fühlte trotzdem noch immer keine Angst. Er wollte den Alten zurückhaben, dann wollte er das Geheimnis erfahren. Die Wahrheit.

So war es!

Ziemann blieb in der Hütte, weil es so war.

Warten.

Er hätte das Haus durchsuchen, in die Welt des Alten schnüffeln können, doch das tat er nicht. Es hätte nichts gebracht, das, was er wissen wollte, trug der Alte mit sich herum.

Als es beinahe dunkel war, hielt Ziemann das Warten nicht mehr aus.

Er ging zur Tür, schob den Riegel zurück und riß sie auf.

Das Haus war wie ein Panzer gewesen, der ihn beschützt hatte, draußen kam er sich nackt und wehrlos vor.

Er trat aus dem Schatten der Hütte und ging zum Brunnen.

Oben, am Rand der Wiese, war der Wald. Es gab nur den Wald, in dem sich der Alte verbergen konnte.

Ziemann machte die Beine breit und stützte die Hände in die Hüften.

»Hans Bloch«, schrie er, so laut er konnte. »Hans Bloch, hörst du mich?«

Der Alte hatte nicht mehr damit gerechnet, den Feind an diesem Tag zu Gesicht zu bekommen.

Diesmal war er jedoch wachsam gewesen und hatte

den Vorgang von Anfang an beobachtet. Er hatte sofort bemerkt, daß die Hüttentüre aufging, und er hatte auch gesehen, wie sich der Feind in Richtung Brunnen bewegt hatte.
Zu seiner Überraschung schöpfte dieser jedoch nicht das Wasser für das Abendbrot, sondern brüllte seinen Namen. Einmal, zweimal.
Selbstverständlich antwortete er nicht.
Er blieb in seinem Versteck und hörte zu.
»Ich will mit dir reden«, schrie der andere.
Der Alte wartete.
»Rolf Ziemann war mein Vater, ich habe nichts mit der Sache zu tun. Ich will das Gold nicht, ich will nur wissen, was damals geschehen ist. Ich will alles wieder gut machen, dir helfen, verstehst du? Ich bin dein Freund!«
Der Alte bewegte sich nicht.
Der Feind stand neben dem Brunnen und wartete.
Worte. Die meisten Worte, die er in seinem Leben gehört hatte, waren Lügen gewesen. Es gab keine Worte mehr. Es gab keine Lügen mehr. Nur die Wahrheit. Und das Ende.
Er sah den Feind. Ein Mensch, ein jämmerlicher Mensch. So jämmerlich, wie sie alle gewesen waren. Lügner.
Die Wahrheit war im Berg begraben. Nicht das Gold, es war die Wahrheit über die Menschen. Die edlen, die großen, denen man vertrauen sollte, die so mächtig waren, daß man sein eigenes Leben in ihre Hände legte. Die Verräter!
Der Wurm, der dort unten neben seinem Brunnen

stand und sich die Lügen vom Leib brüllte, war genauso wie sie. Wie alle.

Er sah ihn, auch ohne Feldstecher.

Eine jämmerliche, hilflose Gestalt, die versuchte, sich das Leben mit sinnlosem Gebrüll zu erschwindeln.

Die Hand des Alten griff nach dem Stahlhelm, legte sich auf ihn, spürte die Kälte des Metalls.

Das war die Wahrheit.

Die Gestalt neben dem Brunnen brüllte nicht mehr, stand nur da, starrte in seine Richtung. Dann drehte sie sich langsam um und verschwand wieder in der Hütte.

Der alte Reisinger hatte nie einen Wecker gebraucht, um bei Tagesanbruch aufzuwachen. Es hatte genügt, wenn er sein Hirn vor dem Einschlafen darauf programmiert hatte.

Obwohl er spät zu Bett gegangen und nicht wenig Bier getrunken hatte, klappte es noch immer.

Er schlüpfte in seine alte Jägerkluft. Die lange graue Unterhose, nicht wegen der Kälte, sondern wegen des groben Lodens der grauen Kniehose, der sonst auf der Haut gekratzt hätte. Die Hose mit den Lederflecken an den Knien und am Gesäß. Das rotweiß karierte Flanellhemd. Die grüne Trachtenjacke mit den Hirschhornknöpfen und dem schwarzen Leder an den Ellbogen.

Kein Frühstück. Er hatte nie eines gebraucht. Nur ein Glas Wasser.

Gegessen hatte er immer erst oben. Auf der Sennhütte oder beim alten Bloch.
Nach dem beschwerlichen Aufstieg hatte es besonders gut geschmeckt.
Simple, ehrliche Nahrung gewürzt mit dem herrlichsten aller Düfte, der frischen, blitzsauberen Almluft.
Der alte Reisinger setzte sein Hütl auf. Speckig und abgegriffen mit dem kleinen Gamsbart, den ihm seine Frau vor so vielen Jahren einmal geschenkt hatte. Dann schulterte er den Rucksack, der einst grün gewesen war, nun jedoch, von Sonne und Regen ausgebleicht, die Farbe stumpfen Graus hatte.
Er zog die Lade des düsteren Wohnzimmerschranks auf, nahm ein paar Schrotpatronen heraus und stopfte sie in die Seitentasche seiner Jacke.
Dann schloß er den Gewehrkasten auf und griff nach seiner alten Doppelläufigen. Ein Familienerbstück aus der Werkstatt des besten Ferlacher Büchsenmachers.
Nach seiner Pensionierung hatte man ihm viel Geld dafür geboten, aber der alte Reisinger hatte es nie übers Herz gebracht, sie zu verkaufen.
Er streichelte den Kolben, ließ die Finger über den Lauf gleiten.
»So etwas wie dich bringt heute keiner mehr zusammen«, murmelte er.
Das Tageslicht war noch nicht stark genug, um ihm die Silberspitze zeigen zu können. Der Reisinger liebte die Zeit zwischen Tag und Nacht. Er hatte sie immer die graue Stunde genannt.

Während er langsam höher stapfte, den Menschenalltag hinter sich ließ, schälte sich das ursprüngliche Land aus der Dunkelheit. Er ging dem Licht entgegen, sah die gewaltigen Tannen, den grauglitzernden Fels, die ersten Tiere. Hasen, ein Reh, später die Gemsen und vielleicht sogar ein Murmeltier. Er sah den Feuersalamander, den Bussard, und wenn er Glück hatte, tauchte sogar der herrliche Zwölfender kurz auf, der Prachthirsch, der Stolz des Reviers.
Mein Gott, dachte er, wie schön ist doch dieses Land!

Brigitte Salzner hatte schlecht geschlafen.
Sie hatte bis lange nach Mitternacht über ihrer Arbeit gebrütet und versucht, sich auf den Toplitzsee zu konzentrieren. Jenes düstere, geheimnisvolle Gewässer, den Wurmfortsatz des viel größeren Grundlsees, das viele auch heute noch für die Schatzkammer des Dritten Reichs halten.
Das Kapitel mit den perfekt gefälschten britischen Pfundnoten, die man zuhauf Ende der fünfziger Jahre aus den Tiefen des Toplitzsees geborgen hatte, war bereits im Laptop. Der teuflische Plan, das Inselreich Winston Churchills aus der Luft mit Milliarden und Abermilliarden von Geldscheinen zu überschwemmen und den Feind durch diese Blitzinflation zum wirtschaftlichen Krüppel zu machen, war ja allgemein bekannt.
Natürlich war sie dortgewesen, hatte mit Albrecht

Syen, dem Wirt der Fischerhütte, der einzigen Gaststätte am See, lange geredet, sich das kleine Museum angeschaut, das dieser dort eingerichtet hatte. Der Wirt hatte ihr bereitwillig seine Sammlung von Zeitungsausschnitten und Fotos gezeigt und ihr von den diversen Suchmannschaften erzählt, die im Laufe der Jahrzehnte in den dunklen Tiefen gewühlt hatten.

Eine streng geheime Marineversuchsstation am Seeufer, ganz in der Nähe der heutigen Fischerhütte, in der hochgradige Wissenschafter während der Kriegsjahre an noch wirksameren Vernichtungswaffen gearbeitet hatten, hatte viel Schrott hinterlassen, der immer wieder für Verwirrung unter den sensiblen Metalldetektoren der Wühler gesorgt hatte. Aber es gab noch so viel mehr über diesen See. Viel mehr, als sie in ihrem Papier unterbringen durfte. Gerüchte, Vermutungen, Behauptungen, Hinweise. Konkrete Aussagen seriöser Zeitzeugen. Alles, nur keine Beweise.

Die privaten Aufzeichnungen des Führers und seiner engsten Vertrauten, die geheimsten Dokumente aus den Berliner Archiven, in wasserdichte Kisten verpackt, im letzten Augenblick in die Alpenfestung gebracht und von den Getreuesten der Getreuen in der Stunde Null im düsteren Wasser versenkt. Die letzte, die absolute Wahrheit über das Dritte Reich.

Der Toplitzsee.

Was sie verfassen sollte, war eine seriöse wissenschaftliche Abhandlung. Nur Fakten, ausschließlich Fakten. Das Spannende, die wahre Faszination des

Themas lag jedoch in der Grauzone zwischen Wissenschaft, Gerücht und Erinnerung. Im Mantel des Geheimnisvollen, der diese Gegend heute noch umhüllt.
Wenn sie es niederschrieb, würde man sie mit ziemlicher Sicherheit als unseriöse historische Schatzsucherin abstempeln, wenn sie es verschwieg, würde sie das Wesentlichste weglassen.
Es war kein gutes Thema, es war ein Himmelfahrtskommando.
Und dann gab es noch ihn. Den Mann und seine Geschichte.
Noch einen Toplitzsee!
Den Reichsschatz.
Sie hatte bisher nur am Rande davon gewußt, daß Gold in den Süden transportiert und bis nach Bayern gelangt war, daß man das meiste davon geborgen hatte und daß es die Alpenfestung nie erreicht hatte. Kein Thema für sie.
Bis jetzt.
Sie glaubte ihm jedes Wort.
Dort drüben, im Berg, lagen zwölf Tonnen Gold!
Das dazugehörige Wissen, wahrscheinlich sogar die detaillierten Pläne, wie es hätte eingesetzt werden sollen, um den Hitler-Horror am Leben zu erhalten, lag weiter unten – am Grunde des Toplitzsees.
Eine wunderschöne Gegend, so grün, so unschuldig, so friedlich.
Eine glückliche Fügung hatte sie weiterschlummern lassen.
Wolf Ziemann.

Der Mann hatte sie fasziniert, bevor sie seine Geschichte gehört hatte. Sie hatte keine Ahnung, warum. Es war einfach geschehen. Jetzt vermißte sie ihn.
Sie hatte gestern schon gewußt, daß sie das Warten auf ihn heute nicht mehr aushalten würde. Gitti, die Sennerin, war keine, die Dinge einfach ohne Gegenwehr geschehen ließ. Keine Dulderin.
Das Verlangen, ihn zu sehen, ihn zu spüren, mit ihm zu reden, einfach in seiner Nähe zu sein, war stärker als ihre Geduld.
Dazu kam die Neugierde.
Als sie dem verrückten Alten zum ersten und einzigen Mal begegnet war, hatte seine Anwesenheit Unbehagen erzeugt. Ebenso wie die Anwesenheit des aufdringlichen jungen Jägers, der im Gegensatz zum Einsiedler jedoch eine lächerliche Figur war, mit der sie ohne weiteres fertig wurde.
Wolf Ziemann hatte sie vom ersten Augenblick an vertraut, ohne Angst, ohne Mißtrauen. Und ohne viel darüber nachzudenken.
Vielleicht war es auch das Rätselhafte gewesen, das Mystische, das er mitgebracht hatte. Alles hatte sich vermengt, hatte genau zusammengepaßt. Die Mystik des Toplitzsees, mit der sie allein nicht fertigwurde, die Mystik des Reichsgolds, die Mystik des Alten, des Berggeistes.
Sie stand rasch auf, zog sich an und tat, was sie als Sennerin tun mußte.
Dann griff sie nach der hellblauen Windjacke und schloß die Hütte ab.

Es war neun Uhr.
Der Himmel war bewölkt, aber es sah nicht nach Regen aus.

Ziemann war froh, als der Morgen endlich kam. Alpträume hatten ihn durch die Nacht gejagt, immer wieder aufschrecken lassen, einmal schweißgebadet, dann wieder fröstelnd.
Er hatte seinen Vater gesehen, deutlich wie noch nie. Das Gesicht ganz groß, den offenen Mund, die Zähne, jeder einzelne war ein Goldzahn gewesen.
Die Mutter und er selbst. Sie hatte ihn hochgehoben, kein Baby, so groß und erwachsen wie jetzt, aber sie hatte es mit Leichtigkeit geschafft. »Rolf, dein Sohn«, hatte sie gefleht. Die Goldzähne hatten ihn angefunkelt, er hatte danach gegriffen, sie betastet, dann hatten sie zugebissen, seine Finger. Kein Schmerz, nur Enttäuschung, Leere, Verlust. Erwachen.
Die Nacht.
Der Alte, vor der Hütte sitzend. Sein Kopf lag im Schoß des Alten, die Klauen des Alten streichelten sein Haar. Sanft, ganz sanft. Weich.
»Mein Sohn«, sagte der Alte, »du bist mein Sohn!«
Die Erleichterung. Grenzenlos.
»Ich habe es immer gewußt«, hörte er sich sagen.
Der Alte reichte ihm einen Becher. Dampfend.
»Trink das, dann wirst du alles wissen!«
Ziemann trank, gierig. Es schmeckte süß wie Honig und doch anders.

Der Berg, die Geröllwand, sie tat sich auf.
Er ging in das Dunkel, hinter ihm der Alte, er roch den Atem, spürte die Hand auf seiner Schulter.
»Geh nur«, sagte die Stimme, »es ist jetzt dein Schatz!«
Kisten. Gewaltige schwarze Metallkisten. Kein Rost. Seltsam. Er trug keine Lampe, aber es war trotzdem plötzlich taghell.
»Öffne sie«, befahl der Alte.
Ziemann bückte sich, keine Schlösser, nur ein Eisenstift, den er herausziehen mußte. Dann der Deckel, nicht schwer. Er hob ihn hoch, blickte in das Innere. Kein Gold. Nur Totenschädel. Weiße, grinsende Totenschädel.
Hinter ihm das Lachen des Alten. Dröhnend, höhnisch.
»Dein Schatz, dein Schatz!«
Die Hütte. Gott sei Dank keine Träume mehr.
Ziemann löste sich vom Bett des Alten, stellte sich auf seine Beine.
Es gab kein normales Leben mehr.
»Belüge dich doch nicht selbst«, sagte er laut.
Er hatte keinen Hunger, auch keinen Durst. Trotzdem ging er zum Brunnen, füllte den Topf mit Wasser und machte ein Feuer im Herd.
»Warten, warten«, sagte die zweite innere Stimme, »Geduld, nur Geduld führt zum Erfolg!«
Geduld, wenn das so einfach wäre. Alles in ihm drängte danach, etwas zu tun.
Irgend etwas. Nur nicht warten.

Er griff wahllos in die verschiedenen Kräuterbehälter und warf von jedem eine Prise in das dampfende Wasser.
»Hexengebräu«, sagte er und lachte laut.
Er ballte die Faust und streckte sie in Richtung Waldrand.
»Dein verdammtes Zeug kann mich nicht umbringen«, schrie er.
Er nahm den Becher und füllte ihn mit dem dampfenden Gebräu.
Es war viel zu heiß, doch er schaffte es, ein paar Tropfen davon in den Mund zu schlürfen.
»Siehst du, ich trinke es, deine verdammten Wurzeln, deine verdammten Blätter, dein ganzes verdammtes Wissen.«
Die Hütte blieb leer, kein Alter.
Nur Ziemanns Stimme war da. Sie füllte den Raum, bis sie verhallte. Dann wurde das Schweigen noch schwerer, noch unerträglicher.
Lächerlich, er kam sich lächerlich vor.
Er setzte sich an den Tisch und versuchte zu denken.
Logik.
Versuch, deine Situation zu analysieren, wer bist du, was bist du, was willst du, wie kannst du es erreichen?
Scheiße.
Der Berg. Es gibt nur einen einzigen Weg, und der führt zum Berg zurück. Wenn du schon dazu verdammt bist, auf Antworten zu warten, dann warte dort, wo die Fragen beginnen!
»Er hat dich dort umbringen wollen, du hast nur

Glück gehabt, fordere es nicht noch einmal heraus«, warnte seine innere Stimme.
»Warte, er wird es noch einmal versuchen, laß doch ihn den ersten Schritt tun«, flüsterte die zweite innere Stimme.
Ziemann ging.
Er sah das Minenplateau, die Geröllhalde, und er spürte das Unbehagen. Vielleicht war es jetzt sogar Angst. Er hatte nie mehr an diesen Ort zurückkehren wollen, aber er wußte, daß er nur dort die Antworten finden würde. Er konnte jetzt nicht mehr weggehen und irgendwo einfach weiterleben, als ob nichts gewesen wäre.
Das Verlangen nach dem Wissen, das er nur hier und jetzt finden konnte, hatte sich zu tief in ihn eingebrannt. Besessenheit, wahrscheinlich war das sogar das richtige Wort dafür.

Der Schlaf war trotzdem irgendwann gekommen, aber er war nur kurz gewesen, und der Alte hatte sich deshalb keine Vorwürfe gemacht. Jetzt, wo er ganz genau wußte, wie das Ende aussah, zählten solche Kleinigkeiten nicht mehr.
Der Feind war hier, weil er etwas wollte, das er, Obergefreiter Hans Bloch, besaß. Alles lag in seiner Hand, er bestimmte, was zu geschehen hatte. Der Feind hatte seine Hilflosigkeit am Vorabend herausgeschrien. Widerlich.
Der Feind lag dort drüben, in seiner Hütte, auf sei-

nem Bett. Es war schon richtig, daß er ihn damals, als er als kriechender, blutender Krüppel bei ihm aufgetaucht war, nicht krepieren hatte lassen. Alles hatte einen Sinn.

Auch der Verräter hatte damals an seine Hütte geklopft.

Der Alte erinnerte sich ganz genau daran. Spürte den heißen Schwall, der vom Bauch in die Brust und dann in das Gehirn geschossen war. Das Gesicht, er hatte sich so sehr danach gesehnt, dieses Gesicht noch einmal sehen zu können. Im Todeskampf, endlos leidend, büßend.

Er hatte ihn klopfen lassen und die Hütte durch die hintere Türe verlassen.

Ohne die Macht, die ihm die Uniform verliehen hatte, den Offiziersrang, der gottgleich über Leben und Tod bestimmen hatte können, damals – ohne das Grau, ohne das Silber und das Gold am Kragen, ohne die Pistole in der Hand, hatte der Verräter schwach gewirkt, verletzlich.

Bloch hatte nur warten müssen – wie jetzt.

Er hätte ihm gerne die ganze Wahrheit gezeigt, doch die Zeit war zu kurz gewesen. Der Verräter war damals so rasch und so ahnungslos in seine Falle getappt, daß es ihm, dem Rächer, am Ende leid getan hatte, daß er das Leiden nicht hinauszögern hatte können.

Das Bild hatte sich, gleichsam als Genugtuung, für immer in sein Hirn eingebrannt. Er hatte es immer wieder abgerufen, und es hatte ihm immer wieder den Mut gegeben weiterzumachen.

Der Verräter war ein geübter Kletterer gewesen, hatte sich auf der Geröllhalde, die er selbst aus dem Berg gesprengt hatte, geschickt bewegt. Und er hatte gesucht.
Doch es hatte nichts gegeben, das er hätte finden können. Nur Felsbrocken und die dünne Moosschicht, die sich damals schon über die Steine gelegt hatte. Er, Obergefreiter Hans Bloch, hatte gewartet, bis der Verräter den obersten Rand des Gerölls erreicht hatte. Die Beine waren gespreizt, hatten festen Halt gefunden. Er konnte in der Wand stehen, ohne sich mit den Händen festklammern zu müssen. Suchend, die Arme in die Hüften gestemmt.
Das Bild.
Er hatte ihn lange beobachtet, gewartet, bis der Stolz aus dem Gesicht des anderen verschwunden war und der Erkenntnis Platz gemacht hatte, daß er selbst das, wofür er zum Verräter geworden war, für alle Zeiten vernichtet hatte. Daß er nichts finden würde.
Es war nur die Hoffnung, die er zu diesem Zeitpunkt verloren hatte, das Leben hatte der Verräter in diesem Augenblick noch besessen. Dann hatte er ihm auch das genommen.
Als er aus seinem Versteck, oben am Grat, getreten war und sehen und fühlen durfte, wie die einst so mächtige Kreatur unter ihm vor Schreck und Todesangst erstarrte, war er sich wie ein Engel vorgekommen. Alles, was er damals getan hatte, war rein gewesen, die Erfüllung eines göttlichen Plans – Gerechtigkeit.

Der Verräter hatte ihn nur angestarrt, er hatte nicht einmal um Gnade gebettelt.
Kein Wort war gewechselt worden, bis er die Steine ins Rollen gebracht und zugesehen hatte, wie sie den Körper in die Tiefe rissen.
Ultimative Genugtuung. Er hatte dieses Gefühl immer wieder gesucht, es war im Laufe der Zeit schwächer geworden, seit Jahren hatte er es nicht mehr gefunden.
Aber er hatte gewartet, und jetzt war es wieder da.
Er hörte auch die Befehlsstimme wieder, die so lange geschlafen hatte.
Es war ein großes Gefühl.
So groß, daß es keine Steigerung mehr geben konnte.
Es war das Ende!
Für alles.
Als der Morgen kam, war der Alte hellwach.
Er sah, wie der Feind aus der Hütte trat, Wasser holte, und er sah den Rauch, der sich aus dem Kamin in den Morgen kräuselte.
Er wollte gerade nach dem Helm greifen und ins Freie treten. Teil eins des Plans: Der Fremde sollte ihn sehen, erkennen, wahrscheinlich würde er wieder zu brüllen beginnen, doch er würde stumm bleiben, der Lockvogel sein, dem der andere folgen müßte, dorthin, wo ihn der Alte haben wollte. Dann würde Teil zwei des Plans beginnen.
Doch der Fremde kam ihm zuvor, trat selbst ins Freie, blieb stumm, stapfte ohne Gebrüll los, genau in seine Richtung, dem Waldrand entgegen.

Gut, dachte der Alte und trat trotzdem ins Freie. Stahlhelm, Uniform.
Er bemerkte, daß ihn der andere sah, stehenblieb, zögerte.
Dann verschwand er wieder.
Er wußte, wohin der Feind gehen würde.
Und er wußte ganz genau, was zu tun war.

Ziemann hatte ihn gesehen, jetzt gab es keinen Zweifel mehr. Der Alte war der Geistersoldat.
Die Gestalt, die kurz aus dem Schatten des Waldes trat, war etwas Reales. Ziemann ahnte auch, warum dieser Mensch es tat. Trotzdem war die Erscheinung eine gespenstische. Unwirklich.
Ziemann spürte, wie ihm kalt wurde. Frösteln.
Er hätte auch lachen, sich in Spott flüchten können, eine lächerliche Maskerade, ein Verrückter, aber er schaffte es nicht.
Er hatte Angst. Diesmal war sie wirklich da. Nackt und ungeschminkt, kein Zynismus, kein Spott, keine Logik, auch der Versuch, die Vernunft zu finden, schlug fehl.
Er war allein. Und alles, was von nun an geschah, hatte etwas mit Sterben zu tun, mit Getötetwerden. Oder mit Töten.
Verrückt oder nicht verrückt, die Gestalt, die er gerade gesehen hatte, hatte nichts mehr gemein mit dem alten sonderbaren Kräuteronkel, der ihm vor kurzem noch das Leben gerettet hatte, dem er so

dankbar gewesen war, den er respektierte, auch jetzt noch. Diesen Alten gab es nicht mehr.
Der Geistersoldat tauchte immer wieder auf, kurz, gerade so lange, daß er ihn bemerken mußte, er war der Wegweiser. Die Botschaft war klar. Komm, folge mir, ich zeig dir was!
Ziemann kannte den Weg, er war ihn erst gestern gegangen. Unbeschwert, unbelastet, er hatte ja nur seinen Rucksack holen wollen. Jetzt war alles anders, auch die Landschaft schien sich verändert zu haben, war grimmiger geworden, abweisender. Mit jedem Schritt, der ihn näher an den Berg heranbrachte, wuchs die Spannung. Und die Angst.

Der alte Minenweg.
An manchen Stellen war er verschwunden, einfach weggerissen von Steinlawinen, Muren. Oder vom Schmelzwasser weggespült. An anderen hatten sich Büsche, Sträucher, sogar Bäume angesiedelt, ihn so überwuchert, daß es kaum ein Durchkommen gab.
Der alte Reisinger konnte sich gut an die Zeiten erinnern, als der Minenweg noch befahrbar war. Die Bauern hatten damals sogar das Vieh hier hochgetrieben und Ochsenkarren mitgeschickt, die die Vorräte für die Sennhütten hochgekarrt hatten. Bis zum Minenplateau. Dort war noch das gemauerte Haus gestanden, in dem man alles deponiert hatte. Die Senner und Sennerinnen waren dann mit den

Tragkörben gekommen und hatten das, was ihnen gehörte, im Laufe der Zeit zu ihren Hütten geschleppt.
Die Mine selbst hatte es auch damals schon lange nicht mehr gegeben. Der Eingang war mit dicken Brettern vernagelt gewesen. Der Reisinger erinnerte sich noch gut an die große Holztafel mit dem aufgemalten Totenkopf. »Betreten verboten – Todesgefahr!« stand darunter.
Er genoß jeden Schritt. Mein Gott, wie oft war er diesen Weg früher gegangen, hatte das Leben genossen und war dankbar gewesen, daß ihm das Schicksal den Traumberuf zugeteilt hatte.
Nur der Krieg hatte ihn für einige Jahre von diesem Land weggerissen. Norwegen, Finnland. Dann Rußland, Stalingrad. Der Horror. Er war einer der letzten gewesen, die ausgeflogen wurden.
Verdammter Krieg.
Der alte Reisinger schüttelte den Kopf, wollte nicht daran denken. Er hatte Glück gehabt, die anderen nicht. So war es gewesen. Schicksal.
Warum der kopflose Wehrmachtshaufen auf seiner Flucht vor den anrückenden Amerikanern die alte Mine mit wertlos gewordenem Zeug vollgestopft und dann zugesprengt hatte, war ihm heute noch ein Rätsel. Damals war so vieles geschehen, für das es keine logische Erklärung gab.
Chaos. Es hatte Wochen gedauert, bis er sich durch das zerstörte Land nach Silberberg durchgeschlagen hatte.
Erst viel später hatten sie ihm von den vier Last-

wagen erzählt, die von der flüchtenden Horde im Tal zurückgelassen und später von amerikanischen Panzern weggeschleppt worden waren. Und von den beiden alten Bauern, die von den Soldaten gezwungen worden waren, mit ihren Ochsenkarren den Berg hochzufahren. Munitionskisten hatten sie geladen und Waffen, einer aus dem Dorf hatte alles gesehen.

Kriegsmaterial, wertlos für den Verlierer, dem Feind sollte es trotzdem nicht in die Hände fallen. Kriegsirrsinn.

Im Dorf wurde nie viel darüber geredet. Keiner wollte wirklich wahrhaben, daß dort oben, in ihrem Berg, wahrscheinlich eine Bombe schlummerte.

Die einzigen, die vielleicht erklären hätten können, warum die Mine tatsächlich zugesprengt worden war, hat man seit damals nie mehr gesehen. Die beiden alten Bauern verschwanden ebenso spurlos wie ihre Ochsen und die Karren.

Der Minenweg und das Plateau waren seit damals Tabuzonen. Die Menschen vom Dorf legten einen neuen Weg an auf den Berg, der einen weiten Bogen um den unheimlichen Ort machte.

Der Reisinger hatte den Minenweg trotzdem manchmal benutzt, als einziger. Wahrscheinlich nur deshalb, weil er ihn an die alten Zeiten erinnerte.

Als er endgültig und unwiderruflich in den Ruhestand geschickt worden war, hatte er sich vorgenommen, einen dicken Schlußstrich unter das alte Leben zu ziehen. Damals hatte er vom Berg Abschied genommen und sich geschworen, nie mehr

wiederzukommen. Auch nicht als Wanderer. Er wollte nicht an das Vergangene erinnert werden, das es nie mehr geben würde.
Die völlige Abnabelung von seinem Berg hatte er aber nie geschafft, wollte wenigstens wissen, was sich dort oben tat. Vielleicht traf er sich deshalb regelmäßig mit dem jungen Trummler.
Der Reisinger wußte, daß das, was heute geschah, nicht gut war. Er fühlte sich wie ein Drogensüchtiger, der den Entzug beinahe geschafft hat und am Ende doch noch einmal zur Nadel greift.
Aber es war so schön. Das alte Gewand, die alte Büchse, das alte Leben.
Nur noch einmal, dann nie wieder.
Er schwor sich, daß es endgültig das letzte Mal sei.

Brigitte Salzner stand vor der Hüttentüre und zögerte anzuklopfen. Vielleicht war es doch nicht richtig, daß sie hierhergekommen war.
Wolf hatte ihr ziemlich deutlich zu verstehen gegeben, daß es ihm, vor allem jedoch dem Alten nicht recht sein würde, wenn sie hier auftauchte.
Es waren immer solche Impulse gewesen, die ihr Leben bestimmt hatten. Manchmal war sie damit im Fettnäpfchen gelandet. Doch so war sie eben, und so wollte sie auch bleiben.
Zum Teufel mit dem Alten. Er spielte keine Rolle für sie. Es war Wolf, den sie sehen wollte, den sie brauchte. Und er brauchte sie. Sie wußte es.

Das Klopfen verhallte. Keine Reaktion. Sie klopfte noch einmal. Nichts.
Die Tür war nicht verriegelt, sie knarrte, als sie sie langsam aufdrückte.
Alles war alt und vergammelt, die Luft, die ihr entgegenschlug war muffig, unangenehm, auch das Licht, das sich durch die winzigen Fensterhöhlen quälte, war alt, verlogen, versuchte sich vor ihr zu verstecken.
»Hallo, ist hier jemand!«
Kein Wolf, kein Alter. Nur das Muffige, das Verlogene, ein Versteckspiel mit der Wirklichkeit.
Sie fragte sich, was es gewesen sein konnte, das Wolf so fasziniert hatte. Sie schaute sich um, rümpfte die Nase und suchte nach einer Antwort. Was kam, war Beklemmung und der Wunsch, diesen Ort rasch zu verlassen.
Draußen im Freien atmete sie tief durch, der Himmel war grau, es war kühler geworden, und sie war froh, daß sie die Windjacke mitgenommen hatte.
Sie überlegte kurz, ob sie das Experiment abbrechen und zurückgehen sollte. Er hatte ihr ja versprochen, daß er morgen kommen würde.
Ihr Stolz und wohl auch ihr Dickschädel sträubten sich dagegen. Umkehr war gleichbedeutend mit Versagen. Das Eingeständnis, daß der Marsch zur Hütte des Alten eine Schnapsidee gewesen war.
Gitti Salzner hatte noch nie auf halbem Weg aufgegeben.
Sie wollte Wolf Ziemann finden, und so würde es auch sein.

Vielleicht hatte er die Hütte nur kurz verlassen, war mit dem Alten in den Wald gegangen, um nach Kräutern zu suchen.
Sie beschloß, eine halbe Stunde zu warten, und setzte sich auf die Bank vor der Hüttentüre. Wenn er bis dahin nicht aufgetaucht war, würde sie ihn wohl oder übel suchen müssen.

Es klappte wie am Schnürchen.
Er war der Marionettenspieler und bestimmte die Bewegungen des anderen. Der Puppe. Seiner Puppe. Sie tanzte so, wie er es wollte. Genau so.
Der Alte war zufrieden.
Das Plateau. Er überquerte es rasch und versteckte sich hinter den Büschen, die am unteren Rand der Hochfläche bis an den alten Minenweg heranwuchsen, der hier begann.
Es dauerte nur wenige Minuten, bis der Feind auftauchte. Er blieb am Rande des Plateaus stehen und blickte suchend um sich.
Hilflos, so hilflos, dachte der Alte.
Der Helm drückte schwer auf seinen Kopf, doch er konnte ihn nicht abnehmen. Jetzt nicht.
Er ließ den Feind schauen, ließ ihn ein paar unsichere Schritte in die Mitte des Plateaus tun, genoß die Unsicherheit des anderen.
Angst, dachte er, jetzt hat er Angst. Das ist gut. Es ist immer gut, wenn der Feind Angst hat.
Der Alte löste sich aus seinem Versteck, ließ die Äste

rascheln, er wollte ja, daß ihn der andere hörte, sah.
Der Fremde drehte sich um, ein Blick, nur ein kurzer Blick, das genügte.
Alles lief nach Plan.
Er sah, daß sich der andere bewegte, in seine Richtung ging.
Der Alte kannte jeden Meter des Wegs, jeden Stein, jeden Strauch. Er war ihn ja so oft gegangen. Es hatte einen Sinn gehabt. Alles hatte einen Sinn gehabt.
Es ging steil bergab, immer die Felswand entlang. Rechts der Abgrund. Er durfte nicht stolpern, jetzt nicht. Er war nie gestolpert, und es waren viele, viele Rundgänge gewesen, die ihn hierhergeführt hatten.
An der Abzweigung blieb er stehen, wartete auf den Feind, zeigte sich kurz und eilte weiter.
Dann der Ort, an dem sich der Berg öffnete, alles Enge, Steile, Hohe, Felsige wegwarf und den Blick in die Weite freigab. Das Land. So klein, so unbedeutend. Die winzigen Häuser, zerbrechlich, Menschen, kleiner als Ameisen. Es war immer der Lieblingsplatz des Alten gewesen. Der Stein, auf dem er so oft, so lange gesessen und das Gefühl der Überlegenheit ausgekostet hatte, das ihm dieser Platz stets geschenkt hatte.
Er hätte sich auch jetzt gerne hingehockt, aber er hatte keine Zeit dazu. Er warf nur einen kurzen Blick in die Tiefe und ging dann zu dem mächtigen Strauch, der sich an die Felswand schmiegte.
Seine Äste verbargen einen Spalt, der gerade breit genug war, um einen schlanken Körper durchzulassen. Selbst wenn es den Busch nicht gegeben hätte,

wäre er nur zu erkennen gewesen, wenn man unmittelbar davor stand.
Der Alte drückte die Äste mit einer Handbewegung zur Seite, hielt den Atem an und schob sich immer weiter in den Berg hinein. Einen halben Meter später war die Tortur überstanden. Er hatte den Beginn einer mannshohen Höhle und das Ende des Tageslichts erreicht. Er griff in der Düsternis um sich und fand die Lampe, die er hier deponiert hatte. Er zündete sie an und hatte nun genug Licht, um auch die zweite Lampe zu finden, die etwas weiter hinten auf dem lehmigen Höhlenboden lag.

Mut? Was war Mut?
Dummheit? Unvernunft?
Heldentum?
Ziemann hatte Zeit, viel Zeit. Und Angst.
Er ließ die Gedanken durch sein Hirn rasen und bemühte sich gar nicht, sie aufzuhalten. Fragen ohne Antworten.
Er war nicht mutig. Vielleicht war er es doch. Gerade jetzt, aber es war ihm egal.
Je näher er dem Plateau kam, desto stärker wurde der Druck in seiner Brust.
Das Plateau war das Ziel, das Zentrum, der Punkt, an dem alle Fäden zusammenliefen. Der Beginn und das Ende.
Er stand da und starrte ins Nichts. Nur Fels und Moos und Bäume.

Wo war der Geistersoldat, sein Wegweiser?
Dann hörte er ihn, sah ihn. Am Anfang des alten Minenweges.
Es war doch nicht das Plateau, warum? Was erwartete ihn am Ende?
Die Felswand, senkrecht, der Weg, ganz schmal, der Abgrund.
Ein Stoß, ein kleiner Stoß, das Gleichgewicht war der Tropfen in der Wasserwaage, zitternd.
Niemand kam, nichts brachte ihn aus der Balance. Er hatte sich ja schon einmal diese Felswand entlanggetastet, damals, als er aus dem Dorf hochgekommen war. Bergauf war anders als bergab. Bergab war wackeliger, unsicherer, gefährlicher. Es waren ja nur wenige Meter, dann wurde der Pfad wieder breiter.
Wieder der Geistersoldat, kein Wort, keine Geste, nur die Gestalt, kurz und schemenhaft. Der Wegweiser.
Ziemann bog vom Minenweg ab, ein kleiner Felssteig, kaum erkennbar, Büsche und ein paar hohe Bäume. Dann das abrupte Ende. Der Fels stürzte in die Tiefe, ließ nur einen kleinen Platz zurück, mit einem Stein, der dastand wie ein bequemer Sitz, und einem dicken Busch, der sich an die Wand schmiegte.
Unten war die Welt. Eine Miniatur menschlicher Zivilisation. Der Anblick hatte ihn so überraschend getroffen, war so gewaltig, daß er Ziemann für einen Augenblick den Atem aus der Brust preßte.

Sein Staunen wurde von einem Geräusch zerstört, das die Felswand ausstieß.
Blätterrascheln, dann ein heiseres Hüsteln.
Ziemann drehte sich um, sah, daß sich der Busch bewegte.
Kein Geistersoldat, ein Geisterrascheln und ein Geisterhüsteln.
Der Wegweiser.
Er drückte die weichen Äste zur Seite und sah den Spalt.
Nur ein Riß im Fels, eine Wunde.
Ein Weg. Eine Falle.
Am anderen Ende des Spaltes wartete der Geistersoldat, das war klar. Wenn er sich in den Berg zwängte, war er ihm ausgeliefert.
Es gab nur ein Ja oder ein Nein. Schwarz oder Weiß. Leben oder Tod.
Und die Antwort auf alle Fragen.
Ziemann hatte die Wahl. Er konnte sich umdrehen, weggehen und vergessen.
Oder in den Berg eindringen, in dem sich die Antworten befanden. Und der Kassierer, der den Preis dafür einfordern würde – sein Leben!
Doch ohne Antworten war ohnehin kein Leben mehr möglich. Jetzt nicht mehr.
Es gab keine Wahl. Die Entscheidung war längst getroffen.
Ziemann hielt den Atem an und schob seinen Körper in den Berg. Zentimeter um Zentimeter. Der Fels drückte auf Rücken und Brust, aber er war kein Hindernis. Es dauerte nur Sekunden, bis Ziemann wie-

der frei war, in einem größeren Raum stand und die Lampe sah, die warmes orangefarbenes Licht an die Höhlenwand flackern ließ.
Es war eine Petroleumlampe, der Glaszylinder war verrußt, die Flamme war klein und züngelte unermüdlich.
Ziemann nahm sie auf und bewegte sich. Obwohl die Decke hoch genug war, ging er gebückt, ließ die Füße über den Boden schleifen, um so Unebenheiten, die ihm die Lampe nicht zeigen konnte, zu ertasten.
Ziemann war noch nie in einer Höhle gewesen. Das Berginnere hatte sich ihm nur dann aufgetan, wenn er durch einen Tunnel gefahren war. Betonierte Röhren, elektrisch beleuchtet, alle hundert Meter eine Telefonzelle.
Jetzt drang er in den Bauch vor, schritt durch die Gedärme.
Es war warm. Schweißperlen sickerten aus der Stirnhaut, wurden größer, rollten über die Wangen. Er streckte die Zunge heraus, fing einige davon ein und zog sie in den Mund. Salzig. Nichts Neues.
Manchmal wurde der Darm so eng, daß er sich mit dem Rücken gegen den Fels pressen und sich seitlich durchschieben mußte, dann schrumpfte die Decke, zwang ihn auf die Knie, einmal sogar auf den Bauch, und er mußte sich weiterschlängeln wie ein Wurm. Die Hände nach vorn gestreckt. Sie trugen ja die Lampe. Endlos. Meistens steil ansteigend. Es wurde immer wärmer. Mehr Schweiß.

Dann der erste Stollen. Er blickte sich vorsichtig um.

Es gab nichts mehr. Nur die Wahrheit. Und die Wahrheit war hier.

Der Beweis für die Lügen. Das Ende der Macht.

Jetzt war er die Macht. Und der Richter.

Der Alte wischte mit der Hand den Staub von einer Kiste.

Berlin.

Ihr seid die Elite, hatten sie damals gesagt. Handverlesen und treu. Der Auftrag käme von ganz oben, vom Führer persönlich. Er kennt deinen Namen, weiß, daß er dir vertrauen kann. Auch jetzt, in einer Stunde scheinbarer Düsternis.

Der Alte hatte die Worte nie vergessen. Sie waren vom Verräter gekommen, der damals noch ein Held gewesen war. Ihr Held.

Ihr seid die Auserwählten, hatte er gesagt. Die Stimme, eisern, mehr als nur überzeugend. Kein Befehl, ein Auftrag, Ehre, Unsterblichkeit.

Hans Bloch, Obergefreiter. Weniger als ein winziges Rädchen in einem Apparat, der mächtiger war als alles, was er sich damals vorstellen hatte können.

Der Führer persönlich.

Er erinnerte sich daran, wie sie zusammengestanden und getuschelt hatten.

Mitternacht. Sie waren mit den Lastwagen durch die Stadt gefahren, nicht im Konvoi, zuerst der eine dann der andere, dann waren alle scheinbar zufällig am selben Ort eingetroffen. Eine breite Straße, menschenleer. Das Gebäude, ein Schloß mit mächtigen Säulen. Er war in eine Seitengasse gelotst worden, in einen Hinterhof. Zurückschieben, ganz langsam, bis zu einer Rampe. Die Plane hoch. Der Wachposten. »Verschwinde«, hatte er gesagt, »komm in einer halben Stunde zurück!«

Berlin.

Den Führer hatte er nie gesehen. Nur seinen Stellvertreter. Oberstleutnant Rolf Ziemann. Den Mann mit dem Auftrag. Seinen Kommandanten.

Sie hatten ihn das Gehorchen gelehrt. Es hatte nur das Gehorchen gegeben. Alles andere hätte ihn zum Verräter gemacht. Vor dem Gehorchen waren die Befehle gewesen. Befehlsverweigerung war undenkbar. Das schlimmste Verbrechen. Der Tod!

Oberstleutnant Rolf Ziemann hatte die Befehle gegeben. Nicht barsch, nicht schroff, er hatte die Position nie ausgenutzt, zu der ihn das Gold und Silber am Uniformkragen ermächtigt hätte. Sie waren Freunde geworden. Mein Gott, sie waren während der langen Stunden im Führerhaus des Lastwagens Freunde geworden. Hatten über alles geredet. Den Tod seiner Eltern, das Waisenhaus.

Ein Mensch. Kein Vorgesetzter, keine Befehlsgewalt. Verständnis. Und Freundschaft.

Der Alte sah das Licht am Ende des langen Tunnels. Es bewegte sich langsam, flackerte näher.

Der Stollen wurde immer breiter, dann sah Ziemann das andere Licht. Weit vorn, eine winzige Flamme die in die große Finsternis flackerte. Der Wegweiser. Er stapfte weiter, Schritt um Schritt. Er hatte keine Eile. Die Zeit war tot. Es gab nur ihn und den anderen und die Schritte und die Antwort auf alle Fragen.

Dann sah er die Kisten. Einen gewaltigen Wall dunkler stählerner Quader. Einer über dem anderen, neben dem anderen. Ein Berg aus Gold.

Er streckte eine Hand aus und berührte das Metall. Es war da, kein Trugbild.

Der Vater.

Das Reich.

Die Wirklichkeit!

Zwölf Tonnen Gold! Sie existierten tatsächlich. Das Unermeßliche.

Das Flackern, das ihn hierhergelotst hatte, wurde kleiner, schrumpfte zu einem glühenden Punkt und ließ sich dann ganz von der Finsternis schlukken.

Ziemann hatte nur sein eigenes Licht. Er ging weiter. Am Ende des Goldes schälte der matte Schein seiner Lampe zwei menschliche Beine aus der Dunkelheit. Sie trugen Militärstiefel und Uniformhosen und gehörten zu einem von drei vollständig uniformierten Skeletten, die, sauber aufgereiht, nebeneinander an der Felswand lehnten.

Ziemann hob die Laterne und ließ das Licht über die Toten wandern.

»Wachtmeister Hans Pirker«, sagte eine Stimme aus

der Dunkelheit. Er kannte sie. Es war die Stimme des Alten.
»Obergefreiter Maximilian Schrey.«
»Obergefreiter Alois Hauer.«
Stille.
Ziemann ließ das Licht weiterwandern, bis es einen Bauernkarren einfing und noch zwei menschliche Skelette freilegte. Dann sah er nur noch Felstrümmer, geborstenes Holz und deformiertes Eisen.
Die Lampe legte nur einen winzigen Teil der Dunkelheit frei. Der Rest war schwarz, undurchdringlich. Sie verbarg den Alten.
Ziemann spürte seine Nähe.
Dann hörte er, wie ein Streichholz angerissen wurde, sah die kleine Flamme, die in der Lampe eine größere zum Leben erweckte. Links von ihm, nur wenige Meter entfernt.
»Bloch«, rief er. Dann noch einmal.
»Bloch!« so laut er konnte.
»Laß das verdammte Versteckspiel! Ich will mit dir reden!«
Die Stille war die einzige Antwort, die er bekam.
»Jetzt reicht es, hörst du, ich habe die Nase voll, endgültig!«
Ziemann tat ein paar Schritte, erreichte das Licht. Es war nur die Lampe, die auf dem Boden stand. Vom Alten war nichts zu sehen. Er wollte sich danach bücken, aber es kam nicht mehr soweit. Davor explodierte sein Schädel.
Ein Knall, kein Schmerz, Rot, leuchtendes Rot,

gleißendes Licht, dann Schwarz und dann nichts mehr.

Der Reisinger hatte endlich das Plateau erreicht. Es hatte länger gedauert als in seiner Erinnerung. Und es war mühsamer gewesen, der Weg steiler.
Er ging zur Stelle, an der er vor so langer Zeit den Toten gefunden hatte. Damals waren hier noch nicht so viele Pflanzen aus dem Boden gewuchert. Es war ein Schotterboden gewesen, plattgewalzt. Nur Grasbüschel, vereinzelt, noch keine Sträucher wie jetzt.
Es war die Wunde am Schädel gewesen, die ihn das Leben gekostet hatte. Keiner konnte eine solche Verletzung überleben. Wahrscheinlich war er noch während des Absturzes gestorben. Die Behörden hatten den Fall nie untersucht. Wozu auch. Der Mann war abgestürzt, vielleicht hatte er zuvor eine Steinlawine ausgelöst. Die Felsbrocken, die herumlagen, hätten allerdings auch schon vor dem Unfall herabgestürzt sein können.
Ein Fremder, der verrückt genug gewesen war, die Herausforderung der Berge anzunehmen. Er hatte verloren.
Es war nur wenige Jahre nach Kriegsende gewesen. Die Menschen hatten so viele Tote gesehen, daß sie ein einzelner nicht erschüttern konnte.
Der Reisinger stapfte zu den Trümmern des Minenhauses.
Nicht mehr viel da. Nur die Reste der Grundmau-

ern, aber man sah sie kaum, weil sie im Laufe der Jahre völlig überwuchert worden waren.
Er streifte die Büchse ab, lehnte sie gegen einen Mauerrest, dann nahm er auch den Rucksack ab, stellte ihn auf den Boden und setzte sich auf die Mauer.
Dieser Tag war ein Geschenk, und er wollte ihn so intensiv wie nur möglich genießen.

Brigitte Salzner war noch nie hiergewesen, sie hatte den Weg zum Minenplateau jedoch mühelos gefunden.
Es dauerte eine Weile, bis sie bemerkte, daß sie nicht allein hier war. Das Grau seiner Kleidung hatte den Mann, der im Gebüsch am Rande des Geröllkegels auf einem Stein hockte, für sie unsichtbar gemacht. Erst als er sich rührte, aufstand, in ihre Richtung blickte, sah sie ihn.
Der Mann war altmodisch gekleidet, älplerisch. Er war alt, aber es war nicht der Alte aus der Hütte.
»Hallo«, rief sie und winkte ihm zu.
Der Mann winkte zurück.
Sie ging auf ihn zu, er blieb stehen und wartete.
Das Gewehr, der Rucksack.
»Der Jäger bist du nicht«, sagte Gitti Salzner, »den kenne ich. Der ist jung und frech und penetrant aufdringlich.«
Der alte Mann lächelte ihr entgegen. Es war ein warmes, sympathisches Lächeln.

»Wenn ich nicht der Jäger bin, wer bin ich also dann? Der böse Wilderer?«
Sie lächelte zurück.
»Unmöglich«, sagte sie, »diese Sorte ist längst ausgestorben. Es sei denn, hinter den Büschen lauert ein Kamerateam, und der Regisseur mit der Baseballmütze würde in der nächsten Sekunde auf mich zustürzen und mich würgen, weil ich mitten in die Dreharbeiten eines Heimatfilmes geplatzt bin.«
Lautes Lachen, der Mann hielt ihr die Hand entgegen.
»Ich heiße Reisinger«, sagte er, »der Vorgänger des penetrant aufdringlichen Kerls, der sich Jäger nennt.«
»Gitti«, sagte sie, »ich bin in diesem Jahr die Sennerin hier oben!«
Sie setzten sich und tauschten ihre Geschichten aus. Er redete über seinen Nostalgietag, sie erzählte ihm von Wolf Ziemann, dem Arzt aus Deutschland, der an diesem Ort abgestürzt, vom alten Bloch gepflegt worden und dann in ihr Leben geplatzt war.
»Ich kenne ihn«, sagte der alte Jäger. »Er war ein paar Tage lang unten im Dorf, bevor er auf den Berg gegangen ist. Ich war es sogar, der ihm diese Route geraten hat.« Er schüttelte den Kopf. »So ein Narr! Ich hab ihn noch gewarnt. Da muß ihn wohl der Teufel geritten haben!«
»Wie wahr«, sagte sie. »Wenn Männer wirkliche Männer sein wollen, setzt bei ihnen oft das Hirn aus!«
Der Alte runzelte die Stirn, dachte kurz über ihren

letzten Satz nach, fand jedoch keine passende Antwort.
»Und du hast geglaubt, daß du ihn hier finden würdest«, sagte er statt dessen.
»Er wollte seinen Rucksack holen«, antwortete sie. »Vielleicht hat er es schon getan.«
»Muß wohl so sein«, sagte der alte Jäger, »ich sitze schon seit einiger Zeit hier, hab mir die Gegend angesehen, von einem Rucksack hab ich nichts bemerkt. Ich habe nur gesehen, daß erst vor kurzem eine Steinlawine von dort oben herabgedonnert ist.« Er zeigte in die Höhe.
»Ist eine gefährliche Gegend, hat schon einmal einen Deutschen das Leben gekostet.«
Sie kannte die Geschichte. Ziemanns Vater. Doch sie sagte nichts.
Er erzählte sie, und sie hörte zu.
Von einer Steinlawine hatte Ziemann nichts gesagt. Wahrscheinlich war sie vor seinem Unfall abgegangen. Trotzdem spürte sie plötzlich eine Unruhe. Irgend etwas war nicht in Ordnung. Die leere Hütte, keine Spur von den beiden Menschen, die eigentlich in der Nähe sein müßten, keinen Grund hatten, sich vor ihr zu verstecken.
Sie stand auf.
»Ich schau mir die Sache einmal näher an«, sagte sie.
»Welche Sache?«
»Die Wand, die Trümmer«, sie zuckte die Schultern, »die Sache eben!«
Sie näherte sich dem Fuß des Geröllkegels, der alte Jäger folgte ihr.

Nackte Felstrümmer ohne Moosbewuchs. Kopfgroß, noch größer. Eine ganze Menge davon.
Frische Steine.
Es dauerte nicht lange, bis sie den Farbflecken entdeckten. Ein Felsbrocken hatte ihn verborgen. Es war ein Teil des Rucksacks. Der Rest lag unter dem Geröll.
»Wolf«, schrie sie, »um Gottes willen, Wolf!«
Zu zweit räumten sie die Steine weg, wuchteten sie hoch, warfen sie zur Seite, dann war der Sack frei. Zerfetzt, mit zermalmtem Inhalt.
Das Mädchen starrte das wertlos gewordene Stück fassungslos an.
»Es ist nur der Rucksack«, sagte der alte Jäger leise und legte eine Hand um ihre Schulter. »Er war wohl hier, hat ihn gesucht, nicht gefunden und ist wieder zurückgegangen.«
Sie nickte. Keine Tränen.
»Ich muß trotzdem nach ihm suchen«, sagte sie. Und begann, noch mehr Steine aus dem Weg zu räumen. Der alte Jäger half ihr dabei.

Die Hälfte des Sprengstoffes, den sie damals hochgekarrt hatten, war noch da.
Der Verräter hat sich gut mit diesem Zeug ausgekannt, dachte der Alte.
Als es damals soweit gewesen war, hatte er sie angewiesen, einen Teil der Kisten zum Mineneingang zu schaffen, dann hatte er den Berg sehr lange

studiert, von innen und von außen. Er selbst hatte ihm geholfen, die Dynamitbündel zu verteilen, in Felsnischen zu klemmen oder einfach auf den Höhlenboden zu legen. Am Ende hatte der Verräter die Lunte geknüpft und verlegt. Er selbst und die anderen hatten ihm dabei zugesehen. Ein Fachmann. Bloch hatte ihn selbst damals noch bewundert.
Er hatte höchstens die Hälfte des Sprengstoffes gebraucht. Der Rest war in den wasser- und luftdichten Kisten. Die Deutschen hatten immer schon für die Ewigkeit gearbeitet. Qualitätsware! Bloch zweifelte nicht daran, daß der Sprengstoff auch nach all diesen Jahren noch funktionieren würde. Er war perfekt gelagert.
Er zerrte eine Kiste nach der anderen über den Höhlenboden durch die Dunkelheit ins Licht der Petroleumlampe.
Die Kisten hatten keine Schlösser, nur metallene Klappen an beiden Enden der Deckelvorderseite, die man wegziehen mußte. Die meisten funktionierten noch, einige klemmten und erforderten etwas mehr Zeit und Mühe, nur ganz wenige mußten mit Hammer und Schraubenzieher bearbeitet werden.
Alle Kisten waren offen.
Bloch trug vier Ladungen von Sprengstoffbündeln in die Dunkelheit zurück und deponierte je eines an jeder Ecke des Goldkistenberges. Den Rest verteilte er so, daß nach der Detonation vom Hohlraum, in dem sie sich befanden, nichts mehr übrigbleiben würde. Vielleicht würde sogar der Berg zusammen-

stürzen und alles begraben. Das Gold, das Bergwerk, die Vergangenheit. Alle Lügen.
Als er damit beschäftigt war, die Lunte anzubringen, hörte er das Stöhnen.
Der Feind schien zu erwachen.
Bloch unterbrach seine Arbeit, nahm die Lampe und setzte sich auf eine leere Sprengstoffkiste, die neben dem Gefesselten lag.
Er wartete.
Es war wohl das letzte Warten seines Lebens.

Wieder der Kopf, wieder ein Blackout.
Ziemanns Gehirnsperre löste sich nur langsam, das Bewußtsein flackerte kurz auf, verschwand wieder, kam zurück. Zögernd.
Wieder denken, verdammt noch mal, ich mag nicht denken. Quäl mich nicht!
Die Schmerzen, das Hämmern.
Er weigerte sich lange, die Augen aufzuschlagen, dann tat er es doch.
Die Wirklichkeit? War es wirklich die Wirklichkeit, oder war es Trug, der Traum.
Er sah eine Flamme, flackernd, sie tanzte vor seinem Gesicht.
Dann wanderte das Licht von ihm weg, zeigte ihm ein Gesicht. Er kannte dieses Gesicht. Es war das Gesicht des Alten. Allerdings nur das halbe Gesicht, die andere Hälfte war der Helm, ein Stahlhelm. Der Geistersoldat.

Der Schmerz war die Erinnerung. Sie klopfte an, weckte ihn, sagte ihm, was geschehen war, wo er war.

Es war heiß, der Schweiß ätzte in den Augen. Er versuchte, ihn wegzuwischen, konnte die Hände jedoch nicht bewegen.

»Bloch«, krächzte eine fremde Stimme.

Die Beine. Er konnte auch die Beine nicht bewegen.

Das Gesicht im Lampenschein. Verschwommen, durch den Schweiß in den Augen.

Er lag auf dem Boden und versuchte, sich aufzurichten, hochzusetzen.

Die Lampe wanderte aus seinem Blickfeld, das Gesicht verschwand.

Ziemann spürte Hände, die ihm halfen, an seinen Armen zerrten. Er hörte den Atem des anderen, roch ihn. So nahe.

Dann saß er, der Rücken aufrecht, gegen etwas Hartes gelehnt.

Die Lampe stand auf einer anderen Kiste, ihr Licht schälte eine helle Kugel aus dem Schwarz. Am Rande dieser Lichtkugel hockte der Alte.

»Warum«, krächzte die Stimme. Es war seine eigene.

»Weil es sein muß«, hörte er den Alten sagen, »weil die Zeit für das Ende gekommen ist!«

Stille.

»Welches Ende?«

Noch mehr Stille.

»Es wird so sein wie damals«, sagte der Alte schließlich, »Zerstörung. Diesmal wird nichts zurückbleiben, alles wird ausgelöscht. Für immer.«

Das Klopfen im Schädel war verschwunden, auch die Angst. Ziemanns Gedanken waren plötzlich klar, so klar wie noch nie. Worte. Wenn ihn etwas retten konnte, dann waren es Worte. Er mußte nur die richtigen finden. Wie redet man mit einem Irren. War der Alte ein Irrer?
»In Ordnung«, sagte er langsam und war überrascht, wie ruhig seine Stimme klang. »Ich bin bereit für das Ende. Du hast mich schuldig gesprochen, und ich werde dein Urteil akzeptieren. Allerdings erst dann, wenn ich die Gründe dafür kenne. Jedes Ende hat einen Anfang. Und jeder Verurteilte hat das Recht auf die Wahrheit, das gesamte Wissen. Ich will von dir den Anfang hören, alles, bis jetzt, bis zum Ende!«
Der Alte war eine Statue, erstarrt, stumm.
»Rede doch, verdammt noch mal«, schrie Ziemann, »wenn du mich schon umbringen willst, dann rede wenigstens, sag mir alles, mach dein verfluchtes Maul auf.«
Die Statue blieb starr.
Falsch, schoß es durch Ziemanns Kopf, es berührt ihn nicht. Ich bin für ihn die Vergangenheit, die er auslöschen will. Der Schuldige. Keiner, dem er eine Erklärung schuldet. Das Nichts, die Vernichtung. Ich muß Emotionen wecken, die Starre lösen, das Programm, das er seinem Hirn eingegeben hat, durcheinanderbringen, Verwirrung schaffen.
Zeit gewinnen.
Eine Idee, nichts anderes. Ein Versuch.
Ziemann lachte laut und höhnisch.
»Die Arschlöcher dort drüben«, rief er, »Hinz und

Kunz oder wie sie sonst noch geheißen haben, Idioten, Handlanger wie du, Bloch. Die das Gold hochgeschleppt haben, blöd und ahnungslos. Hitlers treue Diener.«

Er lachte wieder. Noch lauter, noch hämischer.

Die Statue begann sich zu rühren.

Ziemann mußte weitermachen, es war seine einzige Chance.

»Ich weiß jetzt ganz genau, was damals hier passiert ist«, rief er, »ihr habt sie erschossen. Mein Vater und du. Das Gold sollte euch gehören, euch allein. Mein Vater war dasselbe Arschloch wie du, ein Verräter, ein Mörder, ein Dieb! Du bist hiergeblieben, weil du es nicht aus den Augen lassen wolltest. Die Gier. Es war die Gier, die dich hier festgenagelt hat. Dann ist er zurückgekommen, aber du wolltest nicht mehr mit ihm teilen. Da hast du ihn umgebracht, vom Berg gestoßen. Es war eine Steinlawine, habe ich recht? Du hast es genauso gemacht, wie du es mit mir machen wolltest. Feige, hinterhältig. Bring mich doch um, Bloch, vernichte das Gold und den allerletzten Zeugen, der die schäbige Wahrheit über dich weiß. Ich habe keine Angst vor dem Tod. Es ist einfacher zu sterben, als mit der Schuld zu leben, die du immer mit dir herumtragen wirst.«

Das anfängliche Schreien war leiser geworden, zuletzt hatte Ziemann nur noch geflüstert.

Jetzt war wieder die Stille da.

Während Ziemann geredet hatte, war der Alte aufgestanden, hatte die Arme ausgestreckt, mit den

Händen an den Stahlhelm gegriffen, ihn vom Kopf gerissen, auf den Boden geworfen, dann hatte er sich wieder auf die Kiste gesetzt.
Ziemann wartete. Der Schweiß brannte in den Augen. Die Fesseln schnitten ins Fleisch.
Dann begann der Alte zu reden.
»Ich werde mit dir sterben«, sagte er ruhig.
»Warum?«
»Weil alles ein Ende haben muß. Ich habe das Ziel erreicht.«
»Zerstörung, Vernichtung? Hast du dafür gelebt?«
Schweigen.
»Ich habe für die Rache gelebt«, sagte der Alte.
Ziemann hatte ihn noch nie so reden gehört.
»Und ich«, fragte er, »ich bin deine Rache?«
Der Alte stand auf, stellte die Lampe auf den Boden, griff mit beiden Händen nach der Kiste, hob sie auf, tat ein paar Schritte und stellte sie neben Ziemann wieder auf den Boden. Dann ging er zurück, holte die Lampe und setzte sich.
»Du hast recht«, sagte er dann, »du sollst alles wissen. Die Wahrheit.«
Ziemann hielt den Atem an.
»Soldaten wie ich«, begann der Alte, zögerte einen Augenblick und zeigte dorthin, wo die drei Skelette lehnten, »und die anderen, Wachtmeister Hans Pirker, Obergefreiter Max Schrey, Obergefreiter Luis Hauer«, die Stimme stockte.
»Meine Kameraden«, fuhr er einige Sekunden später fort, »wir waren das Kanonenfutter, zum Gehorsam erzogen. Männer wie Oberstleutnant Ziemann

waren dazu bestimmt, für uns zu denken, sie befahlen, wir handelten.«
Schweigen.
Das Gesicht, das ihm die flackernde Laternenflamme zeigte, gehörte nicht mehr dem seltsamen Einsiedler, auch nicht dem Geistersoldaten. Es war ruhig, wirkte fast verklärt, manchmal schlossen sich die Lider.
Die Fesseln schnitten in die Haut. Ziemann war noch nie gefesselt gewesen. Die Fesseln zwangen seinen Körper in eine Position, die an den Gliedern zerrte, die Muskeln schmerzhaft spannte.
»Warum bindest du mich nicht los«, sagte er, »es tut verdammt weh!«
Der Alte ignorierte seine Bitte.
»Offiziere waren wie Götter«, fuhr er fort, »der Krieg gab ihnen die Macht, einfache Soldaten wie uns in den Tod zu schicken. Offiziere waren für solche wie mich unfehlbar, unerreichbar. Bis auf einen. Oberstleutnant Rolf Ziemann. Er war der einzige Mensch unter den Göttern. Er war mein Freund.«
Ziemann begann, das wahre Ausmaß der Tragödie erstmals zu erahnen.
»Es war der letzte Auftrag, der allerwichtigste. Vom Führer persönlich. Es ging um die Zukunft des Reichs, und wir waren die Auserwählten. Ich war der Fahrer, nur der Fahrer wie die anderen, Pirker, Schrey, Hauer. Er ist neben mir gesessen, und wir haben geredet, stundenlang. Ich hätte es zuvor nie für möglich gehalten, daß ein einfacher Soldat, ein Nichts wie ich, das im Waisenhaus aufgewachsen ist,

und ein hoher Offizier, aus feiner Familie, der noch dazu ein enger Vertrauter des Führers war, Freunde werden könnten. Damals ist es geschehen.
Er hat mir alles erzählt. Über den so geheimen Auftrag, über die Fracht. Auch über das Ende. Wir haben oft über den Tod geredet. Den gewöhnlichen Tod und den Heldentod. Nur Auserwählten war der Heldentod vergönnt. Uns hatte man von allerhöchster Stelle dafür auserwählt. Ihn und mich und die anderen. Wir sollten zu den wenigen Glücklichen gehören, denen die Unsterblichkeit geschenkt wurde. Unsere Namen waren für die Geschichtsbücher bestimmt, Vorbilder für die Generationen, die kommen würden.«
Die Worte, die Ziemann hörte, waren gewählt, die Sätze perfekt zusammengebaut, als wären sie irgendwo aufgeschrieben worden. Alles, was der Alte sagte, ergab einen Sinn. Er redete, ohne zu stocken, ohne Denkpause, es klang, als ob er es von einem Zettel lesen würde.
»Ich habe nie viel geredet«, sagt der Alte, »und danach hat es niemanden mehr gegeben, dem ich vertraut hätte. In mir drinnen hat es aber immer gearbeitet, ich habe im Kopf ein Buch geschrieben, alles aufgezeichnet. Für niemanden, nur für mich. Manchmal bin ich auf der Bank vor dem Haus gesessen und habe darin geblättert, Seite um Seite gelesen.«
»Der schweigsame Menschenhasser«, sagte Ziemann.
Der Alte nickte.

»Dazu habe ich mich gemacht. Die Gedanken waren immer da, haben mich gequält, quälen mich noch immer. Und jetzt rede ich mit dir. Einmal noch. Wenn du zuhörst, werde ich dir alles sagen, dann wirst du es verstehen.«
»Die Vernichtung, den Tod?«
»Auch das. Es ist der einzige Weg.«
Ziemann sagte nichts mehr.
»Wir haben alles in diese Mine gekarrt. Im Dorf gab es keine jüngeren Männer mehr, alle waren in den Krieg befohlen. Nur zwei alte Bauern waren da. Dein Vater hat sie nicht dazu gezwungen mitzumachen, er hat ihnen Geld versprochen, viel Geld.
Wir haben die Ochsenkarren beladen, immer wieder. Die Kisten waren verdammt schwer, es war harte Arbeit.
Irgendwann war es geschafft. Die Kisten waren genauso aufgestapelt wie jetzt.
Ich habe gewußt, daß das Ende bald kommen würde, und ich habe mich nicht davor gefürchtet. Es war der letzte aller Befehle, das Ende des Gehorsams. Viel besser als das elendigliche Krepieren in einem Schützengraben.
Die drei anderen waren ahnungslos gewesen, erst nachdem dein Vater die zwei Bauern erschossen hatte, haben sie von ihm die Wahrheit erfahren. Er hat uns befohlen, in Reih und Glied zu stehen, stramm, den Rücken gegen die Wand des Minenausganges. Dann hat er seine Rede gehalten. Wir seien die Auserwählten, die letzten Helden, der Führer hätte jeden einzelnen von uns persönlich für

diese Mission auserwählt, Handverlesene, das Material, aus dem Helden gemacht werden, das Reich würde weiterleben, durch uns. Dann hat er den Zettel aus der Brusttasche gezogen. Den Wortlaut des letzten Satzes habe ich nie vergessen: ›Wenn der Auftrag ausgeführt und das Frachtgut am angegebenen Ort gemäß Plan in Sicherheit gebracht worden ist, hat der verantwortliche Offizier dafür zu sorgen, daß keine Zeugen zurückbleiben. Er hat zuerst alle Beteiligten zu eliminieren, am Ende auch sich selbst.‹ Dein Vater hat uns die Unterschrift gezeigt. Adolf Hitler.«

Die Wahrheit?

»Du lebst«, sagte Ziemann, »und mein Vater hat danach weitergelebt.«

»Weil er uns verraten hat«, sagte der Alte, die Stimme war anders geworden, lauter, heftiger.

»Wir standen da, an der Wand. Stramm. Aber Pirker, der Wachtmeister, machte nicht mit, er wollte kein Held sein. Der Ehrenplatz in der Geschichte, den ihm dein Vater versprochen hatte, war ihm scheißegal. Er wollte leben, nur leben. Die beiden anderen waren ebenso ratlos wie ich. Es war ein Befehl, und wir hatten es zuvor noch nie gewagt, einen Befehl zu verweigern. Es war der anerzogene Gehorsam, der uns lähmte. Pirker war anders, wehrte sich, versuchte wegzulaufen. Er war der erste, den dein Vater damals getötet hat. Kopfschuß.

Ganz sauber, mitten in der Stirn. Dieser Schuß und der Anblick des toten Pirker, der vor uns auf dem Stollenboden lag, hat jedem von uns klargemacht, worum es ging – um das letzte, das wertvollste Opfer für die Sache, das Reich, das Vaterland. Dein Vater hat die Waffe gehoben, ich habe ihn nie mehr bewundert als damals. Den Mut, die wertvollsten Menschen, handverlesene Helden, die Retter des Reichs, eigenhändig zu erschießen mit dem Wissen, daß er am Ende die Waffe gegen seine eigene Stirn richten und abdrücken mußte. Es war ein überwältigender Gedanke. Ich habe zugesehen, wie die Kugeln in die Köpfe des Max Schrey und des Luis Hauer eingeschlagen haben, ich habe sie fallen gesehen, dann habe ich die strammste aller Haltungen eingenommen und deinem Vater tief in die Augen geblickt. Es waren die Augen eines Helden, und sie haben mir gesagt, daß auch ich ein Held war. Er hat abgedrückt, ich habe den Schlag verspürt und bin gestorben. Als Held.«

Ziemann ahnte das Ende der Geschichte. Sein Vater hatte schlecht gezielt, der Alte hatte überlebt, der Vater hatte überlebt. Kein Held, er war ein Feigling gewesen. Ein Verräter.

»Ich weiß nicht, ob er es bewußt getan hat«, fuhr der Alte fort. »Sein Schuß hat mich nur gestreift, einen Hautfetzen aus dem Schädel gerissen, die Narbe hinterlassen. Ich bin im Dunkel aufgewacht, langsam, ganz langsam habe ich in das Leben zurückgefunden. Da waren die Toten. Die Bauern, Pirker, Schrey, Hauer. Die Explosion hatte die Mine geschlossen, mich zum Gefangenen gemacht.

Ich habe nach dem toten Körper meines Helden gesucht. Es hat lange gedauert, bis ich die Wahrheit sah, sie akzeptieren mußte. Es gab keine weitere Leiche. Oberstleutnant Ziemann hatte den anderen Weg gewählt. Den des Verräters. Er hatte uns geopfert, Idioten, keine Helden. Natürlich habe ich auch die Möglichkeit in Betracht gezogen, daß er zuerst die Mine zugesprengt und sich erst draußen im Freien das Leben genommen hat. Damit hätte er jedoch seinen Auftrag verraten, seine Leiche hätte zu Überlegungen Anlaß gegeben, die das Geheimnis gefährdet hätten, für das wir sterben mußten. Oberstleutnant Ziemann war zu schlau dafür. Er war zu schlau zum Sterben gewesen. Ich habe viel Zeit gehabt, drinnen im Dunkel der Höhle, dann hat mir irgend etwas die Kraft gegeben, meinen Körper wieder benutzen zu können, ich habe mich die Felswände entlanggetastet, stundenlang, wahrscheinlich tagelang, dann habe ich den Spalt gefunden, den Weg hinaus, ins Tageslicht.«

»Das Leben, es ist dir damals geschenkt worden«, sagte Ziemann, »warum willst du es jetzt wegwerfen?«

»Es war kein Leben«, sagte der Alte, »es war ein Auftrag. Ich habe nur gelebt, um ihn zu erfüllen.«

»Du hast meinen Vater umgebracht«, sagte Ziemann, »hat dir das nicht genügt? Hast du damit deinen verdammten Auftrag nicht voll und ganz erfüllt?«

»So habe ich zuerst auch gedacht«, nickte der Alte, »doch es hat mich nicht losgelassen. Die Vergangenheit ist immer wieder zurückgekehrt, hat mich weitergequält. Rache ist etwas, was nie endet. Wenn sie sich in deinem Kopf festkrallt, dann läßt sie dich nie

mehr los. Ich habe deinen Vater sterben sehen, doch es hat mich nicht befriedigt. Sein Tod hat nicht genügt. Das Böse, das er für mich verkörpert hat, war nicht ausgelöscht.
Die Menschen, ich habe sie alle gesehen, ihre Gier, die Lust am Zerstören. Ich verachte sie, doch ich kann ihnen nicht entkommen, sie dringen immer wieder in mein Leben ein. Wenn ich ins Dorf gehe, muß ich mir ihre Fratzen anschauen, ihr Geld annehmen, damit ich überleben kann. Ich will nichts mehr davon. Ich will das Ende.«
»Warum ich?«
»Du?«
Der Alte lachte. Laut, so laut wie ihn Ziemann nie lachen gehört hatte.
»Du bist der Zufall«, sagte der Alte.
Es klang so endgültig, so vernünftig, so entschlossen.
»Ich will nicht sterben«, sagte Ziemann sehr bestimmt.
»Du weißt zuviel«, sagte der Alte, seine Stimme war ruhig, erklärend.
»Du kennst den Berg und sein Geheimnis, wenn du hinausgehst und hinter dir alles in Trümmern versinkt, hast du noch immer das Wissen vom Gold. Du wirst es ihnen sagen, und sie werden es trotz allem doch noch ausgraben. Kein Berg ist zu hoch, kein Meer zu tief, du weißt es. Es ist die Gier, die den Menschen erfinderisch macht. Es gibt nur dich und mich. Mit uns endet alles.«
Der Alte griff nach der Laterne und stand auf.

Ziemann spürte, wie ihm die Hoffnung entglitt. Es mußte noch einen Weg geben, der Alte war ein Mensch, Menschen hatten Gefühle.
»Die Kräuter«, schrie er, »was ist mit den Kräutern, dein Wissen. Du kannst so vielen Menschen helfen, die Leiden lindern, heilen. Du könntest doch noch zu einem Helden werden.«
Der Alte blieb stehen, die Laterne in seiner Hand warf gerade so viel Licht auf sein Gesicht, daß Ziemann es sehen konnte.
»Ich helfe dir dabei«, drängte Ziemann, »ich helfe dir beim Vergessen. Und ich werde schweigen, für immer. Du mußt mir nur glauben, vertrauen.«
Die Laterne stand still, dann bewegte sie sich wieder, wanderte in seine Richtung.
Das verwitterte Gesicht, die Augen.
»Es gibt keine Helden«, sagte das Gesicht, »es hat sie nie gegeben. Und wenn es sie jemals gegeben hat, dann will ich nichts damit zu tun haben.«
»Laß mich leben«, bettelte Ziemann, »laß mich leben, ich will nicht sterben.«
Das Licht begann zu wandern, hinaus in die Dunkelheit.
»Bloch«, schrie Ziemann, »komm zurück, komm bitte zurück.«
Dann gab er das Schreien auf.
Er wußte alles, kannte endlich die ganze Geschichte, hatte alle Antworten.
Doch er wußte noch immer nicht, warum er sterben sollte.
Das Licht flackerte durch die Dunkelheit, ver-

schwand hinter dem Goldkistenberg, kam wieder zurück. Jetzt stand die Lampe vor ihm auf dem Boden, schnitt einen hellen Kreis aus der Dunkelheit. Ziemann sah die Beine des Alten, die verwitterten Lederstiefel. Er spürte die Hände an seinen Armen, fühlte, wie sie die Knoten der Fessel befingerten, sie langsam lösten. Seine Hände waren frei. Er hob sie, versuchte das Gefühl der Taubheit wegzureiben, spürte die fremden Hände an seinen Fesseln, dann waren auch die Beine frei.

Aufstehen! Der erste Versuch. Es ging nur langsam, ganz langsam, dann trugen ihn die Beine wieder, wackelig, unsicher, aber er konnte wieder stehen, gehen.

Er sah den Alten nicht, doch er spürte ihn, ganz nahe.

»Nimm die Lampe«, sagte die Stimme. Ziemann gehorchte, es waren nur zwei Schritte, dann umklammerten seine Finger das Licht, hoben es hoch.

Er schwenkte es dorthin, wo die Stimme hergekommen war, der Lichtschein fand das Gesicht.

»Du kennst den Weg«, sagte es, »lauf, so schnell du kannst!«

Ziemann zögerte.

»Komm mit«, sagte er.

Keine Antwort, nur die Hand, die ihn an der Schulter packte und vorwärts schob.

Ziemann begann zu laufen.

Wie viele Schritte waren es gewesen. Das Licht glitt die Stollenwand entlang, fand den Spalt, den Darm des Berges. Er rannte weiter, kroch auf allen vieren,

zwängte sich durch die felsigen Engstellen, hielt den Atem an, schrie sich Mut zu, saugte die muffige Luft mit der Kraft der Verzweiflung auf, quälte sich durch den letzten Spalt und warf sich mit einem Hechtsprung ins Freie.
Die Helligkeit des Tages biß in seine Augen, tat weh. Er schloß sie und blieb liegen. Der Berg hatte ihn freigelassen.

Als es nichts mehr wegzuräumen gab, das groß genug gewesen wäre, einen menschlichen Körper zu verbergen, wußten die Sennerin und der Jäger, daß die Steinlawine nur den Rucksack, nicht jedoch dessen Besitzer getötet hatte.
»Aufregung umsonst, Mädl«, grinste der alte Reisinger, sie stand ganz nahe und ließ ihren Kopf auf seine Schulter sinken. Er legte die Arme um sie.
Sie standen eine Weile so da, dann hob sie den Kopf, und der Jäger ließ sie wieder los.
»Wir sollten gehen«, sagte er, sie nickte.
»Ich wollte heute ohnehin noch bei dir einkehren«, lächelte er.
Er schulterte den Rucksack, nahm die Flinte.
Beim Weggehen drehte er sich noch einmal um, warf einen letzten Blick auf die Geröllwand und schüttelte den Kopf.
»Der Berg gibt keine Ruhe, irgend etwas stimmt da nicht«, brummte er. »Wenn eine Steinlawine wie diese abgeht, dann hat das einen Grund.«

»Der Wind, das Wetter«, sagte sie und zuckte die Schultern.
»Das ist es ja gerade«, sagte er, »es hat keinen Wind gegeben, keinen Sturm, kein Wasser, das den Felsen ausgewaschen und hohl gemacht hat. Muß wohl etwas anderes gewesen sein.«
»Wenn es uns der Berg nicht selbst sagt, dann werden wir die Wahrheit nie erfahren«, sagte sie ernst und schaute ihm in die Augen. Dann begann sie zu lachen, und der alte Jäger lachte mit.
Dann gingen sie los.
Der alte Reisinger sah dem Mädchen zu, das vor ihm leichtfüßig das Plateau überquerte, und wußte ganz genau, warum der junge Trummler nie eine Chance bei ihr haben würde. Bezaubernder Charme und plumpe Tölpelhaftigkeit konnten nie zueinanderfinden.
Sie hatten gerade das Geröllfeld erreicht, als sich der Berg meldete.
Zuerst war es nur ein dumpfes Grollen, wie ein Kanonenschuß, dessen Knall von einem Schalldämpfer abgewürgt wird.
Sie blieben stehen und drehten sich um.
Dann hörten sie das Knirschen und dann das Krachen, und sie sahen, wie die Geröllwand über dem Plateau in Bewegung geriet. Der Grat schien sich zu senken, die Felsmassen wurden von einer unsichtbaren Kraft in die Tiefe gedrückt, das Krachen steigerte sich zum Donnergrollen. Einen Augenblick lang schien es so, als würde der ganze Berg zusammenstürzen.

Das Drama, das sich vor ihren Augen abspielte, dauerte nur wenige Sekunden lang, und als die Stille wieder zurückgekehrt war, gab es kein Minenplateau mehr, nur noch zersplitterten Fels, die Trümmer der einstigen Wand, in der sich früher einmal der Bergwerkseingang befunden hatte.
Weder die Sennerin noch der alte Jäger hatten ein Wort gesprochen. Sie hatten das Ereignis stumm über sich ergehen lassen. Die Dankbarkeit, daß sie noch am Leben waren, drang erst langsam in ihr Bewußtsein.
»Glück gehabt«, murmelte das Mädchen. »Stell dir vor, wir wären noch dort unten gewesen.«
Der alte Reisinger schüttelte den Kopf.
»Ich will es mir nicht vorstellen.«
»Du hast es geahnt«, sagte sie, »du hast gewußt, daß es nicht gut gewesen wäre, länger dort zu bleiben.«
»Wir leben«, sagte der alte Jäger.
In diesem Augenblick traf sie die Erkenntnis. Wie ein Hammerschlag.
Das Gold. Der Alte. Wolf Ziemann.
Irgend etwas, irgend jemand hatte alles vernichtet. In die Luft gejagt.
Der erste Knall war die Explosion gewesen.
Wo war Wolf?
»Du bist zu jung«, hörte sie den Jäger sagen, »du kannst es nicht wissen.«
Sie schaute ihn an.
»Es waren die verfluchten Nazis«, sagte er, »die haben die alte Mine mit Sprengstoff vollgestopft. Sinnlos, der Krieg war damals ja schon verloren.«

»Sprengstoff?«
Der alte Jäger nickte.
»Jetzt ist das ganze Zeug also doch noch in die Luft geflogen. Nach all diesen Jahren. Kaum zu glauben.«
Sie begannen wieder zu gehen.
»Das Ganze hat auch etwas Gutes«, sagte er, »jetzt ist der Spuk endlich zu Ende!«

Irgend etwas hatte Ziemann davon abgehalten, sich auf den Weg zu machen. Zuerst war es die Müdigkeit gewesen, es hatte lange gedauert, bis er den Atem wieder gefunden hatte. Dann war es wohl der Ort gewesen.
Er hatte sich auf den Stein gesetzt, den die Natur genau am richtigen Platz als Sitz aufgestellt hatte, und von diesem Logenplatz aus in die Welt gestarrt. Sie lag so klein, so unbedeutend zu seinen Füßen. So hilflos, so zerbrechlich, so unvollkommen.
Er sah den Alten, der so oft hier gehockt sein mußte, und er begann zu verstehen.
Es war nicht nur die Vergangenheit, die ihn hier festgehalten hatte, es war auch dieser Ort. Er hatte ihn mächtig gemacht, ihm Größe gegeben, die Verachtung genährt, die er für das Unvollkommene, das Menschliche, die Lügen, den Verrat und das Gold empfunden hatte, das er selbst als Symbol für Gier und Machtmißbrauch in den Berg gebracht hatte.
Dieser Ort hatte ihn zum Richter gemacht. Zum Henker.

Er hatte ihm zuletzt sogar die Kraft gegeben, sich selbst zu richten.
Ziemann hörte den dumpfen Knall, das Knirschen und Ächzen des Berges, er hörte das Rollen der Felsbrocken, das wütende Donnergrollen, doch er blieb auf dem Stein sitzen, er drehte sich nicht einmal um.
Er hatte keine Angst mehr. Er wußte, daß ihm nichts geschehen würde.
Der Alte hatte ihn leben lassen!

Das Mädchen hatte gehofft, daß der Alptraum zu Ende sein und sie Wolf Ziemann in der Hütte des Alten finden würde.
Die Hütte war allerdings noch immer leer, und sie hatte Mühe, die wachsende Panik vor dem alten Jäger zu verbergen.
»Noch immer nicht da«, sagte sie und zwang sich zu einem Lächeln.
»Unter der Lawine war er nicht«, antwortete der alte Jäger und zuckte die Schultern. »Wird wohl noch immer oben im Wald sein, mit dem alten Bloch.«
Er setzte sich auf die Bank vor der Hütte.
»Sonderbarer Kauz«, sagte er, »kennst du ihn?«
Sie blieb neben ihm stehen.
»Hab ihn nur einmal getroffen, nicht mein Fall«, antwortete sie ungeduldig, »zu schrullig, einfach unheimlich.«
Der alte Jäger lachte.
»So sehen ihn die meisten, machen einen großen

Bogen um ihn. Ich kenne ihn etwas besser. Hat mich einige Mühe gekostet, doch es hat sich ausgezahlt. Irgend etwas hat ihn zum Menschenfeind gemacht, ich hab's nie herausgefunden. Es hat Jahre gedauert, bis er mit mir geredet hat. Der Mann ist tiefsinnig, ein Philosoph, hellwach. Kaum zu glauben, wenn man ihn so sieht. Wir sind zwar nie dicke Freunde geworden, aber es hat Respekt gegeben zwischen ihm und mir.«

»Du kannst ja dableiben und auf ihn warten«, drängte sie, »ich muß zurück auf die Alm, es ist spät, und es gibt noch eine Menge zu tun.«

Er stand auf und schüttelte den Kopf.

»Nein, nein, ich komm schon mit!«

Der steile Felsweg war noch intakt, Blochs Explosion hatte nur das Minenplateau vernichtet. Ziemann krabbelte auf allen vieren wie eine Ameise über den Trümmerhaufen. Manchmal bewegte sich alles, wackelte, seine Füße traten Steine los und ließen sie krachend in die Tiefe donnern, doch es gab nichts mehr, das ihm angst machen konnte. Er bewegte sich unbeirrt weiter, bis er wieder festen Boden unter den Füßen hatte.

Er drehte sich nie mehr um. Was hinter ihm lag, war nicht mehr wichtig. Er würde nie mehr hierher zurückkommen.

Er ging, vorbei an der Hütte des Alten. Sie würde wohl verfallen, zum nutzlosen Trümmerhaufen wer-

den. Unten im Tal würde es keinen kümmern. Der Alte hatte keinen gekümmert. Für sie würde er weg sein, verschwunden, wahrscheinlich irgendwo verreckt. Ein Spinner weniger auf dieser Welt.
Ziemann ging durch den Wald über die Wiese bis zur Sennhütte.
Das Mädchen war da, am Küchentisch saß der Reisinger.
Ziemann erinnerte sich daran, daß es der alte Jäger gewesen war, der die Leiche seines Vaters gefunden hatte. Seltsam.
Irgendwie schloß sich für ihn in diesem Augenblick ein Kreis. Er hatte wieder Ordnung in sein Leben gebracht.
Das Mädchen stand vor ihm und lächelte.

334 Seiten, ISBN 3-485-00794-3

Werner Kopacka

Everest

Von diesem Berg kommt keiner so zurück, wie er losgegangen ist...

Albert Richter hat nichts mehr zu verlieren. Sein Weg auf den höchsten Berg der Welt wird nicht nur zum fast übermenschlichen Wagnis, sondern zu einem Weg zu sich selbst.
Diese spannende Faction ist die Summe von zwanzig Jahren Recherche und Beobachtung und einer einzigartigen persönlichen Erfahrung.

nymphenburger